佐野しなの
イラスト
亞門弐形
原作・監修
wotaku
シャンティ
SHANTI

ディーノ
サンガ
劉胎龍《リュウタイロン》

真紅《シェンホン》
福
福

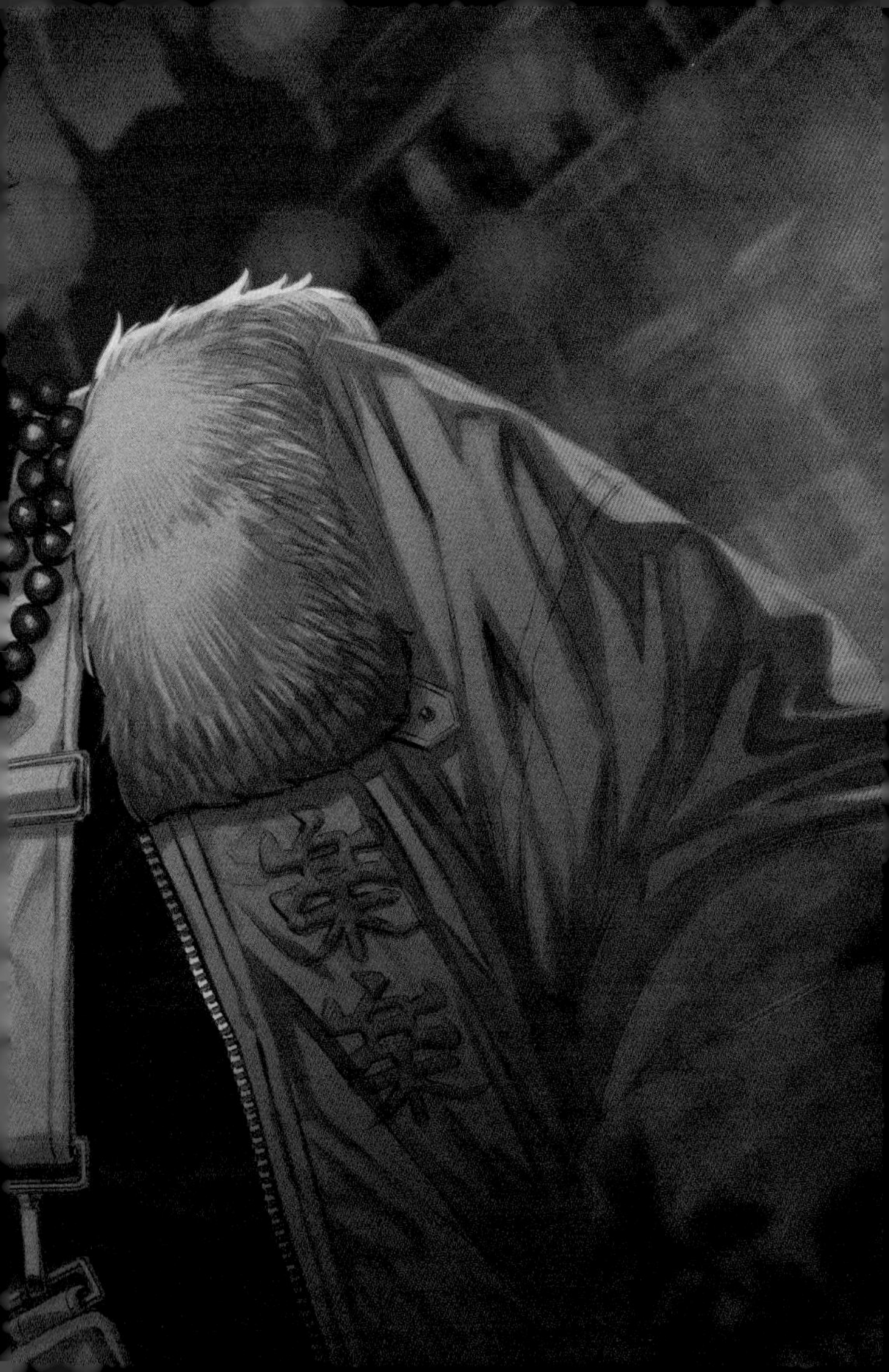

目次

シャンティ

佐野しなの

GA文庫

SHANTI

まえがき

楽曲『シャンティ』を制作したwotakuと申します。
小説化という貴重な機会を頂き、誠に光栄です。

この小説化企画をご提案頂けたのは、
歌ってみた・踊ってみた・二次創作イラスト等で
『シャンティ』という作品を盛り上げてくださった皆さんや、
動画サイト・SNS等で話題にしてくれた皆さん、
そしていつも曲を聞いてくれている皆さんのおかげです。
本当にありがとうございます。

小説版の制作にも多くの方のご協力を頂きました。
誠に感謝いたします。

この作品に関わった全ての人が平穏に過ごせるよう、
お祈り申し上げます。

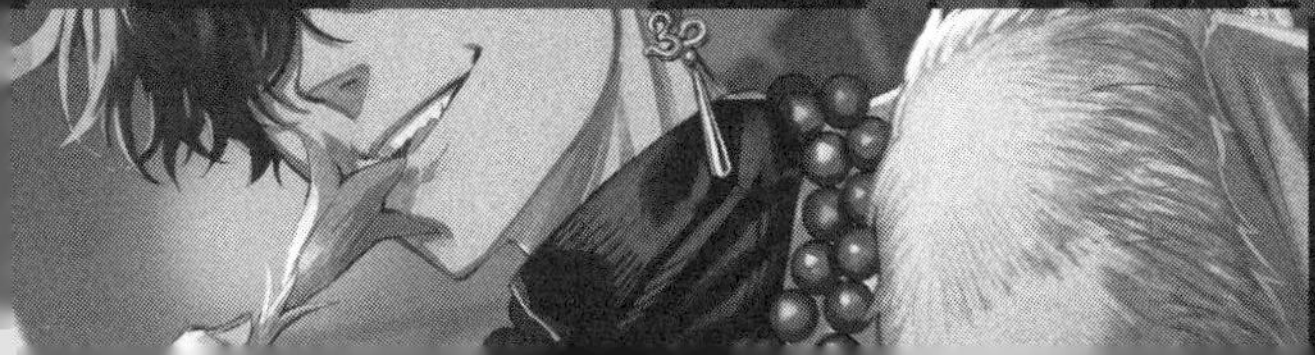

カバー・口絵・本文イラスト
亞門弐形

序章

――よう、うな垂《だ》れてるその兄ちゃん。何か辛《つら》い事あったんか?

てめえみてえな胡散臭《うさんくさ》い野郎に絡《から》まれたのが辛《つれ》えよ。

文句をつけるのも面倒で、青年は声をかけて来た男を無視した。

「あーらら、つれないねえ。俺《おれ》でよかったら話を聞くよ?」

男が馴《な》れ馴れしく肩を組んでくる。

せっかくのいい気分がぶち壊しだ、この節穴。

確かに橋の欄干《らんかん》にもたれ掛かって俯《うつむ》いてはいた。

だが世を儚《はかな》んで川に飛び込もうとしていたわけじゃない。

単に酔いを覚ましていただけだ。

青年には最近、ちょっとした稼ぎがあった。

華埠《チャイナタウン》の外にある高級なもぐり酒場《スピークイージー》で散財して来た今も、なお手元に残るほどの大金。

……もしかして、こいつ、掏摸《スリ》か?

横目で盗み見ると、男は小さく首を傾《かし》げた。

男の少し癖《くせ》のある黒髪が揺れる。

側頭部の一部や襟足《えりあし》は短く刈られているが、右側の前髪は長く、男の右目は隠れている。

露出している左側の目は切れ長だ。

瞳《ひとみ》の色は、世にも珍しい赤。

「言葉に出来ないくらい辛かったんだね、ひどい話だよ。君の人生は最悪だ。生まれた時点で上がり目のない、劣悪な環境。新しい事が起こらない、妥協と虚勢の日々。使い走りをするしかない、馬鹿《ばか》で愚《おろ》かな暮らし。後生大事に抱えていたはずの大切な物は、とっくに指の隙間《すきま》からすり抜けていったんだろう？　たとえば誠意、たとえば情熱、たとえば自分へのなけなしの期待。そうだよね、わかるわかる」

まるで心当たりのない的外れな語りだった。

こちとら明るい未来しかねえんだよ。

「これ、あげるよ。元気出して」

青年は目を見張った。

男が差し出してきたのは、一見すると小さな飴玉の包みだ。

だが子供を喜ばせる菓子などではないと青年は直感した。

実物を見るのは初めてだったが、噂《うわさ》はよく耳にしている。

悲惨な暮らしから苦痛を取り去る物質。

酒よりも極上の酩酊感《めいていかん》。

これは、世間ではやたら浮かれた名で呼ばれている薬だ。

興味はあった。一度くらい試したくもあった。

……こいつ、掏摸《スリ》じゃなくて、売人か。
どちらにせよ自分とは大違いのケチ臭い商売で、同情してやりたいくらいだ。
「金ならまた今度でいいよ」
包みを受け取りながら、そういう手口か、と青年は察した。
この薬には依存性があると聞く。
こうしてお得意様を作っていくのだろう。
だが一回こっきりで終わればそっちが大損して終わりだ。
青年はしてやったりと包みを開ける。
中身も飴玉とそっくりだった。
色は男の瞳と同じ、赤。
「まあ、君には払えないだろうけどね」
薬を口に含んだのと同時に男が言った。
見る目がねえなと笑いそうになる。
金ならたんまりあるというのに。
――……いや。待てよ。おかしい。
この男、初回料金すら払えないと判断した相手に声をかけたってのか?
妙だ。なぜ。どうして。何のつもりで。まあいい。もういい。どうでもいい。

薬が口内で溶けていくにつれ、青年の思考も溶けていく。

「君はすごく素直だね。俺がここ最近知り合った子なんて生意気でさあ」

男の声が遠くなっていく。

青年の目は虚《うつ》ろになっていく。

薬による陶酔感《とうすいかん》。

ひとときの幸福。苦悩からの解放。人生の鎮痛剤《ちんつうざい》。

「変に頑固なところもあって。もうねえ、あの子には成長の余地ってもんがないよ、一切《いっさい》」

売人なら、この男は、この薬をたくさん持っているのだろうか。

「君より少し若いかな、どっちかっていえばまだ少年なんだよ。成人してるとか言ってたけどさあ、あれは絶対に嘘《うそ》だったね」

この薬は本来中枢《ちゅうすう》神経を抑制する。だが、酒との飲み合わせのせいか、はたまた他の要因なのか、青年は不思議な万能感に満たされ、むしろ興奮していた。

上着のポケットにそっと手を忍ばせる。

ここには商売道具がある。小型の回転式拳銃《リボルバー》だ。

隣にいるこの男を撃ってしまえばいい。

薬を根こそぎ奪ってやるのだ。

なんて素晴らしい考えだろう。

青年は銃把《グリップ》を握る。

幸い、男はへらへらと話に夢中で何も気付いていない。

狙《ねら》うのは男の頭に決めた。

中身などろくに入ってなさそうな軽薄な頭。

「その子の名前はね、サンガっていうんだけど……」

男が話し続ける中、青年はポケットから銃を抜き放つ。

夜空に銃声が響き渡った。

一章　誠実な脅迫を

1

サンガは幸せだ。

両親を失っていようとも、ろくな教育を受けられずとも、一生労働漬けだろうとも幸せだ。

小さな軽食堂《ダイナー》のカウンター内でスプーンを磨きながら、ちらりと店内を見渡す。

仕事帰りの地元客がぽつぽつと席を埋めている。くたびれた顔つきばかりだ。

スプーンの背に映る自分の顔も似たようなものだった。

くすんだ灰髪の下の猫目には、うっすらと隈《くま》がある。

構わない。稼いだ金が大切な人の糧《かて》になるなら、睡眠不足も疲労も勲章だ。

サンガは思う。

たった一人、守りたい相手がいれば、生きていられる。

……それはそれとして小便してえな。

「何だよ、サンガしかいねえのかよ。しけてやがんなあ」

「うっせえな、おっさん。おれの飯じゃ不満かよ」

入ってくるなり店主の不在を嘆く中年常連客に、サンガは顔をしかめた。

「おお、怖《こわ》。もうちっと愛想よく出来ねえもんかね」

「注文は？」

「そんな態度じゃよそからご新規さんが来ても逃げちまわぁ」

「……イラッシャイマセ、オキャクサマ。この街は初めてで？　ようこそ合衆国屈指の大都市ブローケナークへ。こちらのレシピは富豪と善人を少々、貧民と悪人をたっぷり。仕上げに暴力と無秩序と腐敗をこれでもかと振りかけた、物騒な暗黒街でゴザイマス。お味は複雑。移民が多く、多民族に溢《あふ》れ、それぞれ郷土愛《カンパニリズモ》の風味が強いですカラ。かく言うおれの父親も移民で、ここらは同郷人の多い地区《リトルイタリー》だけど、それでも見知らぬ地でこつこつ資金を貯めて開いたのがこの店。儲《もう》けなんてろくにねえので、せいぜい金使いやがってクダサイ。ご・注・文は？」

「ほんっと可愛《かわい》げがねえ奴《やつ》だな、おめえは。ミートボールスパゲッティくれよ」

「へいへい。奥さんと喧嘩《けんか》したからって絡《から》んでくんじゃねえっつの」

「は？　何で喧嘩したって知って……」

サンガは答えず厨房《ちゅうぼう》に向かった。

注文の品を手際《てぎわ》よく作って、不審がり続けている常連客の前に皿を置く。

「肉ちょっとサービスしてやったからな、振られ亭主」

「おい、サンガ」

「さっさと食って家帰れ。情熱的な奥さんが待ってんだろ」

「おめえ、うちの嫁と会った事なんかねえだろうが。……あいつここに来たのか？　喧嘩したって嫁から聞いたんだな？」

「ちげえよ。歯型がねえからだよ」

「はぁ？」

「おっさん、いっつも鎖骨の辺りにちらちら見えてたんだよ、歯型が。それがないって事はご無沙汰なんだよな。奥さんに何かあったならここに来るわきゃねえし、完全に愛想尽かされてんならおっさんがそんな小綺麗《こぎれい》な格好出来るわきゃねえし、喧嘩以外ない。だろ？」

「……ちっ、いやらしいガキだな」

「言い返せなくなったらふて腐れるとかどっちがガキだよ」

常連客は気まり悪そうに視線を逸《そ》らした。

長年の客商売で培われたサンガの観察眼。

正直なところ、歯型がなくとも何かあったと察する事は出来た。

声色や視線は時に言葉より雄弁だ。

事実、サンガの視線はこう言っているはずだ——ここらで手洗いに抜けたい。

調子に乗って喋《しゃべ》りすぎたし、膀胱《ぼうこう》を過信しすぎた。

「くそ、飲まなきゃやってらんねえよ。サンガ、酒はねえのか、酒は」

「あるわけねえだろ」

「酒場だろ」

「元酒場だっつの」

一九二〇年、国ぐるみでの休肝日が始まった。酒なき理想郷《ドライ・ユートピア》を目指して。

全国禁酒法。飲用を目的とした酒類の醸造《じょうぞう》、販売、運搬《うんぱん》、輸出入の禁止。

施行から何年も経《た》った今、法はすっかり国民の暮らしに馴染《なじ》んでいる。

違反が常態化したという意味で、だが。

医療用や産業用アルコールの流用。家庭内での浴槽《バスタブ》ジンの作成。発酵するので注意せよという懇切《こんせつ》丁寧な警告文付き葡萄汁の販売。倉庫内工場での大量生産。

いたる場所、あらゆる手段で密造酒が造られている。

非合法の酒を取り扱うもぐり酒場《スピークイージー》も爆発《ばくはつ》的に増えた。

だがこの店は馬鹿《ばか》正直だった。酒を置かない方針を取った。

店主である叔母の意向だ。サンガにも異論はない。

「融通が利《き》かねえ店だなあ、ったく。――お、あ、ああっ⁉　サンガ、サンガっ！」

「なっ、何だよ、引っ張んなよ！」

ようやく大人しく食べ始めていた常連客が、カウンター越しにサンガの服を摑《つか》んだ。

「あ、あそこ見てみろ」

常連客の怯《おび》えた視線の先は、窓の外だ。

見知らぬ中年男が窓に頬《ほお》をこすり付けているのだ。

何やらぶつぶつ呟《つぶや》いていて硝子《ガラス》が曇《くも》っていた。

「今さら気付いたのかよ。おっさんが店入ってくる前からいたぞ」

「うげえ、キマってんのかね」

「それ以外ねえだろ、あんなの。今日のは店に入って来ないだけましだ」

「あれか、なんてったっけな、何か流行ってる薬あったろ」

「……シャンティ」

サンガは苦々しく呟いた。

嫌でも耳に入ってくる薬の名前だ。

結構な頻度で中毒者を見かける。

だが彼らの姿はしばらく経つと街から消える。

きっと薬は天国への片道切符なのだろうが、厄介者の末路になど興味はない。

「サンガ、追っ払って来いよ」

「いちいち相手してられるかよ。この辺りで薬の売り買いする奴多いけどやめろっつんだよな。マフィアだかギャングだか知らねえけど、ろくなもんじゃない」

本来マフィアとはサンガの父の出身国の小さな島で発祥した組織だけを指す。大雑把《おおざっぱ》かつ乱暴に分類してしまえば、それ以外はギャングだ。

たとえ当事者にこだわりがあろうとも、サンガからしたら全部まとめて犯罪組織だが。

「いいのかよおめえ、そんな事言っちまって。そういう奴らとうまく付き合ってかなきゃブロークナークで商売なんか出来ねえだろ」

常連客の言葉は正しい。

裏街道を歩む輩《やから》が街の中枢に入り込んでいるのだ。

彼らは酒の密造や密輸、密売を通して莫大な利益《りえき》と影響力を得た。皮肉にも禁酒法は彼らにとって格好のビジネスだったわけだ。

そんな街で潔白《けっぱく》を保ち続けるのは途方もなく難しい。

「サンガよぉ、清濁併《せいだくあわ》せ飲むって事を覚えちゃどうだ」

「うっせえな、ほっとけ。マフィアでもギャングでも言いなりになるなんてごめんだ。――おれは、あいつらが、大っ嫌いなんだよ」

サンガが嫌悪感たっぷりに吐き捨てた直後、店のドアが勢いよく開いた。

「ごきげんよう、名もなき庶民《しょみん》の皆さん！」

爽《さわ》やかにそう言い放って店内に入って来たのは少年だった。

少年は真《ま》っ直《す》ぐにカウンターにやって来てサンガの正面に立った。

面倒事の空気を察知したのか、常連客は席を二つ分ずらして素知らぬ顔をしている。

「さあさあさあ、ご注文は⁉」

「は？　それ、おれの台詞《せりふ》……」

何だこいつ、と、サンガはあっけにとられた。

十五歳にも満たない程度の少年だ。

小柄で可愛らしい顔つきの子供。

だが、中折れ帽や純白のスーツ、ダイヤモンドのネクタイピン、何より向う傷の目立つ顔《スカーフェイス》が、よろしくない組織の一員である事を示している。……スーツに熊のぬいぐるみの頭部が二つ縫《ぬ》い付けられているのは、子供だからなのか、よろしくない組織だからなのか少々判断に迷う。

噂《うわさ》をすればなんとやら、マフィアの類《たぐい》だ。

なぜここに。いやそれよりまず手洗いに行かせろ。

「これは失礼！　僕とした事があまりの朗報に先走ってしまいました。ディーノと申します。こちらの店をよりよくするためにやって来ました。親切で素晴らしいですね、僕は！」

ディーノの笑顔はあどけなく、悪意が見えない。だからこそ薄気味悪い。

「今日はあなたが生きてきた中で最良の一日となりますよ！　我がハートビールを置きませんか？　置きたいですよね？　置きましょう！　何樽《なんたる》ご用意しましょうか⁉」

「……この店で酒は出さないし、マフィアのビールは買わない」

「なんたること！　素晴らしい日々の幕開けなんですよ！」

「痛っ⁉」

サンガは顔を歪《ゆが》める。胸に下げているロケットペンダントをディーノに力任せに引っ張られたのだ。がっ、と首の後ろで細いチェーンが嫌な音を立てる。

「ばっ、壊れる……っ」

「ややや、仲睦《なかむつ》まじいですね！」

シンプルな楕円形《だえんけい》のチャームをディーノが勝手に開ける。

中に入れているのは古い家族写真だ。父、母、サンガ、そして六つ下の妹。

「こちらは妹さんですか？　なかなか可愛くていらっしゃる！」

「は？　何がなかなかだ、すっごく可愛いだろうが」

サンガは思わず素で返した。ひったくるようにチャームを取り返す。

「我がハートビールを仕入れれば、ご家族にももっといい暮らしをさせてあげられますよ。きっとお店にお客さんが増えますから」

「必要ない」

マフィアのビールは毒だ。どんな混ぜ物でかさ増ししてあるのかわかったものではない。

「何か心配事がおありですか？　繁盛《はんじょう》した先の売上金を狙《ねら》った強盗が？　それとも警察による摘発が？　ご安心を。お店は僕達が誠心誠意お守りしましょう！」

「あんたらの組織に保護料を払う気もない」

金目当てというより、縄張りを広げたいのだろうな、とサンガは思う。敵対組織への示威行為だ。ブローケナークでは毎日大小さまざまな犯罪組織が争っている。

「出て行ってくれ」

限界の尿意がサンガに啖呵《たんか》を切らせた。

「商売の邪魔だ」

たとえ膀胱が空でも追い出す選択を取ったが。

無法者と付き合う義理はない。

「まさか僕達の組織が気に入らないんですか？　なぜ⁉　ボスは素晴らしい才覚と人柄の持ち主ですよ。彼のおかげでこの世界が輝いていると言っても過言ではなく――」

「お前みたいな子供にこんな恐喝《きょうかつ》させてる時点で最悪なんだよ、そいつは。それに、どうせお前はボスと直接会った事もない下《した》っ端《ぱ》だろう、が……」

黙ってももう遅い。苛立《いらだ》ってつい余計な口出しをしてしまった。

ディーノは硬直している。

笑顔もそのままでぴくりとも動かず、時間が過ぎていく。

「……おい？」

「そうですか、誠に残念です！」

「うわっ」

巻き込まれたくないと気配を消していた客達も、突然の大声に、うっかりディーノに注目してしまう。ディーノは微笑《ほほえ》んで両手を広げると、鳴ってもいない万雷《ばんらい》の拍手を受けて、くるりとその場で回った。

最後に帽子を胸に抱き、恭しく頭を下げる。

「僕はもう二度とこちらのお店には来られないようですね。それでは、よい夜を！」

入って来た時より唐突にディーノは店から出て行った。

サンガは拍子抜けした。

怒らず、食い下がりもせず、物分《ものわか》りが良すぎる。

備品の一つも壊さず、殴りかかっても来ず、上品な振る舞いがかえって不気味だ。

「サンガ、おめえ何であんな楯突《たてつ》いたんだよ！　チビだからって舐《な》めてかかったのか？」

「引っ張んなっつうの！」

常連客が再びサンガの服を摑んだ。

「どうすんだよぉ、次にドアが開いたら手榴弾《しゅりゅうだん》投げ込まれて、ドォーン！　かもしんねえぞ」

「はあ？　そんなわけあるかよ、離せ、よ……」

ドアが開いた。

思わず常連客と手を取り合い、ごくりと息を吞《の》む。

「ただいま、サンガ君。……どうかした？」

店に入って怪訝《けげん》な顔をしているのは中年のふくよかな女性。サンガの叔母だ。

墓参りに出ていたこの店の店主が戻って来ただけだった。

どうやら爆発せずに済みそうだ。

店も、サンガの膀胱も。

2

――サンガ君は、どんどん兄さんに似て来るね。
耳の奥にこびりつく叔母の声を振り払うように、サンガは早足で歩く。
もっと早く帰れるはずだったのに。
店を閉めた後、叔母の家に寄っていたら遅くなってしまった。
誰《だれ》にも言った事はないが、この時期の叔母はおかしくなる。
人目がないと暴力的になるのだ。もう何年も前からそうだ。
だから二人きりになりたくないのに、叔母本人には自覚がないらしい。
サンガは深く長く、肺をからっぽにするように息を吐く。
ブローケナークの気候は真夏でも夜は少々肌寒く感じるほどだ。
今年に至っては冷夏だなんだと言われている。
しかし今日はやたらと蒸し暑い。ねっとりとした空気がサンガの体にまとわりつく。
鬱陶《うっとう》しい。気持ち悪い。だが気にしてもしょうがない。大した事ではない。
細い道を進んでいると、滴り落ちる汗が目に入った。
不快だ。苦痛だ。だが拭えばいいだけだ。何もなかった事に出来る。
自宅アパートが見えてきた。

他人から見たら粗末で狭いあばら家だろうが、サンガにとってはたった一人の家族である妹と暮らす、大切な我が家だ。

妹であるアルハは大人びて見えるが、十代前半《ティーン》にも満たない子供だ。

夜更かしも出来ない。

当然もう寝ているだろうと気遣ってサンガはそっと玄関のドアを開けた。

「お兄ちゃん、遅いよぉ」

「あれっ、アルハ。まだ起きてたのか」

アルハは寝間着姿で食卓に伏せていた。

「んー、待ちくたびれちゃったよぉ」

「ちょっ、何だそれ、痛いだろ、うわあ、お前の可愛い腕にどうしてそんな……！」

サンガは転びそうになりながらアルハに駆け寄った。

伸びをしたアルハの前腕に痣《あざ》が見えたのだ。

「学校の遊具で遊んでただけだよぉ。アルハ、輪っかにぶら下がってたんだけど、落ちちゃったの」

「落ちた⁉　だっ、大丈夫なのか⁉　骨とか折れてるんじゃないか⁉」

「過保護。平気だってぇ」

アルハは大きなあくびをした。長い髪がふわふわと揺れる。

「お兄ちゃんだって、そこに痣《あざ》？　みたいなのあるよ？　大丈夫？」

「あー……？　お兄ちゃんのこれはちょっと油が跳《は》ねただけだから。平気だってぇ」

サンガは襟《えり》を寄せ、首元をさり気なく隠す。

アルハの口調を真似《まね》して返すと、もー、と軽く叩《たた》かれた。

「ねえ、何でこんな遅かったの？　車に轢《ひ》かれたかと思っちゃったよぉ」

アルハが真っ先に事故の心配をするのは、両親の死因がそれだからだろう。

サンガは思わず常に肌身離さず身につけているロケットペンダントを握った。

これは母の形見だ。なんとか手元に残った物。

数年前、サンガの両親は逃走中のマフィアの車に撥《は》ねられて死んだ。

サンガや叔母がマフィアを毛嫌いする一番の理由だ。

「ごめんな。ええと、だな。店で寝ちゃったお客さんがいたんだよ。これがさ、なっかなか起きなくて大変だったんだ」

「もー、お兄ちゃん働きすぎだよぉ」

「そうか？」

「叔母さんはちゃんと送ってあげたぁ？　夜遅いんだから」

「送ったよ、何も問題ない」

「叔母さん、元気？　アルハ、最近全然会えてないんだもん」

「あー、ああ、元気、元気」

無論、嘘《うそ》だ。

真実はこうだ――父さんの死んだ八月は、叔母さんは時折店をふらっと抜けて墓の前でぼうっとしてるよ。叔母さんはおれ達の父さんの年子の妹で、兄の死を理解してるけど、受け入れられてはいない。だからこそ、兄とおれを混同してしまう。兄にしたかった事を、おれにぶつけているんだろうね。

言えるわけがない。

アルハは叔母の事を優しくて強い女性だと思っている。

その叔母像をわざわざ壊す事はあるまい。

「何その適当な返事ぃ。お兄ちゃん、わかってる？　叔母さんがいなかったら、今頃《いまごろ》アルハたち、路頭に迷ってたんだよぉ？」

「わかってるって」

サンガは叔母には辟易《へきえき》としているが、恩人であることは確かだ。

親を失い、家も失った子供二人。

路上で生活するはめになって、命を失うのも時間の問題だった。

そこを叔母が保護してくれた。

さらにはブローケナークに引っ越して来て父の店を引き継いでくれたのだ。

サンガもすぐに店を手伝い始めて今に至る。

「アルハこそ何でこんな遅くまで起きてんだ。腹減ったか？　それとも具合が悪いか？　……やっぱり怪我《けが》してて痛くて眠れないとか⁉　心配かけまいとして黙ってたのか⁉　なんて健気《けなげ》なんだ、アルハ……！」

「ちがーう。お兄ちゃんに話したい事があるから待ってたんだってばぁ」

「話？　お兄ちゃん何でも聞くぞ。あ、繕い物しながらでもいいか？」

「うん」

裁縫の準備をしてから椅子《いす》をアルハの隣に置く。

自分の古いシャツの穴を今日こそふさごうと決めていたのだ。

「うちってやっぱりお金ないんだねぇ」

「贅沢《ぜいたく》は出来ないってだけで、ちょっとした蓄《たくわ》えはあるぞ」

「そんなら新しいの買えばいいのに」

「直せばまだいけるから」

「じゃあお金はいつ使うのぉ」

「急に何があるかわかんないだろ。……あっ、話ってもしかして新しい服欲しいとかか？　そんくらいなら出せるかもしれないから、遠慮すんなよ」

「もー、アルハの話じゃなくてお兄ちゃんの話ぃ」

「お兄ちゃんはいいって」

本音だった。少しずつだがこつこつと欠かさず貯蓄しているのは全部アルハのためだ。

裕福な家庭からしたら鳥の餌程度の金額なのはわかっている。

それでもこの先アルハを金に困らせたくない。

両親との思い出をあまり持たない幼い妹。

その分自分が何でもしてやりたい。

「……お兄ちゃんって、働きすぎなんじゃない？」

「それさっきも聞いたぞ」

「アルハも、学校やめて、……働こうと思うんだけどぉ」

「だめだ」

自分でも驚くほど、語調が強くなってしまった。

「話ってそれか？」

「……うん」

「アルハは余計な事考えなくていい」

「可愛い妹の頼み事なのにぃ？」

「可愛い妹だからこそだろ。大体、十四歳以下の労働は法律で禁止されてるんだぞ」

「お兄ちゃんが働き始めたのだってそれよりずっと前だよ」

「状況が違うだろ。それに、アルハにはお兄ちゃんなんかと違って、やりたい事があるだろ？」

壁に目を向ける。

近所から譲ってもらった新聞。その切り抜きがたくさん貼《は》ってある。

話題の歌手の写真をアルハがせっせと集めたのだ。

一番手前に貼られているのはオペラ歌手だ。

物心ついて以来のアルハの夢。

「いつか自分も記事にしてもらうんだって言ってたろ」

「う……ん。主役《プリマ・ドンナ》になって、ああやって新聞に載《の》りたいんだぁ」

「だろ？」

アルハがオペラ好きなのは、幼い頃の記憶がどこかに残っているからかもしれない。

両親がまだ生きていた時の特別な日。

守護聖人の春の祭り。にぎやかなパレード。教会の前で歌われるリゴレットのアリア。

「でも、叔母さんもお兄ちゃんも大変なのに、アルハだけ、なーんにもしてないしぃ……」

「何だよ、そんなふうに思ってたのか？　アルハは学校行って、ちゃんと勉強して、立派なオペラ歌手になってくれよ。お兄ちゃんは、それが一番嬉《うれ》しい」

両親が生きていたらきっと今の自分と同じ事を言うはずだ。

「……ん」

アルハはこくりと頷《うなず》いた。サンガの意思を変えるのは骨が折れると思ったのだろう。納得のいかない顔をしているが、なんとか折り合いをつけたようだった。

「大きくなったら、お兄ちゃんを養ってあげるねぇ。アルハ、有名になるから」

「ああ、なれるよ。未来の大歌手だ」

「アルハが新聞の一面にばぁんと載って、お店の宣伝してあげるよぉ」

「そりゃありがたいな。なんかアルハの歌聞きたくなってきた」

「今、歌ってあげてもいいよぉ?」

「お、やった。あ、でも夜だから小《ち》っちゃい声でな」

アルハが選んだ曲は父の故郷の子守歌だった。

この歌は母も父から教わったらしく、よく歌っていた。

サンガの母もまた移民だが、父とは別の国から来ていて、父と恋に落ちるまでは華埠《チャイナタウン》に住んでいた。父の元に身を寄せた後も、母はなかなか言葉を覚えられず、サンガには母国語で話しかけていた。

サンガの中に残る母親のかけら。だが今はその言語を使う機会はない。合衆国の言語と父のお国ことばで事足りるからだ。

ばらばらの国で生まれた家族全員が歌えるこの子守歌は、やっぱり特別だ。

両親からサンガ、サンガからアルハへ受け継がれた物悲しいメロディ。

しばらくすると心地よい歌声がふいに途切れた。

「……ははっ」

サンガは噴き出した。

アルハがうとうとと船を漕《こ》いでいたからだ。子守唄で自らが眠ってしまったのだ。

無理もない。今夜は随分夜更かしだ。

手を止めて、アルハを寝台まで運ぶ。

穏やかな寝顔に、つい頰が緩む。

サンガは幸せだ。

新聞紙にくるまって路上で過ごす事もなく、ごみをあさらずとも食事にありつけて、アルハを守っていける。

それで十分だ。ずっとこうして暮らしていけたらいい。

身の丈に合った生活。

これ以上、何を望む事があろう。

◇

「アルハね、考えたんだけどぉ。お兄ちゃんのお店でアルハが歌ってチップを稼ぐっていうのはどうかなぁ？　学校やめたら時間もたっぷりだし、一日中歌ってた方が、夢への近道じゃない？」

「……昨日、お兄ちゃんの話聞いてたか？　アルハ」

サンガはこめかみを押さえた。

教育を受ける権利を放棄して日銭を稼がなくていい、と伝えたつもりだったのだが。

負い目を感じる必要などないのに。まだ甘えるだけの子供でいていいのに。

せめて夜に軽食堂《ダイナー》に来る前にもう一度相談して欲しかった。

酒こそ出していないが治安がいい場所ではないのだ。

「あのな、アルハ。この店、ナイトクラブでもなんでもないんだから舞台もないんだよ。大体、チップをはずむような気前のいい客がここにいると思うか？」

「随分《ずいぶん》じゃねえかよ、サンガ。歌わせてやりゃいいだろ。かてぇこと言うなって」

「そうだ、そうだ。アルハちゃん健気じゃねえかよ」

アルハを諭そうとすると、上機嫌の常連客とその職場の仲間がはやし立ててくる。常連客の鎖骨付近に歯型を見つけて、サンガはうんざりしつつ全《すべ》て無視した。

「叔母さん、ちょっとアルハを家まで送って来ていい？」

「えー。せっかく来たのにぃ！」

「そうよ、サンガ君。歌姫として雇うかどうかオーディションくらいしてあげたら？」

「は？」

「やったぁ。叔母さんありがとう！」

アルハが叔母をぎゅっと抱きしめた。

叔母はこっそりサンガに目配せしてきた。頭ごなしに否定するより、正当な手続きを踏んでの不採用なら妹も引き下がると考えているようだ。

客も、子供が一曲歌うくらいなら余興として見逃してくれるだろう。

「嬢ちゃん、歌う前に腹ごしらえするか？　ほら、このパイ、大したもんじゃねえけど食っていいぜ」

「うちの店の料理なんだよ！」

「何だよ、かっかすんなよサンガ。おめえも食うか？」

「いらねっ……⁉」

食べかけの甘いパイを口に突っ込まれて、サンガは顔をしかめた。

客は、いいからお前は黙っとけ、と言いたげだ。

何だかサンガの方が大人げない振る舞いをしている空気さえ漂っている。

咀嚼《そしゃく》に時間をかけ、口内の物をゆっくりと飲みこんでから。

サンガは当てつけがましく溜息《ためいき》をついた。仕方がない。

「……アルハ。そこで、なんでもいいからちょっと一曲、歌ってみて」

「うんっ！」

アルハがカウンターの前に立つ。

息を吸って、大きく口を開く。


歌声より先に、窓が割れる音が響いた。


何かが投げ込まれた——と認識した時にはすでに店内に火の手が上がっていた。

「嘘だろっ⁉　ふざけんなよっ！」

「おいおいおいっ、やべえって！」

おそらくは火炎瓶《かえんびん》だったのだろう、漏《も》れ出た液体に火が移って燃え盛っている。

「外！　早く外に出ろっ！」

サンガが促《うなが》すまでもなく客は怒号や悲鳴と共に出入り口に走った。

まだ店全体が燃えているわけではない、今なら全員助かる。

「あ、あ……、兄さんの店が、兄さんの店が！」

「——おい⁉　叔母さん、何してんだよっ！」

わざわざ火に近付こうとした叔母を慌てて止める。

煙草《たばこ》の灰が落ちたのとはわけが違う、手で払って消し止められる火力ではないのだ。

「叔母さん⁉　ねえ！　ねえってば！　どうしちゃったの⁉」

錯乱《さくらん》している叔母に、アルハは面食らっている。

叔母にとってここはただの職場ではない。軽食堂《ダイナー》でもない。

最愛の兄が残した思い出の酒場なのだ。

叔母がこの場所を失う事は、兄との絆《きずな》を失う事に等しい。

サンガにとっても父の大事な店だ。だがそれを守って死んだら元も子もない。

ただでさえ情緒が不安定なこの時期の叔母に、真っ当な判断は不可能だ。

無理にでも引っ張っていくしかない。

「逃げるぞ、叔母さん！」

「叔母さんっ、早く！」

「嫌あ、嫌よっ！　離してっ！」

箍《たが》が外れたのか、とんでもない力で暴《あば》れる叔母の抵抗を押さえきれない。

アルハと二人がかりでも連れ出せそうにない。

炎はじわじわと柱や梁《はり》を蹂躙《じゅうりん》していく。

煙が満ちて来て、息をするのも一苦労だ。

「……アルハっ、先に外出てろっ！」

「だ、だめ、お兄ちゃんも叔母さんも一緒じゃなきゃ！」

時間がない。このままでは叔母も妹もどちらも救えない。決断を迷う暇はない。

床を這《は》う炎が叔母のスカートの裾《すそ》に燃え移り、叔母が叫ぶ。もう限界だった。

「――お兄ちゃんっ⁉」

サンガはアルハだけを抱え、店の外に飛び出した。

建物と十分な距離を取って、アルハを下ろす。煙を思い切り吸ってしまった。げほげほと咳き込みながら辺りを見渡す。

野次馬が集まっており、改めて外から見ると、店はひどい有様だった。

夜空を舐め回す黒煙。

目が眩《くら》むほど赤く燃え上がる炎。

鼻を突く焦《こ》げた臭い。

もう取り返しがつかない。叔母を見殺しにした。でもそうしなければもっと被害が出ていた。

仕方がなかった。サンガは自分に言い聞かせる。

「だめっ、まだ叔母さんが中にいるんだよぉっ！」

「ばっ、馬鹿っ！　アルハっ！」

サンガが止める間もなく、アルハが走り出した。

立ち上がった時には、アルハの背中が店の中へと消えていた。

サンガは届くはずもない手を伸ばした。
瞬間。
轟音と共に視界が光に覆《おお》われる。
爆発が起きたのだ。

3

ただただ時間が過ぎていった。

空が白み始めている。

焦げ臭《くさ》さがこびりついて消えない。

サンガは地面に両膝《りょうひざ》をついて、前方に目を向けている。

放心状態の視線の先、そこにはかつて店だった建物。

火は消し止められたが、屋根も壁も大部分が剝《は》がれ落ちていた。

消防や警察がおざなりな現場検証をしていった。

叔母と妹の無残な遺体《いたい》が運び出された。

いっそぐちゃぐちゃで誰かわからなければよかった。

人違いかもしれないとあらぬ期待に縋《すが》っていられた。

奇跡的に残った遺体の頭部の一部が死んだのは妹である事を証明していた。叔母も同様だった。

そんな奇跡はいらなかった。

野次馬達が散っていく。

店の常連客達も、サンガに声もかけずそそくさと離れていった。

かける言葉がないのではない。身寄りを失くしたサンガに縋りつかれたらたまらないと思ったのだろう。誰しも自分の生活が大事だ。別にいい。当然だ。そんな事で傷つかない。

痛みを感じない。

体もだ。

爆風を受けたサンガの体はあちこちに細かい裂傷《れっしょう》が出来て、血が滲《にじ》んでいる。

だが、こんなものは妹に比べれば何でもない。無だ。

呼吸した途端に肺を焼かれる火の海で、長い髪が燃え、手足が吹き飛び、肉片となり飛び散った妹は、どれほど苦しかっただろう。

どこで間違った。

叔母を助けなかったからこうなったのか。妹を連れ出して安心したのが悪かったのか。

自分が叔母の暴力に晒《さら》されているのを妹が知っていれば妹も叔母を見捨ててくれたのか。

どうして妹を引き止められなかった。どうしてこの手が届かなかった。

どうして守れなかった。

どうして。

頭の中が答えのない問いで埋め尽くされる。

「よう、青少年」

ふいに。

「こんなところでなぁにしてんの。何か辛《つら》い事でもあった？」

親しげに声をかけて来る男がいた。

サンガの目には男の姿が映っている。だが認識出来ない。

耳には声が聞こえている。だが意味を成さない。

鼻を突く甘ったるい匂《にお》い——薬物乱用者特有の体臭のような異様な甘さではなく、蜂蜜菓子を思わせる甘さで、おそらくは男の香水——もいい匂いだとも臭いとも判断出来ない。

全てが薄膜を隔てた向こうで起こっているかのようで、何もかもが不明瞭だ。

「往来でぼんやりしてちゃあ危ないよ。……言葉通じてない？　早上好《ザオシャンハオ》。こっちもだめ？それとも酔ってる？　トんでる？」

男に頬をぺちぺちと叩かれるが、サンガはされるがままだ。

「ああ、もしかして、ここ、君のお店とか？　マフィアの奴らに吹っ飛ばされちゃった？　よくある手口だもんね。自分達の酒を置くのを断られたら店ごと消す。もちろん、単純な仕返しをしたいわけじゃなくて目的は別にある。ありゃ、この話、興味ない？」

何か重大な事を言われた気がした。

だが咀嚼どころか単語一つ飲みこめない。

「じゃあこっちおいで」

男に手を取られて、狭苦しい路地に連れ込まれる。

ふらふらとした足取り、虚《うつ》ろな瞳《ひとみ》。サンガには抵抗する気力がない。

手を離された途端、サンガはその場にずるずるとへたりこんだ。

「ねえ、俺《おれ》が悪いお兄さんだったらどうしよっか？　こんな薄暗い路地にいたいけな青少年を連れ込んだらやる事は一つしかないよね」

男は挑発的に笑うとサンガの正面にしゃがんだ。

「そのとおり、お悩み相談のお時間だ」

声が内緒話の大きさに落とされる。

「俺でよかったら何でも話してよ。誰にも言わないから」

こんなものは会話ではなく男の独り言だ。

「大事なお店を破壊されて話をする元気がないんだね。そりゃあひどい話だ。居場所が奪われるのは、居場所を選べないのと同じくらい辛い。わかるわかる」

これを会話と呼ぶのなら、男は死体や植物や神とも対等に話せている事になる。

「全部忘れよう。これで」

男は飴玉の包みらしき物を取り出した。

包みを開いた中身も飴玉にしか見えない。

「金ならまた今度でいいからさ。ほら、口、開けな」

サンガの口元にその小さな赤い飴玉が差し出される。

男が手ずから食べさせようとしているのだ。

「舌、出して」

サンガは言われるがまま口を開き、舌先を伸ばした。

「そう、いい子だね」

飴玉と舌が触れ合う寸前。

サンガの脳裏に、つい先ほどの男の言葉が過った。

これを口に入れたら——全部忘れてしまう？

「い、やだ……！」

弱々しくだが、とっさに男の手を振り払った。

男はサンガの拒絶に驚いているようだった。

なぜか神妙な面持ちになっている。

「……不安になる必要はないって。ちょっと気持ちよくなるだけだ」

男の囁《ささや》きは、幼子を寝かしつける時のように甘く、優しい。身を委《ゆだ》ねれば極上の快楽を享《きょう》受《じゅ》出来るのだろうと思わされるほどだった。だが、サンガは首を振った。

「ならなくて、いい。おれは、忘れたく、ない」

「何でさ。苦しくなくなるんだよ」

「苦しい方が、いい……」

楽になりたくないからだ。心の整頓をしたくないからだ。経験を糧《かて》にしたくないからだ。

妹の死を乗り越えたくなんか、ない。

サンガは膝を抱えて顔を伏せた。耳をふさぐ。

誰も、何も、自分の中に侵入して来ないで欲しい。

「君ってさあ……」

男は言葉を続けなかった。

その代わり、長い間、何も言わずにサンガを凝視していたようだ。

サンガが無反応を貫いたせいか、いつの間にか男は姿を消していた。

4

叔母と妹を弔《とむら》う費用には困らなかった。

妹の将来のために蓄えていた金があったからだ。

本来の目的に使う事はもう不可能だ。

だが妹が棺《ひつぎ》に入っても埋葬《まいそう》されても死んだという実感がわかない。

叔母は別だ。サンガにとっては時に暴力的だった叔母。正直、いなくなってほっとしている側面もあり、死を受容するのは難しくなかった。

しかしだからこそ、四六時中妹の事ばかりを考えてしまう。

火事から数日経った夕暮れ時、サンガは教会墓地にいた。

質素な墓碑《ぼひ》の前に立っているのに、どこかからお兄ちゃんと呼びかけながら妹が駆け寄って来る気さえする。

サンガは胸に下げているペンダントを開く。両親と妹と自分の写真。

なぜ自分だけが生き残ったのだろう。これから何のために生きていけばいい。

「やあやあ、このたびはご愁傷様《しゅうしょうさま》でした！」

思考を遮《さえぎ》ったのは場違いに明るい声だった。

近付いて来た人影には見覚えがある。向う傷と純白のスーツ。

軽食堂《ダイナー》に闇酒《やみざけ》を置くよう打診してきた少年、ディーノだ。

「お前、何でここに……」

「聞きましたよ、不幸な事故でしたね！　これは僕からの素晴らしいお供えです、どうぞ！」

にこにこと小さな花束《はなたば》を差し出される。

サンガは当然受け取らなかった。得体が知れない。貰《もら》う義理もない。

「もしかして僕が花に何か仕込んでいるとでも？　心外です！」

「は、はあ？」

サンガはぎょっとした。ディーノが花束の中から一枚花びらを千切ってもしゃもしゃと飲み下してみせたからだ。

潔白《けっぱく》を証明しようとしたようだ。

「僕だってご縁があった方のご家族の死を悼《いた》む心くらい持ち合わせてます。人を疑うなど醜悪《しゅうあく》の極み。たとえ騙《だま》されても人を信じるという美徳を大事にすべきですよ！」

白々しい。

「僕はあなたが心配で来たのですよ。これからどうするんですか？　お店を立て直すなら僕達の組織が面倒を見ます！　互助精神って尊《とうと》いですよね！」

「――――は」

思わず声が漏れた。急に視界が明瞭《めいりょう》になったのだ。

頭の中に響く誰のものだかわからない男の声──『よくある手口だもんね』『単純な仕返しをしたいわけじゃなくて目的は別にある』──と目の前の少年の行動が結びついた。

今の今まで犯人について考えもしなかった己《おのれ》の暢気《のんき》さに呆《あき》れる。

つまりは。

店を燃やしたのはこいつらの組織なんじゃないのか。

何の担保もない店主は真っ当な銀行と取引が出来ない。再建のためにはよろしくない組織に金の工面を頼むしかなくなる。支配され、搾取《さくしゅ》される人生の始まりだ。

反抗的な態度を取るとこうなると他の店への見せしめにもなる。

思えば、ディーノは店を去る時に言っていた──『僕はもう二度とこちらのお店には来られないようですね』と。あれは、出入り禁止を言い渡されて足を踏み入れられないからという意味ではない。

店が吹き飛ぶ事を事前に知っていたから出た言葉なのだ。

サンガの強張《こわば》っている顔を、ディーノが面白《おもしろ》そうに覗《のぞ》き込んできた。

くすくすと無邪気に笑っている。

「我らがボスを侮辱《ぶじょく》するからこうなったんですよ。手榴弾《パイナップル》ならまだしも火炎瓶ですよ？　逃げる時間はたっぷりあったのに、まさか二人も被害者が出るとは。最初から大人しく僕の言う事を聞いていればよかったんです。しかし判断ミスは誰にでもあるので、気にする事はありませ

ん。寛容ですね、僕は！」

呼吸が荒くなる。指先が震える。これは怒りだ。だって、今のは放火の自白をしたのも同然ではないか。

「さあさあ、いつまでも過去に囚《とら》われるのはよくないですよ！　知ってます？　人の目がここについているのは前を見るためなんです！　ぜひとも僕らと前向きに新たな人生を進みましょう！　大丈夫、故人はあなたの心の中でいつまでも生きてますからね！」

「お、前……っ！」

サンガはたまらずディーノの胸倉を摑み上げた。ディーノは少しつま先立ちになりながらも、笑って両手をひらひらさせている。暴力的な人間に絡まれて困っています、とでも言うように、のうのうと被害者の席を確保している。

薄っぺらい言葉を並べ立てる口をふさいでやりたい。

だが妹の墓前で暴力沙汰《ざた》になるのは最悪だ。そもそもサンガは喧嘩慣れしていない。利き手である右手は締め上げるのに使っていて、ここからどう殴ったらいいのかすらわからない。

「ぐっ……⁉」

「ああ、すみません、罪のない僕が横暴なあなたの手から逃れようともがいたら、偶然にも足がお腹《なか》に当たってしまいましたね！」

わざとらしい説明台詞。

当たったなんてもんじゃない。明確に鳩尾《みぞおち》を狙われ、正確に膝で抉《えぐ》られた。

サンガは腹を押さえて前のめりにうずくまる。

「おい、そこで何をしているんだ」

パトロール中の警官が仲裁にやってきた。教会の者が騒ぎになるのを嫌がって呼んできたのだろう。

「いえいえ、なんでもありませんよ！」

ディーノは警官の胸ポケットに何かを突っ込んだ。賄賂《わいろ》だ。

それで『なんでもない』事になった。ブローケナークでは日常茶飯事だ。

「僕を頼る気になったなら、ホテル・ヴィルヘブンまでどうぞ！　ボスと一緒に歓迎してさしあげますよ！」

贅沢にホテル暮らしらしく、ディーノは去り際に高級ホテルの名を言い残していく。

警官もおざなりにサンガを注意してパトロールに戻っていった。

悔しかった。自分が情けなかった。

それでもどうしてか涙一つ出なかった。

家に帰って着替えようとして、上着のポケットにディーノが持っていた花束が突っ込まれていた事に気付いた。いつ入れられたのか。

汚い、と思った。花は美しいのだが、これは妹を侮辱する小道具だ。

サンガは台所の床に花束を投げつけると、何度も踏みつけた。

何度も、何度も、何度も。

気分は一切《いっさい》晴れなかった。

◇

サンガはむしゃくしゃしたまま眠った。着替えもせず寝台に入り、そのまま眠り続けて、目が覚めても起き上がらず、夜までずっと横になっていた。

何もする気が起きない。いっそ食事も排泄《はいせつ》もせずにいられたらいいのに。

いつまでもこうしているわけにはいかないのは理解している。

サンガは日常を取り戻さなければならない。両親がいなくなってもそれは出来た。

でも、その時と違って、守るべきたった一人の存在がいない。

のろのろと起き上がり顔を洗ったところで、床の花束の残骸が目に入った。腹立たしさのあまり放置していた。ごみ箱に入れるのも忌々《いまいま》しいが、拾おうとしゃがむ。

そこで、気付いた。

ディーノの悪趣味さに。

花束をまとめていた新聞紙の、大きな文字で書かれた見出し。

震える手で新聞紙を広げて、伸ばす。

『マフィアの抗争激化か？　幼い少女も犠牲に』

それは、妹の死亡記事だった。

「う……」

吐き気がした。ほとんど何も食べていないにもかかわらず胃の中の物がせり上がってくるようで、サンガは口を押さえた。

新聞に載りたい、そう言っていた妹の夢がこんな形で叶《かな》っていいはずがない。

どうして。どうして。どうして。どうして。どうして。

サンガの中で、妹の死の直後から繰り返していた問いの形が変わった。

——どうして、妹が死んで、あんな奴が生きている？

サンガは顔を上げた。

瞳に映っているのは、目の前の景色ではなく、ディーノの軽薄な笑顔だ。

サンガは突発的に包丁を握りしめて家を出た。

刃の部分は剝《む》き出しだ。

隠すという発想にまで至らなかった。

不審者でしかない。

誰にも見とがめられずヴィルヘブンまで辿り着けたとしても、どうやってディーノを出し抜く?

計画も対策も何も用意していない。

だが冷静になれない。

サンガはただ一つの思いに衝《つ》き動かされている。

――ディーノは生きていてはいけない――。

絶対にだ。

復讐《ふくしゅう》ですか? そんな事をしても妹さんは喜びませんよ、と耳の奥で妄想のディーノの声がする。いかにもディーノが言いそうな薄っぺらな言葉だ。

喜ぶかどうかもう確かめようがない、そうしたのは誰だ。

妹がもう喋れないのにお前が喋れるのがおかしい。妹がもう笑えないのにお前が笑えるのがおかしい。妹がもう歩けないのにお前が歩けるのがおかしい。妹がもう。お前が。妹がもう。お前が。お前が、お前が。

ディーノも何も出来なくなるべきだ。

ディーノこそこの世からいなくなるべきだ。

「……ねえ、青少年」

突然背後から、それも耳元で声をかけられて、サンガは驚いて体ごと振り向いた。

やばい、刃先が当たる。

ひやりとしたが、包丁の先には誰もいなかった。

え、と声を出す暇もなく、包丁が叩き落され、その落ちた音を聞いた時には、首の後ろを叩かれていた。

意識が薄れていく。

──何で。誰だ。誰にやられた？

何一つわからないまま、サンガは気を失った。

5

目を覚ますと、見知らぬ部屋の見知らぬ寝台の上だった。

照明は赤く薄暗く、状況を把握出来ないままに体を起こす。

服はそのまま着ている。靴も履《は》いている。ペンダントもある。

「うっわ。起きるの早ぁーい」

「三十分も経ってねえな多分。うっし。じゃあ連れてくか」

部屋には若い女が二人いて、サンガの両脇《りょうわき》に手を絡めてきた。

サンガは硬直した。頭が真っ白だ。

寝台から降ろされどこかに連行されそうになっている。

ドアが開かれる寸前に我に返り、女達を振り払って距離を取った。

「べたべた触るなっ。お前らは何者で……」

鳥肌を立てつつ怒鳴っても、女達はきょとんとしている。

待てよ、多分、文字通りに人種が違う。言葉が通じてないのか？　先ほど女達が喋っていたのはサンガの母の国の言葉だった。

サンガは母との会話の記憶を掘り起こす。

語彙《ごい》も少なく丁寧な言い回しも出来るか怪しいが、伝わらないよりましだ。

「あー、えー、誰だよお前ら、つうか、どこだここ、今いつだ、何でおれはここにいて、――何なんだよその格好⁉　何で平然としてんだ⁉」

視線を顔から下に移せば、女達が身に着けている物は下着、透け透けのベビードール、ガーターベルト。柄やデザインは双方違えどやたらめったら扇情的《せんじょうてき》な衣装だ。

「キュートなかわいこちゃんのウチが春春《チュンチュン》で、あっちのクールな美人さんが静麗《ジンリー》ちゃん。この服はここの制服みたいなもんかな。あんた、お客でもないくせに静麗《ジンリー》ちゃんでおっ勃《た》てたらぶっ殺しちゃうぞー」

下品かつ物騒な事を言われたのを聞き逃しそうになるくらい、春春《チュンチュン》の声と喋り方は可愛らしい。

潤んだ目に二つに結んだふわふわの髪の毛。肉付きはいいが小柄で、総じて庇護欲《ひごよく》をくすぐる容姿。サンガより年は上だろうが、春春《チュンチュン》は自称通りのかわいこちゃんだ。

「勃……っ、わけねえだろ！」

「あっは、なになに、清純派が好み？　ぶってんじゃねーぞー」

サンガは口を噤《つぐ》む。どちらかといえば女の裸が怖い、が正しい。

「だ、大体、そんなもんが制服な世界があってたまるか！」

「どこのお坊ちゃんだてめえは。娼館《しょうかん》だぞここ。営業中だってのにわざわざてめえの面倒見てやってたっつうの」

「……は？」

静麗《ジンリー》が、その無駄な脂肪のないスレンダーな体と同様、ストレートに吐き捨てた。ついでに言えば静麗《ジンリー》の髪の毛も艶《つや》々として長いストレートだ。

「知んないの？　華埠《チャイナタウン》の会員制娼館『華蝶宝珠《かちょうほうじゅ》』っていえば、美人揃いで有名なのにー」

春春《チュンチュン》が口を尖《とが》らせる。

……華埠《チャイナタウン》なのかここは？

場所としてはサンガの住む地区の隣の民族街だ。

春春《チュンチュン》の言葉に改めて室内を見てみれば、部屋の作りから調度品まで何もかもが見慣れない物ばかりだった。窓の格子や寝台の枠はもちろん、水差しや香炉にまで繊細な彫刻や象嵌細工《ぞうがんざいく》が施されている。何の変哲もない使いかけの石鹸《せっけん》すら物珍しく見えてきた。

それで、何だって？　会員制の？　娼館の？　華蝶宝珠《かちょうほうじゅ》……？

ますますここにいる理由がわからない。

「おれをここに連れて来たのはあんたらなのか。何のために？」

「そんな連れて来た本人に聞いてよー」

「…………あ？」

がしゃん、と音がした。

一瞬の隙に春春《チュンチュン》に首輪を着けられていた。娼館の備品、仕事の小道具。

じゃらりと垂れた鎖の先を春春《チュンチュン》が握っている。

「おい、お坊ちゃんがびびってんぞ春春《チュンチュン》」

「だってこいつ触られんの嫌なんでしょ？　気遣いだよー、静麗《ジンリー》ちゃん。最初からこうすればよかったね。そんじゃ、ご案内ー！」

「だっ、ちょ、待っ……⁉」

犬のように廊下を走らされて辿り着いたのは事務所らしきところだった。

先ほどの部屋に比べるとひどく素っ気ない裏方用の部屋だ。

「とうちゃーく！」

「連れて来たぞ」

春春《チュンチュン》が鎖から手を離し、静麗《ジンリー》が背中を押して来た。

「うわっ、と、とっ……！」

サンガはつんのめって前に出て、勢いを殺せず膝を付く。

顔の前にふわりと煙が漂《ただよ》ってきた。

つられるように上を向く。

真っ先に視線が吸い寄せられたのは、少し癖《くせ》のある黒髪でも、前髪で隠れた右の目でも、左頬の十字の刺青《いれずみ》でもなかった。

左の赤い瞳だ。何もかもを見透かしてきそうな完璧《かんぺき》で完全な赤。

幾何学模様《きかがくもよう》の格子窓を背景に、質素な木製の椅子に座っている男がいた。

行儀悪くサンダル履きの足を組んでいるが、黒々と塗られた爪《つめ》のせいか、はたまたズボンの裾から覗《のぞ》く派手な刺青のせいか、むしろそうあるべき正しい姿勢に見えてくる。

男は右手に持った煙管《きせる》から紫煙をくゆらせながら、笑った。

上位の捕食者の笑みだ。

派手ではないが端正な顔立ち。だがそれを意識するより先に、男の犬歯の鋭さに怖気《おじけ》づく。食い殺されそうだという非現実な考えが浮かんでしまう。

「よう、サンガ君。体、大丈夫？」

サンガは身を硬くする。名乗ってもいない名を呼ばれた。お前の事は調査済みだと牽制《けんせい》をされたのだ。

「ごめんね、無体を働いちゃって。君が包丁振り回すからうっかり反撃しちゃった。ちょっとお話ししようとしただけなのにさあ」

サンガが気を失うのは想定外だった、と男は言う。とりあえず自分の管轄《かんかつ》の娼館までサンガを運び、春春《チュンチュン》と静麗《ジンリー》に世話を頼んだのだ、と。

反撃？　積極的に攻撃してきたくせによくもまあぬけぬけと。

しかし今の話で重要なのは、この男が娼館の元締め側の人間であるという事だ。

男が指輪やらピアスやらの装飾品を多く身に着けているのも、税金を極力払わない商売をしていて羽振りがいいからなのか？

「あんた、誰なんだよ」

サンガが強気に出たのは、怖いもの知らずだからではない。

この状況にまだうまく頭が回っていないせいだ。

慣れない言語でとっさに丁寧な言葉遣いが出て来ないせいでもある。

「ありゃ。俺の事、覚えてない？」

「……初対面だろ？」

「そりゃそうか。あんな状態じゃ覚えてないよね。『僕達どこかで会った事あるよね？』って類の下手な口説き文句じゃないから安心して。うん、はじめまして、でいいよ」

「だから、誰なんだよ、あんたは」

「うーん、自分が誰なのかって質問は難しいよねえ。自分の顔を知るためには鏡が必要だ。鏡を見なければ自分が醜《みにく》いのかどうかも判断がつかない。中身も同じなんだよ。鏡がなければ自分の中身はよく見えない。この場合の鏡の役割は他人が担ってるんだ。他人を媒介にして自己を構築していくわけで――」

聖職者のつまらない説教のようでサンガは途中から聞き流した。聖職者を連想したのは男の服装のせいだ。男が腰から垂らしている布や、首に二重に巻いた念珠や左手首の数珠、首から下げた鞄《かばん》がどこか神秘的なのだ。

　それ以外はまあ普通――黒のぴったりとしたハイネックに大きめのボア襟《えり》のブルゾン、ゆったりとしたつぎはぎのズボン――なので宗教的意味はなく単なるファッションだろうが。

「あんた、名前は」

「真紅《シェンホン》」

　男の話が一区切りしたところで口を挟んだら、驚くほどあっさり名前を教えてくれた。

　どうでもいい話をする事で精神的優位を示しているのかと思ったが、もしかしたらただの話好きなのか？

「……あんた、ディーノの仲間なのか？」

「どっからその考え拾って来たのさ。違うよ。むしろあの子のファルコファミリーとは敵対組織だね」

　なんの説明もなくディーノの名前を出しても通じた。おそらくここ最近でサンガに起こった事は全て調べられているのだ。

「ファルコファミリーってのがあるのか……？」

「もー、まどろっこしーなー。何で基本的に華埠《チャイナタウン》にこもりっぱなしのウチ達でさえ知ってる名前を外にいるアンタが知らないわけー？」

「そっ、組織の名前とか知るかよ。マフィアとかギャングとかそういうの全部大嫌いなんだからなっ！」

「おーおー、真紅《シェンホン》さん目の前にして度胸あんな」

茶々を入れてくる春春《チュンチュン》と静麗《ジンリー》にサンガはたじたじとなる。

「嫌いって方が真っ当な感性だからねえ、大事にしなよ、それ」

真紅《シェンホン》は気分を害した様子もなく、くつくつと肩を揺らした。

「……なんだよ、あんたはどっかのマフィアのお偉いさんって事か?」

「俺、そんな偉くもないけどね。幹部でもないしさ」

「そう……なのか」

「わっは。すごい素直だー」

「てめえ真に受けてんじゃねえぞ」

背後から春春《チュンチュン》と静麗《ジンリー》が口出ししてきた。

「しょーがないなー。優しくて可愛い春春《チュンチュン》ちゃんが説明してあげる。あんねー、ブローケナークには組織がうじゃうじゃいるけど、特におっきい力を持つところが四つあんの。ファルコファミリーってのはそのうちの一つ」

「『ファルコファミリー』、『セルペンテファミリー』、『J.J.』、それから、『アムリタ』の四つだな。真紅《シェンホン》さんはアムリタだ」

「そーそー。アムリタはね、革新的な組織なんだよ。人種も国籍もばらばらでさ。あと、女の人もいるのってアムリタだけじゃないかな。まー、ウチ達は中の人間でもないしよく知んないけどー」

春春《チュンチュン》はそう言うが、それでもサンガよりは十二分に詳しい。サンガは新聞もろくに読む暇もなかったし、仮にこの手の情報を小耳に挟んだとしてもすぐ忘れるよう努めていた。マフィアの事など頭に留めておくだけで汚れた気分になるからだ。

「それで、アムリタの華埠《チャイナタウン》支部が白蛇堂《パイシュアトン》っつんだよ」

「真紅《シェンホン》さんは白蛇堂《パイシュアトン》の若衆頭《わかしゅがしら》なの。若衆《わかしゅ》の上の役ね」

何やら組織の専門用語らしいが知るか。怒涛《どとう》の勢いで固有名詞を出すな。

相手を思いやらない説明は、単なる知識の押しつけだ。

それでもサンガは話を聞きながらアムリタの組織図を頭に描こうとしていた。

が、全体像がいまいち浮かばない。真紅《シェンホン》は支部長に当たるようだが、アムリタのボスと白蛇堂《パイシュアトン》の若衆頭の間にどれだけの役職が挟まれているのかもわからないのだ。

支部長だって何人いるのやら、縦にも横にも情報が足りない。

結局、真紅《シェンホン》はこの辺りでは偉い人という理解で間違いはない——のか？

「……でも、だったら、ディーノとあんたに何の関係がある？　あんたが華埠《チャイナタウン》担当ってんなら管轄が違うんじゃねえの？」

「まあそうなんだけど色々あんのよ」

真紅《シェンホン》は煙管《きせる》を一口吸ってから莨盆《たばこぼん》に置いた。

組んでいた足を下ろし、サンガに向き直って前かがみになる。

近くから見下ろされてサンガは少し緊張した。

「サンガ君さ、墓地でディーノと揉《も》めてたんでしょ。だからちょっと君を監視してたんだよね。あんな粗末な包丁で突撃しても返り討ちに遭うのがオチだよ、へなちょこ暗殺者《ハチェットマン》」

「お、おれが死んでもあんたにゃ関係ないだろ。おれを守ってやったとでも言いてえのか？」

「逆だね。どっちかっていえば守ったのはディーノの方」

「は？　敵対してるんじゃねえのかよ」

「ちょっとあの子の身辺を調べてる最中でさあ」

「調べてるって何を」

「さあ何でしょう」

真紅《シェンホン》はにっこりと笑った。拒絶の笑み。

「とにかくディーノを今殺されると困るんだ。だからあいつに危害を加えたいってんなら残念だけど君をお片付けする事になるよ。君の襲撃が成功するなんて万が一にもありえないだろうけど、念には念を、だ」

「嫌だ。あいつのせいで俺の妹は死んだのに、何であいつを生かしておかなきゃなんないんだよ。お前らの都合なんか知るもんか」

「じゃあこうしよう」

真紅《シェンホン》が前触れもなくサンガの首輪の鎖を引っ張った。

サンガは上体を崩し強《したた》かに床で肩を打つ。

「い、痛え痛えっ」

後頭部に真紅《シェンホン》の靴底が押しつけられて、顔を上げる事が出来ない。

「平気平気、俺はちっとも痛くない。何の罪もない堅気《かたぎ》にひどい事はしないよ。そうだなあ、せいぜい爪を剝《は》いだり指の骨折ったりするくらい。サンガ君、どれくらいで包丁握る気がなくなりそう？　一本？　二本？」

「はっ、離せ、くそったれ！」

「何もかも忘れるって誓《ちか》うなら大人しく帰らせてあげようと思ったのになあ」

「離、せっ……！　う、うあっ、痛い、痛い痛いっ」

さらに圧をかけられて首が折れそうだ。

「これからの人生で嗜虐趣味《しぎゃくしゅみ》の奴に遭った時のために教えとくけどさ。痛みに悶《もだ》えるとかド変態を喜ばせるだけだよ。金貰ってもないのにそんなんやめなね。抵抗するだけ馬鹿をみる」

「うるせえっ、おれはっ、いっ、妹のために、ディーノを、殺すっ、ぜっ、絶対、に、殺す……！」

「そっかあ、妹さんが大事なんだね。でも俺、家族愛とか兄妹愛に心打たれたりしないからなあ。爪にしよっか。春春《チュンチュン》、そこらへんにペンチあるから持ってきて」

はーい、と春春《チュンチュン》がガさごそと引き出しか何かを探っている音がする。

一連の脅迫が本気なのかはったりなのかサンガにはわからない。

この真紅《シェンホン》という男はどこまでものらりくらりとしていて、声の調子や振る舞いから感情を読み取る事が出来ないのだ。

「そうだ、サンガ君。せっかくお道具がいっぱいあるんだから、使ってみよっか。目隠しでもしてみる？　抵抗出来ないように手も縛《しば》ろうね。静麗《ジンリー》」

鎖を持たれているので逃げられない。

サンガは静麗《ジンリー》の手によって両手首に手錠を嵌《は》められ、目隠しをされた。

上体を起こす事は出来たが、事態は悪化している。

視覚を奪われるのは恐ろしい。暗闇《くらやみ》では己の想像力が敵に回るからだ。

「じゃあ三つ数えたらちょっと痛い事するよ」

真紅《シェンホン》の声だ。

「いーちっ」

直後、横ざまに顔を蹴《け》られた。

「いぃっ……‼︎」

話が違う。

まともに食らって、サンガは声も出ない。

「あっは。一でいっちゃうの？　真紅《シェンホン》さん早漏だぁ」

「三つ数えるって宣言すると、何でだか信用してくれるんだよね。サンガ君も今大分油断してたでしょ。みーんなこうなるから」

「へえ。変な客が来た時に使えるかもしんねえな」

この状況で和やかに会話しないで欲しい。

「あっ。あったあった。はーい、真紅《シェンホン》さん、どうぞ」

真紅《シェンホン》が春春《チュンチュン》から何かを受け取った気配があった。ペンチが見つかったのだろう。

ぞっとして、サンガはとにかく何か言わなければと口を開いた。

「あっ、あんたの調べ物ってやつが終わってから、ディーノに手を出すのはいいんだろっ。それまで待つから！　もし疑うなら俺を見張ってろよ！　あんたの近くにいるようにする！」

「どういう事？」

こっちが聞きたい。

だが、一見支離滅裂《しりめつれつ》なこの提案は、追い詰められたからこそ出た起死回生の逆転の発想なのかもしれなかった。

「……おれを、あんたの仲間にして、くれ」

そうだ。ディーノを殺せる確実な方法は、むしろこれしかないのではないか？

「白蛇堂《パイシュアトン》？　……合ってるか？　おれを入れてくれ」

「なぁんでよ。マフィアなんか嫌いだ～って言ってたよね、サンガ君」

真紅《シェンホン》の物言いは揶揄《やゆ》を含んでいる。突拍子もない命乞いだと思われたのだろう。

マフィアは嫌いだ。今この瞬間だって嫌いだ。両親の死の原因。軽蔑《けいべつ》しきっていた犯罪組織。

ディーノと同じになる。考えただけでも吐き気がする。

だが、このままディーノに手出し出来ない方が最悪だ。

そうか。そうだ。ここにきてようやく自分の目的をサンガは自覚した。

「──おれは、絶対に、ディーノを殺したい。おれの手で、だ」

「君じゃ無理だって」

「だったら教えてくれ、人の殺し方、あんた詳しいんだろ」

一瞬、間があった。

無言で指示が出されたのか、静麗《ジンリー》がサンガの手錠と目隠しを外す。

正面にいる真紅《シェンホン》は笑っていた。屈託《くったく》のない人懐っこい笑み。

「図々しいねえ、面白い子だなあ」

ペンチを持っていない方の手を差し出された。

歓迎の印か？　なぜ。交渉すらしていないのにサンガを受け入れる気になったのか。こんなあっけなく？　真紅《シェンホン》の立場的にちやほやされているから生意気な口を利く存在が珍しいとか？　その割には春春《チュンチュン》も静麗《ジンリー》も気安く絡んでいる。実はお人よしなのか？　気まぐれか？

伊達か？　酔狂か？　何でもいい。真紅《シェンホン》の気が変わらないうちにとサンガは握手に応《こた》えた。

間違いだった。

「う、……あっ⁉　あっ、ああ、い、いぃいいいっ⁉」

友好的な握手などではなかった。

伸ばした右手を引っ張られて親指の爪を剝がされた。あっさりと。

サンガは床に倒れ込んで痛みにのた打ち回る。

爪は中途半端《ちゅうとはんぱ》に半分残っている。毎日の仕事のせいでサンガの爪には元々ひびが入っていた箇所があった。そこで割れたらしい。だが苦痛は半分では済まない。

「あ、うあ、いた、痛い、あああっ……」

「ほらあ。こんな理不尽な事ばっか起こるんだよ。やめときなよ」

自ら手を下したくせに自然災害であるかのような真紅《シェンホン》の口ぶり。

サンガの視界のど真ん中には真紅《シェンホン》の足がある。脛《すね》の刺青。蛇を模したデザインだ。白蛇堂《パイシュアトン》だからか。サンガの背後にいる春春《チュンチュン》と静麗《ジンリー》は気配を消そうとしているのかやたらに静かだ。

万が一にも巻き添えを食いたくないのだろう。

どうでもいい事ばかり考えている。痛みからの逃避で意識があちこちに飛んでいるせいだ。

サンガは必死でそれらをかき集めた。集中しろ。今、何をすればいい。

真紅《シェンホン》の言葉に頷くわけにはいかない。無理やり上を向く。

「う、うあ、嫌だ、おれは、入る、入る。ここに。いれ、入れてくれ」

ろれつが回らない。荒い呼吸を繰り返して息を整える。

「『入れてくれ』？」

「いれっ、……いれ、……くだ、さい？　……入、れてくぁ、さい」

普段使わない言語の丁寧な言い回しを懸命に探って、記憶の奥底からなんとか取り出す。

「あら素直。サンガ君、案外擦《す》れてないのかなあ。俺、自分色に染めるってのに楽しみを見いだせないからあんま嬉しくないけど」

「う、お、お願い、します……」

「悲しき過去があったからってそれが免罪符になんないし、世間様は同情してくんないよ？　一回染まったら取り返しつかないよ？　諦《あきら》めて平穏に暮らした方がいいんじゃないの」

「平穏なんて、いらねえ、よっ」

真紅《シェンホン》の目がほんのわずか開かれた気がした。

気のせいかもしれない。

わからない。

「おっ、おれ、妹、が、生きてない世界に、平穏はっ、もう、ない……」

妹の復讐を諦《あきら》めて、日常に戻る？　考えられない。想像すら出来ない。その日常がもうないのだ。

サンガは短く呼吸して痛みを逃す。

真紅《シェンホン》は無言だった。

赤い瞳がサンガの目をじっと見ている。

真紅《シェンホン》からしたら、自分自身の顔と延々見つめ合っているようなものだろう。

なぜならサンガは目を逸らさないからだ。

無表情な真紅《シェンホン》をずっと瞳の中に映しているからだ。

真紅《シェンホン》が小さくかぶりを振って、ペンチを近くの椅子に置いた。

「静麗《ジンリー》、包帯持ってきてもらえる？　どこにあんのか知らないけどそれっぽいのあるでしょ」

包帯？　何をする気だ。縛るにしてももっと適した道具があるのではないか。

サンガが怯えていると、真紅《シェンホン》は静麗《ジンリー》から受け取った包帯で、サンガの指の手当てを始めた。

「……は？」

「これくらいならひと月半かそこらで元通りになるんじゃない？　いやあよかったねえ、生えてくる物で」

真紅《シェンホン》は雑だった。剝がれた半分の爪を元の位置に戻し、それを固定するように必要以上にぐるぐると巻かれた包帯のせいで、サンガの右手の親指の大きさは二倍になっている。

しかし不思議なもので、治療されたと視覚が認知したせいか、サンガの疼痛《とうつう》はいくらか和いだ。

続けて真紅《シェンホン》はサンガの首輪を外した。

唐突な自由。だが電気の流れる檻《おり》に閉じ込めた犬が逃げ出さなくなるように、足枷《あしかせ》を外された奴隷《どれい》がその場に留まるように、サンガはぺたりと座り込んだまま動く事が出来なかった。

「これが妹さんだよね？」

「――……さ、触るなっ！」

しかし、真紅《シェンホン》にペンダントを引っ張られ、チャームを開けられた途端、反射で右手が伸びた。

親指の痛みなんて今だけは気にならない。

サンガはチャームを手の中に隠し、自分の立場も忘れ、威嚇《いかく》する犬のように唸《うな》る。

「取らないってば。売っても端金《はしたがね》にもならないだろうし」

「売り飛ばそうとするなっ」

「あくまで仮の話だよ。俺や世間にとってはそれが価値のない物だってだけ。自分の手元に置いておくのも邪魔だし、売るか捨てるかしかないよ」

真紅《シェンホン》は悪意も皮肉もなく淡々と言う。

「俺が言いたいのはね、サンガ君。君が、自分に価値があるってところを見せてくれないと白蛇堂《パイシュアトン》には入《はい》れないよって事」

ごく静かな物言いなのに恫喝《どうかつ》されている気分になる。

サンガはぎゅっとチャームを握る手に力を込めた。

「だからね、これは俺からのちょっとしたお願いなんだけど」

真紅《シェンホン》はにっこりと笑った。

「ある人をね、脅迫《きょうはく》してきてくれる?」

サンガははっとした。

要は、価値を証明出来れば、白蛇堂《バイシュアトン》に入れてやると真紅《シェンホン》は言っているのだ。

サンガがここで誠実な対応をしてみせさえすればいい。そう、誠実な。

——……誠実な、脅迫を?

幕間　夢

新聞記者は門番《ゲートキーパー》だ。

何を書き、何を書かないかの取捨選択をする者。全《すべ》ての事件が紙面に上がるわけではない。

また、記事は必ずしも事実とは限らない。かといって嘘《うそ》をついているわけではない。

バイアス。プロパガンダ。イデオロギー。

記事が読者に届くまでに、何かしらの装飾《そうしょく》が施されているだけだ。

加えて、悪名高いブローケナークの地ともあれば、門番《ゲートキーパー》はマフィアに支配されている事もざらだ。

日刊紙デイリー・ブローケナークの記者である冴《さ》えない若い男もまた、そういった腑抜《ふぬ》けた門番《ゲートキーパー》のうちの一人だった。彼の所属する新聞社はファルコファミリーと癒着《ゆちゃく》している。

「んん……」

記者の前には寝台で仮眠を取っている金髪の少年がいる。

少年の寝顔を形容しろと言われたら、記者のくせにあらゆる語彙《ごい》を放り投げて、「天使のような」という陳腐《クリシェ》な表現を用いてしまいたくなる。

少年は無垢《むく》で美しい。目を閉じている時はなおの事。

だが少年は正真正銘マフィアだった。

ファルコファミリーの長《コーポラル》、ディーノ。

つい最近、ディーノは、私怨《しえん》から軽食堂《ダイナー》を燃やした。死人まで出すつもりはなかったようだが、それが記者の知る事実。

しかしその火災の記事で、記者は犯人《ディーノ》については一言も触れなかった。

「あれ……、暗いし、寒いし、硬いし、わ、何、蜘蛛《くも》の巣……。何ですか、ここ、汚い……。ボスは？　ボスはどこに……？　もしかして、僕の事、捨て……」

目を覚ましたディーノは、虚《うつ》ろな目で辺りを見渡している。

だが、その目がある一点に向いた時、嘘みたいにぱあっと表情が明るくなった。

「ボス！　嗚呼《ああ》、ボス、そこにいらっしゃったんですね！　嫌ですね、僕ってば寝ぼけてしまって！　どうやら悪夢を見ていたみたいです！　ホテル・ヴィルヘブンに蜘蛛の巣なんかあるわけないのに！　こんなに清潔でほどよい室温の快適な空間なんですから！」

ファルコファミリーのボスはヴィルヘブンの最上階を借り切っている。

「でも、たとえ薄汚れた廃墟《はいきょ》だってどこだって、ボスがいればそこは僕にとって高級ホテルも同然ですけどね！」

ディーノの歯の浮く発言は世辞ではなく本音だ。

記者は長い事そばにいるのでよくわかる。彼はボスを心の底から尊敬している。そして彼曰くボスからは自分が一番愛されている、らしい。

性的な意味合いかと邪推する者もいるだろうが、それは絶対にないと記者の立場から断言出来る。ディーノはボスに何もされていない。

「ボスがいらっしゃるなら、あなたもすぐに教えてくだされぱいいのに！」

ディーノが記者に向かって言う。

「……余計な事を喋《しゃべ》ったら失礼に当たるかと」

「寛大ですよ、ボスも僕も！　ちょっとやそっとの事で失礼だなんて思いませんとも！　たとえば、あなたが記事にした軽食堂《ダイナー》の方くらい失礼じゃなければね！」

火炎瓶《かえんびん》を投げ込まれた軽食堂《ダイナー》の事だろう。

そこの方と言われても記者は誰だか知らない。警察と消防に話を聞いただけで、当事者の元まで足を運ぶ事なく記事を書き上げたからだ。

職業倫理をぶん投げた手抜き記事。

「あの灰色髪の方はボスを侮辱《ぶじょく》した挙げ句、お悔やみに伺《うかが》った僕の胸倉を摑《つか》んできましてね。気に入らない事はなんでもかんでも人のせい、ああいう手合いはそういうところがよくないんですよね！　後から気付いたんですけど、ボスにいただいたシャツが泥で汚れてしまってたんですよ。彼の指の後がくっきり！」

ぺらぺらとまくし立てる独壇場《どくだんじょう》。

大げさに手を振るディーノの仕草はやたらに芝居がかっている。

記者はこの少年といるといつも、無理やり演劇の舞台に立たされている気分になる。

「その場で気付いていたら危うく撃ち殺しているところでした！　堅気《かたぎ》に直接手を下すなんて

情けない真似《まね》を僕にさせないで欲しいですよね！」

心意気は立派だが、あくまで直接手出しをしないだけだ。

件《くだん》の軽食堂《ダイナー》だって、実行犯は金で雇《やと》われたそこらのちんぴらだったが、指示を出したのはディーノなのだから。

ディーノには直属の部下がいないので、必要な時に都度誰《だれ》かを雇っているようだった。

ファルコファミリーの長《コーポラル》という役職は、ディーノのためだけに作られたと聞いた。幹部達と同程度の権力を持つが、身軽に動けるよう部下を持たされていない。

もはや記者の方がファルコファミリーの人間の誰よりもディーノと接している時間が長いかもしれない。

「しかも、灰色髪の彼は結局このホテルを訪ねて来なかったんですよ！　僕らが手を差し伸べると言っているのに！　他人に弱みを見せられないんですかね？　一人で何もかもを解決出来ると思ってるなんて自分に自信を持ちすぎです！」

「それは……訪ねて来たけど入れ違いになったのかもしれませんよ」

「あなたはお人よしですね！　残念ながら逃げたんですよ、彼は。行方《ゆくえ》知れずです！　でも、わざわざ探しはしませんよ！　あの軽食堂《ダイナー》の土地は我々の物になりそうですしね！　やはり世の中、僕のように真面目《まじめ》に生きている人間が報われるようになっているんですね！」

土地の持ち主が死亡、あるいは行方《ゆくえ》知れずなのにとんとん拍子に土地の権利を手に入れているあたり、ブローケナークの腐敗《ふはい》具合が知れるというものだ。

「僕の使命は縄張りを広げていく事です！　だから灰色髪の方に働かれた失礼は、もう忘れて差し上げます！　慈悲深いですね、僕は！」

燃やされた挙げ句忘れ去られたのでは被害者もたまったものではないだろう。

だが、記者にとってももう終わった事だ。

「ディーノさん。次はどこの店を狙《ねら》ってるんですか？」

「これはトップシークレットなので記事にしないでいただきたいんですが、今はとある娼館《しょうかん》に目をつけていますよ！」

「へえ、娼館に」

無価値の情報。一体全体ブローケナークにどれだけの娼館があると思っているのか。

記者は興醒《きょうざ》めして、うっかり表情にもそれを出していたが、ディーノは気付いていなかった。

ディーノはいつだって自分本位で、周囲が見えていない。

「はい！　そこの経営者があまり頼りにならなくてですね、僕の手中に収めた方がよっぽど世の中のためになりそうなんです！」

ディーノはそこで言葉を切ると、急にしおらしくなった。

上目遣《うわめづか》いをして小首を傾げている。

「……ねえ、ボス。うまくいったら、僕の事、いっぱいいっぱい褒《ほ》めてくれますか？」

安いのか高いのかよくわからない報酬《ほうしゅう》だ。
そう思いながらディーノを見て記者はぶるりと震えた。
ここは寒くて寒くてかなわない。
記者にとってはマフィアにいいようにされているこの現実の方がよほど悪夢だ。

二章　この不安には自信がある

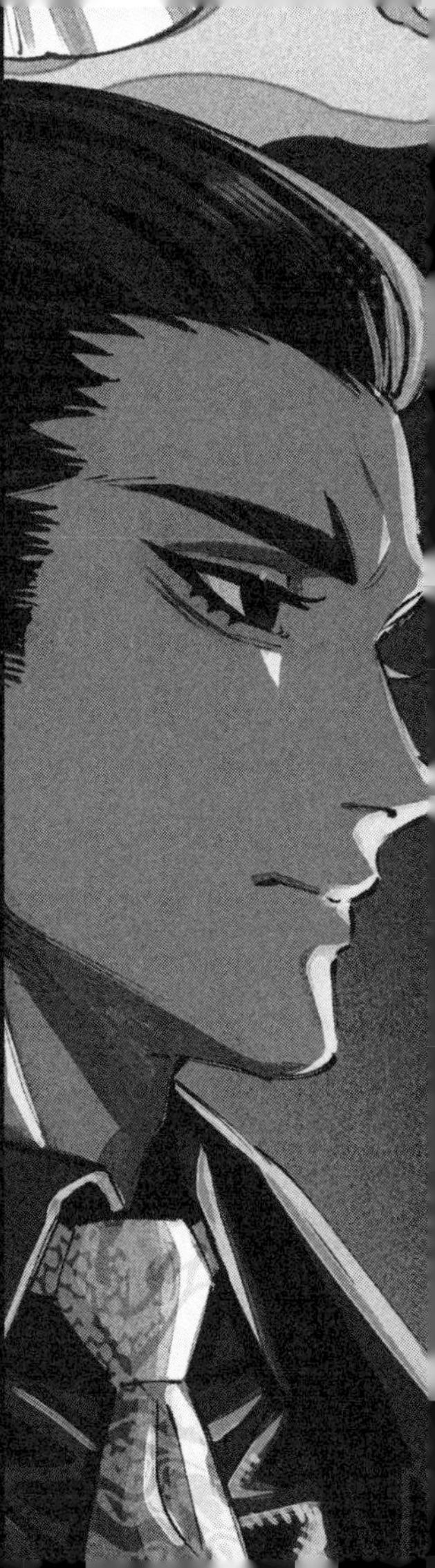

1

脅迫《きょうはく》、失敗。

サンガの右肩はみしみしと鳴っている。

大男の手によって右の腕を背部に捩《ね》じりあげられているのだ。

「う、あ、痛っ、痛いぃあああ」

出すつもりもないのに声が勝手に漏《も》れ出す。

背後には関節技を極《き》めてくる大男。

前方には今しがたサンガに脅迫されたばかりの男。

「悪いが冗談は通じないたちだ。気が長い方でもない」

前方の男の冷え冷えとした声。

「三秒で決めろ。私にもう一度同じ事を言うか、二度と私の前に現れないか」

底無しの威圧感。

そこらの半端《はんぱ》なごろつきとは格が違う。

生まれつき周囲の人間を跪《ひざまず》かせて来た強者《きょうしゃ》の風格がある。

なぜ真紅《シェンホン》はこんな相手を脅迫して来いなんてむちゃな指示をしたのだろう。

もしや自分は、遠回しの断わり文句を愚直《ぐちょく》に遂行《すいこう》してしまった間抜けなのか。

サンガは痛みをこらえて記憶を辿《たど》る。

昨夜、真紅《シェンホン》はどういう態度だったか。

◇

会員制娼館《しょうかん》・華蝶宝珠《かちょうほうじゅ》。

春春《チュンチュン》と静麗《ジンリー》は退室を促《うなが》され、事務所にいるのは真紅《シェンホン》とサンガの二人だけだ。

「うちが貸した金を返さない奴《やつ》がいるんだけど、返しますよって言質《げんち》取って、一筆貰って来てくんない？」

真紅《シェンホン》は再び煙管《きせる》を手にし、涼しい顔で言った。

とてもつい先ほどまで爪《つめ》を剝《は》ぐなどの暴行をしていた男には見えない。

「……脅迫しないといけないのか？　返済してくれって言うだけだろ？」

「それで片付く物分《ものわか》りのいい債務者ならいいんだけどね」

そうではないから恫喝《どうかつ》なり暴行なりで従わせて来い、と真紅《シェンホン》は言っているのだろう。

白蛇堂《パイシュアトン》に入りたければ、そうやって自分の価値を示せ、と。

これは、なぜかは知らないが真紅《シェンホン》が与えてくれたチャンスだ。

だがサンガの気は滅入《めい》るばかりだ。

脅迫。ディーノが軽食堂《ダイナー》に来たのもそうだった。あれは借金の取り立てではなくて、ビールの押し売りだったが、それでも似たようなものだ。

いざあんな奴と同じ事をやるとなるとひどい虚脱感に襲われる。

いやだめだ、と、サンガはかぶりを振る。

ディーノをこの手で殺すためなら何でもすると覚悟を決めたのだ。妹のためにもこんなところで引き下がるわけにはいかない。

「……おれは誰《だれ》を脅迫すればいいんだ?」

何食わぬ風を装おうとしたもののサンガの声は緊張で掠《かす》れていた。

真紅《シェンホン》は微笑《ほほえ》ましい物でも見るように笑いながら煙を吐き出した。

「脅迫相手の名前はね、辰《チェン》っていうの」

続いて情報が矢継ぎ早に挙げられていく。

「二十代で」『色男で』『俺《おれ》よりも背が高くて』『福寿閣《ふくじゅかく》ってお店にいて』『他の人とは違う目立つ服を着てる』『お店は寺院の近くにあるよ』『あ、建物の二階ね」

サンガは小声で復唱して、辰《チェン》という男の特徴を脳内に刻みつける。

……真紅《シェンホン》の身長が百八十センチを越えていそうだというのに、それよりもさらに高いのか? 怖くないか? それに色男というのも主観的すぎる。

「そんな必死に覚えなくても、お店には辰《チェン》以外いないから間違えようがないよ」

それを先に言えよ。

「ああ、ちょっと待ってね」

真紅《シェンホン》は引き出しをあちこちひっくり返し何かを探している。あったあった、と、取り出したのは、葉書大のサイズの紙だ。紙の右下に何やらサインして、サンガに手渡してくる。

「はい、あげる。この紙に一筆《いっぴつ》貰って来るんだよ」

右下に書かれていたのは、文字というより何かの記号に見える。華埠《チャイナタウン》で使われている文字が書かれていたところで、サンガには読めないが。

「……これ、何なんだ？」

「俺のピアスと白蛇の絵を組み合わせてあるの。可愛《かわい》いでしょ？」

それは知った事ではないが、言われてみれば確かに、真紅《シェンホン》のピアスの形（サンガの知らない文字なのかもしれない）の上に白蛇を置いた図だ。真紅《シェンホン》の署名代わりという事か。

「これで君が白蛇堂《パイシュアトン》の使いの者だってわかるようにしておいたんだよ」

サンガはごくりと唾《つば》を飲みこんだ。いよいよもって後戻りが出来ない。

「それじゃあ明日の昼近くにでも福寿閣《ふくじゅかく》に行っておいで」

◇

そうして、〝明日の昼近く〟。

サンガは一人、福寿閣《ふくじゅかく》の前に立っていた。

ほとんど眠れなかったせいで意識は朦朧《もうろう》としている。

包帯ぐるぐる巻きの右の親指は当然ずきずき痛むままだが、そのおかげでかろうじて気を失わずにいられる。全然嬉《うれ》しくない。

あの後、真紅《シェンホン》はすぐに娼館から出て行った。

地図でも貰っておけばよかったと気付いたのは夜が明けてからで、春春《チュンチュン》も静麗《ジンリー》もどの部屋にいるのかわからず、結局サンガは、道行く人々を頼りにここまで来た。

福寿閣《ふくじゅかく》は、二階建ての大きな飯店だった。

立派な寺院のすぐ近く。

薄汚い格好で正面から入ったらつまみ出されそうで、サンガは非常口から中に入った。

非常口が機能しているという事は、治安のよさを意味する。いつ誰が何を盗むかわからない店の非常口は常にふさがれているからだ。

店内には卓が敷き詰められている。もうもうと湯気の立つ蒸し物やら、熱々の濃厚そうなスープやら、脂のしたたる肉やらが並び、おいしそうな匂《にお》いが漂っている。

だがサンガの食欲はわかない。空腹もスパイスにならず、寝不足と怪我《けが》のせいでむしろ胸焼けしそうだ。

――店には辰《チェン》以外いない、とか言っていなかったか？

それなりににぎわう店内に不安になり、サンガはきょろきょろと辺りを見渡す。

……確か二階って言ってたな。

視線を上に向ける。吹き抜けの先の二階に隔離された特別席があった。辰《チェン》とやらがいるならきっとあそこだ。

的中。

二階にいるのは同じ卓を囲む男二人だけだった。片方は辰《チェン》の連れだろう。どちらが辰《チェン》であるかは一目瞭然だった。

どちらも二十代で、どちらも真紅より背が高く、どちらもほかの客とは違う上質さの目立つダークスーツを着ていた。まさか最もあやふやな特徴である『色男』で辰《チェン》を特定出来るとは。

「なあ、あんた……」

「何かご用件でしょうか」

応《こた》えたのは辰《チェン》の連れの大男だ。立ったら二メートルくらいあるんじゃなかろうか。

その男が、愛想こそいいもののサンガの事を用心深く窺《うかが》っている。姿勢を微妙に変えたのは、いつでも身を乗り出せるようにか？

もしや護衛なのだろうか。……そんなのがいる奴を脅迫しろと？

いや、とサンガは思い直した。こんなところで怯《ひる》むな。

「あんたじゃなくて、辰《チェン》に話があって来た」

「辰《チェン》……という者についての話という事ですか？　どなたの事でしょうか」

「しらばっくれないでくれ。そこの男が辰《チェン》だろ。あんたが借りたって金を返してもらいに来たんだ」

サンガは大男ではなく、あくまで辰《チェン》に話しかけた。

辰《チェン》はまるで映画俳優のようだ。辰《チェン》のスーツ、染みや皺《しわ》の一切《いっさい》ない青いシャツ、そして洒落た白いネクタイは、一般の人間ならそれこそ借金でもしないと買えない代物に見える。

辰《チェン》がサンガに視線を投げて来る。瞬間、サンガはぎくりと固まった。

この世の全《すべ》てを凍《い》てつかせる目。

遠目に見ると単なる目鼻立ちの整った男だった。が、近くで見ると、冷酷な瞳《ひとみ》がひたすらに恐ろしい。辰《チェン》が前髪を後ろに撫でつけているせいもあって、よく目立つのだ。

「人違いだ。心当たりがない」

辰《チェン》は端的に切り捨てた。

瞬時にしてブローケナークの冬の雪景色が目の前に広がるようだった。辰《チェン》の声はそれくらい温度が無い。

サンガは混乱した。辰《チェン》の声色にも瞳にも嘘《うそ》がなかったからだ。

「帰れ」

声を荒らげているわけでもないのに、有無を言わさぬ迫力を持つ辰《チェン》の低音。

「い、一筆貰わないと帰れない」

焦《あせ》りながらもサンガは粘《ねば》る。そうだ、辰《チェン》は図太い債務者で詐欺師並みに嘘が得意なのかもしれない。そのうちきっとぼろが出る。

「踏み倒そうなんて悪い考えは捨てた方がいいぜ。マフィアなんてクズなんだから。そんなもんと関《かか》わらず、世間にちゃんと顔向け出来るような生き方をしろよ。あ、あんたの親だってあんたに真っ当に生きて欲しがってるはずで――」

辰《チェン》は大男にちらりと視線を送った。

「あっ、…………ぐっ⁉」

合図だったのだろう。次の瞬間、サンガの右腕は大男に捻《ひね》りあげられていた。

2

どこの国の華埠《チャイナタウン》もまずは廟《びょう》から始まる。

神像を祀《まつ》って祈願する寺院の事だ。

遠く離れた国へやって来た自分達の心の支えとなる建物《ばしょ》。

ブローケナークの華埠《チャイナタウン》にも至る所に大小の廟《びょう》があるが、絢爛豪華《けんらんごうか》で一際《ひときわ》目立つ大きな物が東武廟《とうぶびょう》と西武廟《せいぶびょう》だ。

西武廟の近くの小路には占い処がたくさんある。

その中の一つが福寿閣。

軋《きし》む外階段を上った真紅《シェンホン》が、二階にあるその店に入るのと入れ違いに、中から数人の若い女性がきゃあきゃあとはしゃぎながら出ていった。

「ようこそお越しくださいました」

おっとりと構える長身の男は、店主である辰《チェン》だ。

真紅《シェンホン》より年下で、成人を過ぎたばかりだが、物腰はやたらと落ち着いている。

身に着けている物はゆったりとした長袍《チャンパオ》。そこに何かきらきらしたものが縫い付けられている。派手で人目を引く服だった。

「真紅《シェンホン》さん、本日は眼福ですね？　僕の美しい顔が見られて」

自負通り、辰《チェン》は中性的で整った顔立ちをしており、彼目当てでここに足しげく通う女性客も多い。

先ほど入り口ですれ違った団体もその口だろう。

「辰《チェン》、相変わらずちやほやされてるね」

「そうですか？　僕は僕が好きで、お嬢さん方も僕が好きで、僕も僕の事を好きなお嬢さん方を好きなだけですよ」

「いけすかない男のお手本みたいだなあ」

「嫉妬《しっと》しなくても真紅《シェンホン》さんの事も僕とお嬢さんとお酒の次に好きですよ」

「どうもね」

合衆国の排斥法やら新移民法やらで華埠《チャイナタウン》の男女比は実に二十七対一だが、辰《チェン》は生まれてこの方女に困った事がない、らしい。

その交際費に困って借金をしている――わけでは、ない。

「今日は何にします？　手相？　観相？　それとも僕？」

そう広くない部屋には水晶や霊符、陰陽太極図《いんようたいきょくず》等々、神秘的な道具が店主と同じくらい節操なく取り揃《と　そろ》えられている。

「俺は『僕』以外の目的でここには来ないよ」

「真紅《シェンホン》さん、占い信じないですもんね」

「辰《チェン》の言う事は信じるけど」

「殺し文句ですねえ」

「サンガ君、どうだった？」

「はい？」

「あれ。来てない？」

「ないですね」

「ありゃ。怖気《おじけ》づいちゃったのかな」

「ああ、今日、試験の予定あったんですね」

「うん」

「指定の相手をちゃんと脅迫出来るか──白蛇堂《うち》の入門試験は独特ですよね」

辰《チェン》は占い師であると同時に、白蛇堂《パイシュアトン》の所属員でもある。

入門試験の担当官をしており、志願者の向き不向きを見極める役目だ。無論、最終決定権は真紅《シェンホン》にあるのだが。

「脅迫の仕方に性格出るから面白《おもしろ》いかなって思ってさ」

「そうですね。脅し文句一つとっても、殺すとか、世間に言いふらすとか、家族に危害を与えるとか、多岐《たき》にわたりますからね。それぞれ個性があります。暴力に訴えるにしても、直接僕を殴ろうとするとか、家具を壊そうとするとか、壁を蹴《け》って大きな音を出して威嚇《いかく》するとか……。皆違って興味深いですよ」

つまるところ、真紅《シェンホン》がサンガに課したのは入門試験だったのだ。

金を返さない債務者など最初から存在していない。

真紅《シェンホン》のピアスと白蛇の署名をした紙も、本気で一筆貰って来て欲しいわけではなく、この紙の所持者は志願者だと辰《チェン》に伝えるための小道具に過ぎない。一連の流れが試験だという種明かしも辰《チェン》の職務なのだ。

「前はね、目につくとこに金を置いといて、こっちが席を外した隙に手をつけるかどうか見るだけだったたんだけどね。ほとんどの人間は目先の小金に惑わされちゃうからさ」

「僕、その試験でしたよ。でも実は試験内容、噂《うわさ》で聞いてましたけどね」

「反則だなあ。まあそうやって広まっちゃってたから変えたんだけどさ」

話しながら辰《チェン》が莨盆《たばこぼん》を用意したので、真紅《シェンホン》は懐《ふところ》から自分の煙管《きせる》を取り出した。

「あー、でも、そっかあ、サンガ君、逃げちゃったんだ。そりゃまああの子の立場なら脅迫なんて絶対やりたくないだろうけどさあ」

「珍しいですね。真紅《シェンホン》さんが志願者の事気にするの」

「そう？」

「はい」

煙を吐き出す真紅《シェンホン》を見ながら、本当に珍しい事だ、と辰《チェン》は思う。サンガとやらはよほど見るべきところがある人物なのではないか。だとしたら、そう簡単に逃げ出すものだろうか。

「――ああ」

辰《チェン》は思わず声を出した。

「どしたの」

「西武廟《こちら》じゃなくて、東武廟の近くに同じ名前の飯店があるんですよ。うちの店と規模は全然違うんですけど。……勘違いしてそちらに向かってしまったという線はないですか?」

「ええ? 俺もその店は知ってるけどさ。話を適当に聞いてたとしても、そんな間違いするかなあ」

「普通はしません。けれど華埠《チャイナタウン》によっぽど無知ならあるいは」

真紅《シェンホン》は煙管を吸った。

煙をゆっくり吐いた。

「ありえるね」

へらり、と笑った。

「あちらを訪ねても脅迫すべき人物はいないんですから、真紅《シェンホン》さんにからかわれたと思って帰っちゃったんじゃないですか?」

「そっかあ。まあ、あっちの福寿閣《ふくじゅかく》は翼幇《イーバン》の保護下だしね。幹部連中もよく出入りしてるし目的もなく長居しようとは思わないかなあ」

「かっちりしたスーツ姿の強面《こわもて》ばかりで威圧感ありますしね」

「上背《うわぜい》ある奴も多いしねえ」

「でもどうします？　店違いに人違い、勘違いを重ねて、翼幇《イーバン》の誰かを脅迫してたとしたら」

カン！　と真紅《シェンホン》が煙管を竹筒の灰吹《はいふき》に打ちつけた音が響く。

「それ、面白いね？」

◇

「三秒で決めろ。私にもう一度同じ事を言うか、二度と私の前に現れないか」

大男に右腕を背中側で極《き》められ、意識を過去に飛ばしていたサンガは、ふと、我に返った。

――――三秒？

いーちっ、という真紅《シェンホン》の声が脳裏に響く。目隠しをされて真紅《シェンホン》に顔を蹴られた時の事。

馬鹿《ばか》正直に待っていたらひどい目に遭う。サンガはそう学習してしまっている。

「だっ、から、マフィアはクズで、こんなのあんたの親が悲しむっ、真っ当に生き、あ、う、あああああっ」

結果、提示された二択を焦って選び間違えた。大男からの締《し》めがさらにきつくなった。

「私の属する翼幇《イーバン》の頭領は私の父だ」

「いー、ばん？」

「まさか知らないとは言わせない。貴様は父と私をクズだと愚弄《ぐろう》したわけだ」

「え、……はああ⁉」

翼幇《イーバン》とやらはマフィアで、目の前にいる辰《チェン》はボスのご子息様であるらしい。

護衛がいるのも納得だ。

しかしこれでは伝説の剣を持つ相手に、針一本で戦いを挑みに来たようなものではないか。

「ち、ちが、違う、あの、おれ、おれは、そんなつもりじゃっ、あ、あだだだだ」

「何が違う。――――これは何だ」

とにかく大男の腕から逃れようと暴《あば》れたサンガのポケットから、ひらりと葉書大の紙片が落ちた。それは床を滑って、ちょうど辰《チェン》の足元で止まる。

辰《チェン》は自ら拾い上げ、紙の右端に視線を落とした。ここまでずっと無表情だった男の顔に、感情らしきものが乗る。はっきりとした嫌悪。

「……あの男絡みか」

うんざりとした口調。眉間に寄せられた皺。

残念ながら翼幇《イーバン》が白蛇堂《パイシュアトン》と友好的な組織である可能性はなさそうだ。

「貴様は白蛇堂《パイシュアトン》の新入りか」

「ち、違う」

嘘ではない。まだ入っていない。今この瞬間も己《おのれ》の利用価値を示している真っ最中だ。

「下手なごまかしはよせ。爪でも剝がれたいのか？」

もうやられてんだよ、それは。

「貴様が無関係だというならばなぜ白蛇堂《パイシュアトン》の若衆頭《わかしゅがしら》の署名を持っている？　貴様の後ろの男は貴様の首でも腕でもへし折るくらいすぐに出来るぞ」

そうだろうよ。

「白蛇堂《パイシュアトン》の若衆頭は何を考えて貴様をここに寄越した」

こっちが知りてえよ。

「おれ、は、その、ただ、辰《チェン》から金を返してもらって来いって言われただけで、でもあんたが自分の事を辰《チェン》って認めないから、それで、とにかく、どうにかしようって」

心の中でこそ悪態をついていたが、サンガはしどろもどろになりつつもきちんと説明した。

「わけのわからない事を言うな。辰《チェン》ではないのになぜ認める必要がある」

やはり嘘をついている様子はない。サンガの口の中がからからに乾いていく。

もしかして、この男は本当に辰《チェン》ではないのではないか。

「…………あ、んた、名前は？」

「私の名は劉胎龍《リュウタイロン》だ。なぜ今さら聞く」

疑う余地のない清廉潔白《せいれんけっぱく》な眼差《まなざ》し。

瞬間。

サンガの全身からどっと汗が噴き出した。

――――脅迫相手を間違えている⁉

なぜ。真紅《シェンホン》が上げた特徴には合致しているのに。時間か？　時間を勘違いしていた？　昼近くに店に行けという指示は昼前ではなく昼過ぎという意味だったのか？

何もわからない。だが、サンガが物騒すぎる人違いをした事だけはわかる。

「まさか翼幇《イーバン》を腐《くさ》すためだけにここに来たわけではないだろう。若衆頭は翼幇《うち》と白蛇堂《パイシュアトン》との和平協定を破棄したいとでも言っていたか？」

「ちっ、ちが、違う違う違うっ、そ、そう、そうじゃなくて、これはおれが勝手にやった事で……！」

突如として華埠《チャイナタウン》内組織の均衡《きんこう》が崩壊《ほうかい》しそうになっているっ⁉

サンガは必死で真紅《シェンホン》の冤罪《えんざい》を晴らそうとした。

「かばっているのか、あの男を？　自分の命を賭《と》してまで？」

「違うっ！」

浪漫溢《ろまんあふ》れる勘違いをしないで欲しい。主従愛も師弟愛も何もない。

サンガは現時点では白蛇堂《パイシュアトン》の新入りでさえないただの一般人なのだ。

だというのに己が抗争の引き金になるなんて耐えられない。

「あの男にそんな価値はないだろう。その忠義心がどこまで持つか見物だな」

「え？」

劉胎龍《リュウタイロン》が大男に命じた。サンガの背後の大男の名は蜘蛛《ジズ》というらしい。

「蜘蛛《ジズ》、外せ」

外せ？　何を？

「あ、あでで、ちょ、い、痛え、あっ、あっ、ああっ、あああ――――っ……」

サンガの右腕がさらに捻りあげられた。血管が千切れそうで、神経は捩じ切れそうだ。きっとこのままでは腕も肩も破壊される。

だがサンガがどんなに苦痛を訴えても蜘蛛《ジズ》は力を抜かない。

サンガの体の震えを受けてペンダントが小刻みに揺れる。

劉胎龍《リュウタイロン》は冷めた視線を寄越すばかりで蜘蛛《ジズ》を止めない。

限界だ。

サンガがそう思ったのと同時に、ごきりと鈍い音がした。

痛みの種類が変わった。肩周辺が燃え出したのかと錯覚する激痛。

右の肩関節が外されたのだ。

それなのにまだ腕を離してもらえない。痛みを逃す姿勢を取る事も許されない。

「あっ、……く……」

サンガはもはや声すら出せない。歯を食いしばる。喉《のど》が絞まる。脂汗が滴り落ちる。

「はいはーい、そこまでね」

ぱんぱんと気の抜けた両手を打つ音と共に、間の抜けた暢気《のんき》な声が飛び込んできた。サンガは一瞬だけ痛みを忘れる。

「ごめんね、躾《しつけ》がなってなくて迷惑かけたみたいで」

頑張って首を捻って顔を確認するまでもない。真紅《シェンホン》だ。

まるで英雄のようなタイミング。……そうでもねえな。こういうの、普通、間一髪助かるタイミングで来るもんじゃないのか？　一歩遅くねえ？

「それ、うちの子だから返してもらっていい？」

うちの子、と言われたのか、今？　……ここから連れ出すための方便か？

しかし真紅《シェンホン》に声をかけられても蜘蛛《ジズ》は微動だにしない。

「ああ、これご主人様命令なの？　従順だねえ。じゃあさあ、胎龍《タイロン》」

「私の名を気安く呼ぶな」

劉胎龍《リュウタイロン》の不機嫌な声も鋭い眼光も、真紅《シェンホン》には刺さらない。

「君のこのでっかい忠犬わんわんに、サンガ君を放すよう言ってもらえる？」

「蜘蛛《ジズ》を犬扱いするな」

劉胎龍《リュウタイロン》は反発しながらも、蜘蛛《ジズ》にサンガを放すよう促した。解放されたサンガはその場に

へたりこんで右肩をかばう。肩の痛みが強烈すぎて、右手親指の剝がれた爪の痛みからは気が逸れた。全然嬉しくねえ。

「……お前、翼幇《うち》の縄張《シマ》りに身一つで乗り込んで来たのか？　舐《な》められたものだな」

「休戦中なんだから、君らが俺に手を出すなんて馬鹿な真似《まね》しないでしょ？　それこそ戦争になっちゃうでしょうが」

「それならなぜこいつを――サンガを寄越した」

「ちょっとした行き違いがあってね。じゃなきゃ、好き好んでこんなとこ来るわけないじゃない」

「それで、お前が直々に回収に？　随分《ずいぶん》なお気に入りだな」

「そういう感想が出るのはさあ、君が贔屓《ひいき》するのは、役に立つ子より気に入ってる子だからなの？　君、やっぱり人間臭いねえ」

「知った口をきくな」

「やだなあ。話しかけてきたの君でしょ？」

静かだが不穏な会話。はらはら見守っていたサンガはぎょっとした。真紅《シェンホン》が卓から磁器の茶杯を手にし、劉胎龍《リュウタイロン》の飲みかけの茶を飲んだからだ。劉胎龍《リュウタイロン》は目に見えて苛立《いらだ》っている。

「勝手に飲むな。くだらない嫌がらせはやめろ」

「まあでも今回はこっちに非がありそうだね。非礼の詫《わ》びに一発貰ってもいいよ」

真紅《シェンホン》は劉胎龍《リュウタイロン》に向かって両腕を大きく広げた。

まさか殴られる事でサンガの失態を帳消しにしようとしてくれているのか。

だが劉胎龍《リュウタイロン》は胡散臭《うさんくさ》い物を見る目つきをして、椅子《いす》から立ち上がろうともしない。

「ああ、もしかして、俺が武器持ってて襲うかもって心配してんの？　用心深いねえ。ボディチェックしとく？」

真紅《シェンホン》が両手を高く上げた。劉胎龍《リュウタイロン》の視線を受け、蜘蛛《ジズ》が真紅《シェンホン》の背後から全身をまさぐる。

「危ない物なかったでしょ？　なんならここでストリップしてあげよっか？」

「お前のそういうふざけたところが昔から嫌いだ」

うっ、とサンガは息を詰めた。

立ち上がった劉胎龍《リュウタイロン》が、信じられない素早さで真紅《シェンホン》の腹に拳《こぶし》を叩きこんだからだ。真紅《シェンホン》の体が吹っ飛んで来そうでサンガは身構える。

だが真紅《シェンホン》は、衝撃をまともに受け止めながらも無理やり前のめりになった。劉胎龍《リュウタイロン》の背中に片手を回してしがみつく。握りしめられた劉胎龍《リュウタイロン》のスーツに大きく皺が寄る。

見ようによっては熱烈な抱擁《ほうよう》だ。だがもちろん、そんな友好的な行為ではなかった。

「ばあー」

真紅《シェンホン》が劉胎龍《リュウタイロン》の肩口に顎《あご》を預け、口を開く。そうして、さっき飲んだばかりの茶を吐き出した。劉胎龍《リュウタイロン》の上等なスーツの背面にびちゃびちゃと染みが作られていく。

「……お前」

「あー、ごめんごめん、胎龍《タイロン》。不可抗力だから目くじら立てないでよ」

青筋を浮かべる劉胎龍《リュウタイロン》、へらへらと濡《ぬ》れた口元をスーツで拭う真紅《シェンホン》。

最悪だ。サンガは顔をひきつらせた。これをやるために真紅《シェンホン》は茶を飲んだ後わざと殴られたのか？　策士だと素直に感心するには陰険すぎる。あらゆる意味で汚《きたね》え。

「失礼します。先ほどからにぎやかなようですが、何か問題がございましたでしょう……か……？　あ、い、いえ、その、お、お取り込み中失礼しました」

物音が響いていたのだろう、様子を見に来た店員が、ばたばたと階下に戻っていく。男二人が一見仲睦《なかむつ》まじく抱き合っているくせ、場は一触即発。さぞかし怖かったに違いない。

だが店員の乱入のおかげで、張りつめていた空気は霧散した。

「……坊《ぼん》、汚れたお召し物を預かります」

蜘蛛《ジズ》が真紅《シェンホン》と劉胎龍《リュウタイロン》の間に半身を差し入れる。

劉胎龍《リュウタイロン》は真紅《シェンホン》と視線を交錯させ――忌々《いまいま》しげに大きく溜息《ためいき》をついた。

「とっとと失せろ」

大人の対応にサンガは胸を撫で下ろす。翼幇《イーバン》がどれくらいの規模の組織かは知らないが、背負う物がある人間は退《ひ》き時を間違えないという事か。

真紅《シェンホン》は卓から署名してある葉書大の紙を回収した後、サンガに向き直った。

「じゃあ行こっか、サンガ君」

手真似で立つよう促され、サンガは無理やりに体を起こした。階段に向かう真紅《シェンホン》の後を追いかける。一歩一歩が肩に響いて激痛だ。

「胎龍《タイロン》、迷惑かけたね。機会があったら酒でも奢《おご》るよ」

真紅《シェンホン》が肩越しに振り返って言った言葉に、大きな舌打ちが返ってくる。

劉胎龍《リュウタイロン》がどんな形相をしているのやら、サンガは恐ろしくてとても振り向けなかった。

3

飯店の福寿閣《ふくじゅかく》から出るなり真紅《シェンホン》は言った。

「サンガ君、歩くの辛《つら》いでしょ。こういう事もあろうかと車を用意しといたよ」

目を閉じて聞けば、気遣いの出来る優しい男の台詞《せりふ》だ。

だが、実際にサンガの目に映っている車は、大衆的なT型車でも最新鋭のKシリーズでもなく、乳母車《うばぐるま》なのだ。とんだおとぼけ野郎の台詞だった。

「…………これに、乗れと?」

「うん、乗りな。だってサンガ君、華埠《チャイナタウン》では赤ん坊同然でしょ。俺ももっと配慮するべきだったよね」

「はあ?」

何言ってんだと返す前に、真紅《シェンホン》から脅迫相手どころか福寿閣《ふくじゅかく》という店自体を間違えていた事を告げられ、サンガは口を噤《つぐ》むしかなかった。

本来は白蛇堂《パイシュアトン》内の関係者のみで完結する入門試験。

それが敵対組織である翼幇《イーバン》への殴り込みになってしまったのだから、にこにこ笑う真紅《シェンホン》は実のところ激怒しているのかもしれない。

「サンガ君は厄介事と仲良くなる才能があっていいねえ」

嫌味か？　やっぱりブチ切れてねえかこれ？

逆らうのは得策ではなさそうで、サンガはびくびくと乳母車に尻《しり》を押しこんだ。

超過重量だろうに乳母車は案外丈夫で壊れる事はなさそうだ。しかし絵面が滑稽《こっけい》でいたたまれない。真紅《シェンホン》は構わずに乳母車を押して走り始めた。

すれ違う街の人々から向けられる嘲笑や驚きの目。サンガは勢いよく顔を伏せた。

「サンガ君、楽しい？」

「……痛《いて》え」

負傷した体が絶え間ない振動に突き上げられ、もはや吐き気がする。

「そっかあ。生きてるって感じだねえ。じゃあちょっと急ごうか」

サンガは急激に不安になってきた。何で生命力について言及してきた？

結果として入門試験に失敗している。己の価値を示せてもいない。見込みなしと捨て置かれても文句が言えない状況で、どこに連れて行くつもりだ？

「あ、あんたさ」

「なあに」

「おれを、このまま、……海に捨てるとか、ないよな？」

「生きたまま海に？　それならあらかじめ手足を縛《しば》っとくよ」

既遂事項《やったことあんの》かよ。

「そのっ、店間違えて、迷惑かけて、悪かった！　でも、絶対挽回《ばんかい》するから、だから、おれを白蛇堂《パイシュアトン》に入れて――」

「へえ？　だったらさあ、俺に対する誠意を目に見える形で示してよ」

「…………あんたの靴を舐《な》める、とか？」

「知ってる？　俺の靴、爪先、出てんの。俺ねえ、他人の唾液《だえき》あんま好きじゃないのよ」

「じゃあどうして欲しいんだよ」

「用意してた選択肢少なすぎない？」

靴も尻《ケツ》も傷も舐めなくていいけど、と続ける真紅《シェンホン》には、足を止める気配がない。だからどこ向かってんだ今？

「サンガ君は交渉が下手だねえ」

「……何をどうすりゃいいんだよ」

「それが不正解だって言ってる。簡単にこっちに主導権渡さない方がいいと思うけど。俺が何か条件つけたらそれに従うしかなくなるんだよ」

「おれはっ……、言われりゃ、どんな事でも、やる覚悟が、あるから！」

見捨てられたくない一心だった。サンガは無理をして体を捻り、真紅《シェンホン》と目を合わせる。

赤い瞳は細められている。悪戯《いたずら》が成功した子供のような笑み。

「じゃあ腎臓《じんぞう》貰える？　一つくらい無くなっても大丈夫でしょ」

サンガは何を言われたのかわからなかった。

良いニュースがあるのはわかる。目的地は病院である可能性が高い。

悪いニュースがあるのもわかる。目的は治療ではない可能性が高い。

◇

薬屋横丁。

名前の通り、大きな看板を掲げた薬屋が小路の両側に所狭しと立ち並んでいる。

万万本草房《ばんばんほんそうぼう》は、その中で最も古い建物にあり、漢方を専門にしている店だ。

薄暗く狭い店内のカウンターに立つ店主は、背の高いすらりとした老女。

店主の後ろの壁一面には、彼女より背の高い黒檀《こくたん》の薬簞笥《くすりだんす》が並んでいる。

人参《にんじん》、乾姜《かんきょう》、芍薬《しゃくやく》、薄荷《はっか》。小分けにされた引き出しを開けずとも、常に漂《ただよ》う生薬の匂い。

「菲《フェイ》さん、ちょっとお願いがあるんだけどさあ」

他の客の姿がない事を確認した後、真紅《シェンホン》はサンガを荷物のように肩に担《かつ》いで店主に話しかけた。痛みが限界に達してサンガの意識は朦朧《もうろう》としている。

「なんだいそりゃ。どこで拾って来たか知らないけど、アタシゃいらないよ。捨てられてたとこに戻しといで」

「頼むよ、媽媽《マーマ》ぁ。俺が餌《えさ》も散歩もちゃんとするからぁ」

「つまんない冗談に乗っかって来るんじゃあないよ。誰がアンタの媽媽《お母さん》さね」

「あっはは、本当、誰がだよってね」

「さっさと下まで運びな」

菲《フェイ》と呼ばれた店主は、億劫《おっくう》そうに中央にある黒箪笥の上部右端を押した。

その薬箪笥にだけ半回転する仕掛けがあるのだ。

もぐり酒場《スピークイージー》の入り口の隠し方によく似ている。

ただしこの先の地下にあるのは酒場ではなく病室だ。

万万本草房《ばんばんほんそうぼう》の実体は、非合法《もぐり》の病院だ。

菲《フェイ》は薬屋店主だが、白蛇堂《パイシュアトン》関係者の負傷の世話を請け負う闇《やみ》医者でもあるのだ。


サンガは病室の寝台に仰向《あおむ》けに寝かされた。

「心配しなくても菲《フェイ》さんの腕は確かだよ。ちゃんと俺が話つけて、今、準備してくれてる。もうすぐ来るからそのまま待っててね、サンガ君」

準備。何の準備？　腎臓を取り出す準備？　真紅《シェンホン》への誠意の証に捧げるための腎臓を？

…………え？　試験失敗の代償がでかすぎねえか？

サンガはようやく気付いた。どうにも脳味噌が仕事していないせいで絶体絶命だ。腎臓の役割の何たるかは知らないが、ほいほい渡していい物ではないだろう。

「あの、ちょ、ちょっと」

「どしたのサンガ君」

なんとか起き上がろうとして宙をかいていたサンガの左手が、寝台にかがみこんだ真紅《シェンホン》の前髪に触れた。

「あ、………あ?」

サンガは硬直した。ふわりと舞いあがった真紅《シェンホン》の前髪の下を目の当《ま》たりにして。

「……あんた、右、目が……ない、のか……?」

「ありゃ。今さら? ずっとこうだよ。どこかで落としちゃったみたいだね。見つけたら拾っといて」

笑えない冗談だ。

真紅《シェンホン》には右目がなかった。いや、正しくは、右目が常に閉じられているのだ。上下のまぶたが太い糸でじぐざぐと粗く縫《ぬ》い付けられている。

サンガは全く気付いていなかった。真紅《シェンホン》の右目はいつも前髪で覆《おお》われていたうえ、左の瞳の赤さだとか、頬《ほお》の十字の刺青《いれずみ》だとかに視線が誘導されがちだったせいだ。

……もしやこの男も過去に何かをやらかして右目を取られたのか?

どこか遠く感じていたこの状況に、一気に現実味が増す。

「怖くなっちゃった？　サンガ君。やっぱやめとく？」

その選択肢だけはない。白蛇堂《パイシュアトン》に入れず、ディーノに復讐《ふくしゅう》出来なくなる。

「あ、う、……どうしても、腎臓じゃないとだめなのか」

「そうだなあ」

真紅《シェンホン》は人差し指で顎をとんとんと叩《たた》く。

「ああ、だったら手の指にしよっか。第一関節から上だけでいいよ。十本のうちの一本。腎臓より数が多いから選びたい放題だ。やったね」

譲歩されたところで何かを失うのは決定事項。ならば腎臓に比べて指先は随分ましに思える。

「……わ、かった」

サンガは一度ゆっくり瞬きした。了承と諦観。

「ディーノを殺すために、支障が出ないところなら、どれでも、いい……」

「じゃあ小指だ。右の小指の先でいい？　今、君、右肩外れてるから、好都合でしょ。肩の痛みに気を取られてるうちにぱっぱと取っちゃおう。麻酔入らずだねえ」

真紅《シェンホン》はサンガの下唇を人差し指でなぞる。

「……麻酔代わりに、シャンティを用意したら、サンガ君、舐める？」

「ぜってー、いらねえ……。痛いまま、する……」

サンガは反射的に断った。

一時的に痛みを和らげられたところで、中毒にでもなって、妹やディーノの事を忘れてしまったら元も子もない。

「そっか」

真紅《シェンホン》は静かに笑っていた。

なぜ唐突にシャンティの話題を持ち出して来たのか。麻酔代わりの麻薬にしても他にもあるだろうに。不思議に思ったが、追及する元気が今のサンガにはない。

「菲《フェイ》さん、まだかなあ。あの人、刺青も彫《ほ》れるし器用なんだよね。怪我でも病気でも何でも治せる」

「治ろうと思ってない患者は治せやしないよ」

低く落ち着いた女性の声。

「治す事がそいつの人生にとって必ずしもいい結果をもたらすとも限らない。たとえば幻聴を創作材料にしている作曲家がいたとして、そいつから病を取り上げちまって、そいつだけに聞こえる音を消すのがいいかどうかは一概に言えないだろ」

菲《フェイ》が部屋に入って来た。サンガの目には菲《フェイ》は六十過ぎくらいに見える。

伸びた背筋に、頭の形がわかるほど短くきっちりカットされた髪の毛。上品で凛《りん》としているうえ、その隙の無さや潔癖さが情の無さのようで、サンガは身を硬くした。

「治さ、なくていい、って思ったから、……あの右目があんな縫い方になったのか？」

　菲《フェイ》の言いたい事を汲み取れないままに、サンガは菲《フェイ》に問いかけた。視線の先は真紅《シェンホン》の右目。不安なのだ。縫い目が丁寧な仕事とはほど遠すぎて。

「はあ？　アホたれ。昔はコイツの世話をしょっちゅうしてたけど、アタシがこんな雑に縫ってたまるかい」

「そ、そうなのか……」

「コイツに初めて会った時にゃもうこの有様だったさね」

「そうなのか……」

「アタシの腕を疑われるとは心外だ。それならさっさとやっちまおうか」

「そ、……えっ⁉」

　サンガは菲《フェイ》に片手で右の上腕を押さえつけられ、もう片方の手で右手の手首を取られた。え。何だ。もしや麻酔代わりに肩を破壊して意識を失わせようと？　乱暴すぎる。あ。やばい。取るのは腎臓から右の小指の先に変更したって伝えてなくねえか？

「ちょ、ちょちょ、あのっ、ふぇ、菲《フェイ》、……さんっ？」

「なんだい、静かにおしよ」

　菲《フェイ》がサンガの右前腕をゆっくり回す。サンガは焦って言葉が出て来ない。今、おれ何されてんだ？

「あのっ、お、おれは、絶対、ディーノを殺したいんだ、この手で」

「へえ、そうかい。威勢のいいこった。それよりも力を抜きな」

「だっ、だから右手が使えなくなるような事は困るし、それに、じんぞ……あ、れ？」

サンガの肩の痛みが急激に引いていく。

菲《フェイ》がサンガの外れていた肩をはめ直したのだ。

「よし。もう大丈夫だろ。どうだい。これくらいの治療、アタシにかかりゃ朝飯前さね」

サンガの右肩周辺を手で触って問題なしと確認したのだろう、菲《フェイ》は得意げに笑った。早業かつ熟練《じゅくれん》の技だ。

「え？」

「なんだい」

「……これだけ？」

「まだ肩が痛むのかい」

「違、あの、だって、おれ……、腎臓とか指先を取られるんじゃ、ないのか……？」

一拍の間をおいてから、すぱん！　と音がした。菲《フェイ》が真紅《シェンホン》の後頭部を平手で叩いたのだ。

「アンタの仕業だろ。変な事を吹き込んで若《わけ》ぇのを脅してんじゃあないよ」

「痛いなあ。ちょっとしたおふざけでしょ？」

「こんなんでアンタが痛いわけあるかね」

実際、真紅《シェンホン》は後頭部を撫でさすっているものの、全く痛そうではない。

「ごめん、ごめん、サンガ君。ぜーんぶ嘘。ここには君の治療のために来たんだよ」

真紅《シェンホン》は悪びれずに言った。

「でもさ、これで交渉の基本中の基本について身を以《も》ってお勉強出来たでしょ？」

道中で交渉術が下手だと真紅《シェンホン》から指摘されたのをサンガは思い出す。

「あえて大きい要求をして断らせた後で、本命のちっちゃい要求すると承諾してくれる確率が上がるんだよ。君もさ、腎臓の後に指先って言われたから簡単に受け入れちゃったわけでしょ。指先だって大事なんだからさあ、そんなあっさり譲っちゃやだめだよ」

「あ、あんたなあ……！」

まんまと術中にはまった羞恥と、弄《もてあそ》ばれた怒りと、何も取られない安堵《あんど》でぐちゃぐちゃになって、サンガは何も言い返せなかった。

「はいはい、喧嘩《けんか》すんじゃあないよ。あーあ、なんだい、こりゃ。ここも翼幇《イーバン》の奴にやられたのかい？」

菲《フェイ》が顔をしかめた。サンガの右手の親指を見たからだ。応急処置としてでたらめに巻かれていた包帯を解いた下、爪が半分剝がれている指。

「わあ。ひどい事する奴もいたもんだねえ」

「これはあんたがやったんだろうが！」

しれっと同調する真紅《シェンホン》にサンガは怒鳴った。

菲《フェイ》が流れるような動作で再び真紅《シェンホン》の頭を叩く。

「ちょっと待ってな、清潔にして包帯巻き直すから。今のままじゃ不便だろ？　痛みもひどいだろうし水もろくに使えやしない。気にせず過ごせるよう色々補強しといてやるさね」

「……それ、治療費ってどれくらいかかるんだ？」

「おや、珍しい小僧だね。金に気を回すとはいい心がけだ。そこのクソガキにツケとくから心配することないよ」

菲《フェイ》が真紅《シェンホン》を顎でしゃくる。真紅《シェンホン》は微笑みながらひらひらと手を振ってきた。

「クソガキって……。若衆頭なんだろ、一応」

「関係あるかい。こっちは伊達《だて》に八十年も生きてないさね。アタシからしたらアンタも若衆頭も両方同じ子供さ」

「……えっ⁉　はっ、八十歳⁉　あんた、そんなばあちゃんなのか⁉」

「なんか文句あんのかい」

「ねえけど、世の中にこんな綺麗《きれい》なばあちゃんがいるとか信じらんねえよ！」

勢いこんでサンガが言うと、菲《フェイ》は一瞬手を止めて、きょとんとした。

「はっ！　口のうまい小僧だね！」

まんざらでもなさそうに笑う菲《フェイ》を見て、真紅《シェンホン》が肩をすくめている。

「サンガ君、意外に伊達男《だておとこ》だね」

「何の話だよ」

「『とてもそんなお年には見えませんよ』って常套句《じょうとうく》より有効だったみたいだよ」

「有効？　何がだよ、本音を言っただけなのに……？」

「おっと、天然だ。あれだね、サンガ君の場合、何か交渉するなら下手な小細工はやめて、心のままに動いた方が事がうまく運ぶかもね」

「はぁ……？」

菲《フェイ》の治療は続く。爪が剝がれた右親指に至っては医療用の指サックまで用意され実に快適だ。軽食堂《ダイナー》が吹き飛んだ際に負った細かい傷も手当てされていく。

痛みからどんどん引き離され、サンガはうとうとまどろみ始めた。

家から飛び出してから信じられないくらい色々あった。横になっているこの状況で寝るなというのは無理な話だ。

真紅《シェンホン》と菲《フェイ》が何か喋《しゃべ》っているが、サンガにはもう何も聞き取れない。

意識が沈んでいく。

◇

「はい、これでいいさね。アンタも診《み》ようか？」

サンガの治療を終え、菲《フェイ》は真紅《シェンホン》に向き直る。

「んー、別に変わりないからいいよ」

「ちったあ変わった方がいいんじゃないかい」

はは、と真紅《シェンホン》は声だけで笑った。

「この子ちょっと置いてっていい？　俺この後行くとこあるからさ」

「どうせ恥知らずな仕事だろ」

「サンガ君には内緒ね」

そのまま寝台から離れようとした真紅《シェンホン》は、違和感にふと足を止めた。

振り向くと、服の裾《すそ》をサンガの手に摑《つか》まれていた。ごく弱々しい力だったので簡単に振り切る事が出来る。うう、とサンガが唸《うな》った。

「……行く、……い……やだ、ア、……ハ」

サンガは寝ぼけているようだった。苦しそうに顔を歪《ゆが》めて、何やら呟《つぶや》いている。

「随分懐《ずいぶんなつ》かれてるじゃないか」

「まさか。人違いしてるだけだよ。サンガ君、妹がファルコファミリーのせいで死んじゃってるからさ」

「そうかい、気の毒に。ああ、だからこの小僧はディーノを殺すとか言ってたのかい」

「そうそう」

「……ま、好きにすりゃいいさ。とにかくアンタはちゃんと責任持って迎えにきな。餌も散歩もやるっつってたろ」

「菲《フェイ》さんに言われたら断れないなあ」

真紅《シェンホン》の返事は、元々自ら決断していたとも、菲《フェイ》の指図をしぶしぶ受け入れたとも取れる平坦さだった。

4

「サンガ君、起きな。お散歩行くよ」

「………うあ、え、な、何？」

起こされたサンガが真っ先に感じたのは、蜂蜜菓子のようなやたら甘ったるい匂いだった。真紅《シェンホン》の香水らしい。なぜか以前嗅いだ記憶がある。どこでだったかは覚えてない。

病室には菲《フェイ》の姿はない。

サンガは真紅《シェンホン》に導かれるままに進んだ。

漢方薬店の万万本草房《ばんばんほんそうぼう》の地下には、別の建物へと繋《つな》がっている通路がある。真紅《シェンホン》は入って来たところとは違う場所から地上に出た。

夜明けが近い。

華埠《チャイナタウン》は夜も眠らないと言われる街だ。けばけばしくて、頽廃的《たいはいてき》。真夜中でも色鮮やかな電飾文字がそこかしこで輝き、人通りも絶えないと聞く。

だがこの時間帯ではさすがに灯りもなく、すれ違う人もいない。

サンガは半日以上寝ていた事になる。

痛みが和らぎ、体力が回復し、意識は明瞭《めいりょう》になったが、しかしむしろ混乱している。

白蛇堂《パイシュアトン》に入る試験に失敗し、翼幇《イーバン》と揉《も》めたのに、治療をしてくれるわ、交渉術を教えてくるわで、真紅《シェンホン》の行動は本気で意味不明だ。

前を歩く真紅《シェンホン》は後ろ手を組んでいる。

その手に青い花が一輪握られているのもよくわからない。

サンガの頭の中は疑問だらけだ。おれが寝てる間にどこ行ってた？　何でいきなり香水つけてんだ？　つうかその花、何か意味があるのか？

「あげるよ」

目ぇ後ろについてんのか。

花に注視した瞬間、真紅《シェンホン》が言葉を発してきて、サンガはびくついた。

真紅《シェンホン》は早く取れとばかりにぴょこぴょこと花を動かしている。

「……これ、何なんだ？」

サンガは自分の手元に移した花をまじまじと見る。

茎に連なるようにいくつもの同じ大きささの花がついている。

花弁は鮮やかな青で、寒気を思わせるせいか、どこか物悲しい花だった。

「竜胆《りんどう》だよ。その品種の旬は秋だけど、夏頃から出回ってる。まあこの街なら探せば冬でも春でも手に入れられるんだけど」

花の名前を訊《たず》ねたつもりはなかった。通年栽培されているのもどうでもいい。

「……何か意図があるのかって聞いてるんだけど」

「意図？」

「この花がもうすぐ爆発《ばくはつ》するとか」

「想像力豊かだなあ」

「じゃあ、暗号っていうか、たとえばこの花を持ってる奴は殺し屋の標的にされるとか、そういう」

「ないない。何でそんな深読みすんのよ」

脅迫だの腎臓だの、発言に嘘がありすぎて、負の信頼と実績が豊富だからだ。

「大体、サンガ君を始末するとしてさ、手間暇かける必要なんかある？　小道具なんか用意しなくても、病室からここまでで、俺、君の事、五回くらいは殺せてるよ」

「どうやってその数字出したんだよ……。え、でも、じゃあ、おれ、今、純粋に花を贈られたのか？　あんたから？」

「そうなるね」

「……何で？」

「俺は別にそれいらないしなあ」

「あ、わかった、貰いもんだけどいらないからおれに横流ししたんだろ」

「ううん。俺が買ったよ」

「じゃあ一回誰かに贈ったけど突っ返されたとか？」

「それ君以外に渡してないけど」

つまり、真紅《シェンホン》はサンガに贈るためにわざわざ花を買ったと言っているのか。

「……………あんたさ、おれが好みだとか言わねえよな？」

「すごい結論出してきたなあ」

真紅《シェンホン》がおどけた口調で返してくる。

「自分から言い出すの珍しいね。それって侮辱として他人から言われるやつなんじゃない？

『その綺麗な面で上に取り入ったのかよ』とかってありがちでしょ」

「お綺麗じゃなくても、アンタがすげえ物好きの可能性はあるだろ」

「俺、好色だと思われてんだ？」

「違うのか？」

「子供なんか囲わないよ」

「成人してんだよ、こっちは」

「へえ、いくつ？」

「じゅ、二十一」

「ふうん。別に君が大人だろうが興味ないけど」

「何でおれが振られたみてえになってんだよ」

「君を白蛇堂《パイシュアトン》に入れるよ」

「な…………何？」

サンガの声は引っ繰り返っていた。急角度で話題が変わりすぎだ。

「まあ、気まぐれって事にしといてよ。今日から君は白蛇堂《パイシュアトン》の『見習い』だ。『若衆』の下。つまり組織の一番下層だけど、白蛇堂《パイシュアトン》の一員だよ」

「…………………ええ？」

もしや菲《フェイ》の時のように、自分でも知らぬ間に交渉術を使っていたのか？

小細工なんてかけらも考えてない発言を繰り返したからうまくいった、と？

ますますわけがわからなくなってきた。だが、余計な事を言って前言撤回されたらたまらない。サンガは一旦《いったん》口を閉じた。

「白蛇堂《パイシュアトン》ではね、身近な人が亡くなった時には弔《とむら》いとしてその花を買うんだ」

「……え、誰か死んだのか？」

「君の妹さん」

「え……」

「その花は君の妹さんに供えるよ」

もしかして、竜胆の問答が面倒になったからサンガを白蛇堂《パイシュアトン》に入れたのだろうか。死んだ妹に花を贈る大義名分のための入門許可？　だとしたらむちゃくちゃだ。

「組織の人間の家族だったら、俺の家族も同然だからね」

真紅《シェンホン》は振り向きもしなかったが、声がとびきり柔らかくなった。

まるで、本当に妹に追悼《ついとう》の意を示してるみたいに。

最初から妹に花を買って来たのにサンガが難癖《なんくせ》をつけたせいで入門を言い出せなくなっていたみたいに。

嘘つけよ。

もし本当に妹を家族同然に思ってくれているのなら、ディーノを今すぐ殺しておいでと言えるはずだ。それとも真紅《シェンホン》は大事な人の命を奪われても組織のためなら我慢出来るのだろうか。……出来そうではある。感情に流されないからこそ若衆頭なのだろう。

とにかく、この男の言葉を真に受けてはいけない。

聞こえのいい事を言っているだけだ。

サンガは冷静でいようとする。つまり、今、冷静ではない。

なぜか。ここに至るまで、教会関係者くらいしか妹に心を寄せてくれなかったからだ。それだって別に妹個人に向けられた気持ちではない。他に数多くいる信徒と同じ扱いだ。

ディーノのくそったれなお悔《くや》みと反吐《へど》が出そうな花束《はなたば》は論外だ。

公立小学校の教師は手続きの話だけをしに来た。

大家は家賃の回収だけに来た。

腫物《はれもの》扱い。厄介者《やっかいもの》扱い。

誰も彼も事務的だった。

妹の死を悼んで花を贈る。

たったそれだけを誰もしてくれなかった。

サンガは竜胆を見る。

これはアルハのための花。

もう生きていない、アルハのための――――。

ああ。そうだ。

アルハは死んでしまったんだ。

唐突にサンガは実感した。

頰がかゆい。何か羽虫でも這《は》っているのか。手で払う。違う。濡れている。自分が涙を流している事にサンガはそこで初めて気付いた。

「こんなんで泣いちゃうの？　君、ちょろいねえ」

「う、るせえ……」

真紅《シェンホン》は振り向いていない。

やっぱり目が後ろについてんじゃねえのか。

サンガは声を抑えて泣いた。涙が止まらなかった。

時折鼻を啜《すす》る音が響いても、真紅《シェンホン》は前を向いたままだった。

優しさなのか無関心なのかは知らないが、泣き顔を見ずにいてくれる事実が余計にサンガの涙腺を刺激する。

サンガはずっと泣きながら真紅《シェンホン》の後をついていった。

やがて真紅《シェンホン》は四階建ての立派なビルに入った。

階段を上がりながら、サンガは病室から出た際に聞くべきだった事をまだ聞いていなかった事に今さら気付いた。袖口《そでぐち》で顔を拭ってから尋ねる。

「なあ、今、どこに向かってんだ?」

「家」

「え、家って、あんたん家?」

ビルの最上階のフロアに足を踏み入れる直前、真紅《シェンホン》はようやく振り返った。

「そう。今日からは俺と君の家だけど」

涙が引っ込んだ。

再び、打ち切られた問答を蒸し返すべき時が来たのかと思ったらもう口を開いていた。

「………………………からだ、目当てか?」

おれの。

サンガは動揺のあまりとんでもなく直裁《ちょくさい》な言い回しをした。

「……すごい結論出してきたなあ」

真紅《シェンホン》は呆《あき》れすぎたのか一拍置いて、今度は半笑いでその台詞を言った。

「君、自分の体に自信でもあんの？」

でも、じゃあ何目当てなんだよ。

正直なところ、サンガとて別に本気で真紅《シェンホン》がそのつもりだとは思っていない。だが、たとえ気まぐれだとしても自分の何が真紅《シェンホン》の琴線に触れたのかわからず、不安なのだ。

体に自信はないが、この不安には自信がある。

幕間　陰

花店朱殷《はなてんしゅあん》は夜にのみ営業している花屋だ。

要するに、健全な客を相手にしている店ではない。

店番をしているのは、終始けだるそうな無精髭《ぶしょうひげ》の男だった。

店内に咲く色とりどりの花とは裏腹に、色味のない三十路《みそじ》後半の男。

そのせいか、背を丸めてもなお長身なのに、背景に溶け込んでいる。

「あれ、大哥《ターグ》がいる日なの？」

長兄を意味する単語の『大哥《ターグ》』はもちろん本名ではない。記号のようなものだ。

大哥《ターグ》と呼ばれた男は声だけで訪ねてきた客が誰《だれ》なのかわかった。

そこそこ長い付き合いの部下だからだ。

「よう、真紅《シェンホン》」

大哥《ターグ》はアムリタの幹部で、白蛇堂《パイシュアトン》の若衆頭《わかしゅがしら》である真紅《シェンホン》の直属の上司だ。華埠《チャイナタウン》に顔を出す事はあまりない。この店の所有者ではあるが、普段は雇《やと》いの店長に任せている。

時折こうして自ら店先に立っているのはただの趣味だった。

大哥《ターグ》は花を愛している。

だが、真紅《シェンホン》は違う。真紅《シェンホン》がここに来たという事はある特殊な仕事後を意味する。

普段は何もつけていない真紅《シェンホン》が蜂蜜菓子の匂《にお》いのする香水を振っている事からもそれは明らかだ。

真紅《シェンホン》のその仕事について知る者は組織の中でもそう多くない。

時には〝恥知らずな仕事〟と呼ばれるくらい忌み嫌われ、後ろ暗いものだからだ。

「お花をひとつ、くださいな」

ほらな、と大哥《ターグ》は思った。

「竜胆《りんどう》でいいか」

「はあい」

「じゃあ人が死んだんだな」

「そういう事ですね」

「お疲れ」

「疲れてませんって」

強がりではない分、たちが悪い。

真紅《シェンホン》は誰もやりたがらない仕事を何食わない顔でする。

若衆頭であるのに一般人にシャンティを売り歩いているのもそのためだ。本来、末端の売人というのは、いつでも切り捨てられる滓《かす》のやる仕事なのだから。

シャンティには依存性がある。繰り返し使用する。耐性もある。効きが悪くなる。欲する量が増える。不眠や焦燥感等の禁断症状に苦しむ。典型的な悪循環。

それでも金の続く限りはどうにかなる。貯蓄が尽きても男なら窃盗《せっとう》に手を出すかもしれないし、女なら春を鬻《ひさ》ぐかもしれない。

だが、そのうち何をどうやっても金を払えなくなる奴《やつ》が出てくる。

金を回収するために、真紅《シェンホン》はそういう中毒者の処理をする。場合によっては最初から処理目当ての事さえある。

直接見なくても真紅《シェンホン》が何をして来たのか大哥《ターグ》にはありありとわかる。

◇

——君にぴったりの仕事があるからこっちに付いてきな。

もう後がない中毒者は赤い瞳《ひとみ》の男に恭《うやうや》しく手を取られて、猥雑《わいざつ》な裏通りを進んでいく。

視界がどんどん霞《かす》んでいって、いつの間にか意識を失う。

次に目が覚めた時、中毒者は阿片窟《あへんくつ》よりもなお澱《よど》んだ空気の中にいる。

——ところで、人間ってのは中身が大事だと思わない？

背後にいる赤い瞳の男に甘く囁《ささや》かれる。耳に直接毒でも流し込まれている気分だ。

中毒者は朦朧《もうろう》としながらも、どこかの舞台に立たされている事に気付く。

体はろくに動かせない。後ろ手に拘束されており、逃げ出す事は不可能だ。

——俺《おれ》と楽しい楽しいお医者さんごっこをしよっか。

赤い瞳の男が中毒者の着ている服のボタンをゆっくりと一つずつ外す。

男はひどく器用に、片手で一連の動作をこなしていく。

中毒者は男の艶《なま》めかしい手つきをぼうっと眺めているだけで、男が隠し持った解体用の刃物には気付かない。

中毒者の晒《さら》された肌の上を、男の指先が、焦《じ》れったいくらいにゆっくりと滑っていく。

恥骨の上、臍《へそ》、鳩尾《みぞおち》、少し心臓側に逸れて胸、触れるか触れないかの距離で突起を抜け、腋《わき》、肩、鎖骨、そして、喉《のど》。

くい、と顎《あご》を持ち上げられたところで、中毒者はほんのわずか正気を取り戻す。

――いい子の君に教えてあげる。実はね、命《いのち》でお金が買えるんだ。

その段階に至ってようやく客席にいくらかの人がいる事に気付く。

殴れ！　縛《しば》れ！　バラせ！

下卑《げび》た笑いに、淫猥《いんわい》な視線。毒々しい熱気に、醜悪《しゅうあく》な期待。

客席の奴らが見に来ているのは、自分の無残な姿であると気付く。

赤い瞳の男が客席にお辞儀《じぎ》をする。悪趣味な見世物の始まりの合図。

中毒者が泣こうが叫ぼうが喜ばれるだけで、その頃にはもう、何もかもが手遅れだ。

◇

大方こんなところだろう。

己《おのれ》の想像に頭が痛くなってくる。

竜胆を用意すると言いつつ、真紅《シェンホン》の香水から逃れたくて大哥《ターグ》は店の奥に入った。

この部下の蜂蜜菓子の匂いを嗅ぐと、恥知らずな仕事に思いを馳《は》せるはめになる。

人間の体には廃棄する部分がない。どこにもない。

何もかもが再利用出来る。実に優れた商材だ。

解剖学者や外科医はいつだって臓器を必要としているだろう。若さを保ちたい女は処女の血を欲しているかもしれない。古代の儀式を真似《まね》て脂肪から石鹸《せっけん》を作ろうとする宗教者の存在だってあるはずだ。

鹿や広狗《オオカミ》、海狗《オットセイ》の陰茎《いんけい》や睾丸《こうがん》からなる三鞭《サンピエンチュウ》酒という強精目的の酒があるが、美少年で作りたい老人もいるに違いない。

実際、人間の睾丸がたっぷり詰まった瓶《びん》から毎朝酒を飲んでいるという奴はいたのだ。

専門家や好事家《こうずか》や異常者が人間の体に高値をつける。

さらにそれらを摘出《てきしゅつ》するのを見世物にすれば倍々で金が取れるというわけだ。

汚れ仕事以外の何物でもない。

もし死体を切り刻むのなら血は出ない。心臓は止まっているし、死後二時間もすれば凝血するからだ。

だが、真紅《シェンホン》の仕事は血の臭いがごまかせない仕事だ。

過度に甘ったるい香水が必要な程度には。

要するに、真紅《シェンホン》からこの蜂蜜菓子の匂いがしている時というのは、真紅《シェンホン》がシャンティ中毒者を解体した直後なのだ。

それでいて普段と何も変わらないのだから、大哥《ターグ》は少し憂鬱《ゆううつ》になる。

部下を殺人兵器《キリングマシーン》にしたいわけではないのだ。

「……前から思ってたが、お前この花に似てるよな」

大哥《ターグ》はつい考えていた事を漏《も》らしつつ、真紅《シェンホン》に竜胆を渡す。

白蛇堂《パイシュアトン》には昔から、死者が出た家でやる竜胆絡みの風習があった。

少々面倒なそれは年々簡略化されていった。

今現在は弔花《ちょうか》として竜胆を用意するだけだ。

真紅《シェンホン》も自分の管轄内で死者が出たから、と、儀礼的に竜胆を買いに来ているようだ。

本来、恥知らずな仕事に竜胆は必要ないのだ。死んだのは身内でも何でもないカモ客なうえ、自分で手を下しているのだから。変なところで律儀な部下だった。

「俺が？　竜胆に？　……似てます？　初めて言われましたけど。うわうわうわ、もしかして大哥《ターグ》って女の人口説く時とかそう言ってんの」

「阿呆《あほ》か」

「だって人をお花の姿に見立てるってさあ」

「俺の口説き方はもっと安っぽいぞ」

「へえ?」

「〝どこかで会った事あるか?〟とか」

「安う」

「〝こんな気持ちになったのは初めてだ〟とか」

「薄っぺらいおじさんだなあ」

「おじさんなんだよ」

「もっと老獪《ろうかい》にお願いしますよ」

「お前こそ手本の一つくらい見せてみろ」

「……〝なぁんにもしないから一緒にお昼寝しよっか〟?」

「大嘘《うそ》じゃねえか、下手くそ。それ昼間っから連れ込んでんのか」

「俺が竜胆に似てるって何なんですか」

話を戻されてしまった。大哥《ターグ》は舌打ちをしたかった。絶対に白状したくない。

「花言葉だ」

だからでたらめに理由をでっち上げた。

「竜胆の花言葉？」

「そう。……勝利、だな」

大哥《ターグ》はつじつまを合わせるべく頭を回し、いくつかある花言葉のうち一つを挙げた。

「ああ、俺っぽいですね。強いですから」

「そうじゃない。この花言葉は病に勝つってところから来てるんだ。竜胆の根は生薬に使われていたからな」

「大哥《ターグ》って薀蓄《うんちく》教えるの好きですよね」

「おじさんだからな。で、その根ってのがすごく苦い。食えたもんじゃない。お前も食えない奴だ。ほらな、似てるだろ？」

「褒め言葉なんだか悪口なんだか」

「褒めてるぞ。大事に持って帰れよ」

「あー……」

「何だその返事。そういやお前、この竜胆いつもどうしてんだ」

「一応家には持ち帰りますけど、知らないうちに枯《か》れてます」

「おう、上等だこら。ちゃんと世話しろ」

「ええ？　面倒な。だったら誰かにあげますよ」

「他人をごみ箱扱いするな」

苦言を呈しつつも、無事に話題が移り変わって大哥《ターグ》は安心した。

竜胆のどこが真紅《シェンホン》に似ているか。

大哥《ターグ》の答えは我ながら青臭くて、とても本人に伝えられない。

竜胆は群生しない。そういうところがそっくりなのだ。

この部下も昔からそうだった。

一人で生きているような顔をしている。

へらへらして、この先も他人を寄せつけず、誰とも交わらず生きていくのだろう。

「あ、そうだそうだ、大哥《ターグ》」

「どうした」

「俺ねえ、今日から二人暮らしするんですよ」

「ほう」

平静を装ったものの、己の考えを物の数秒でひっくり返されて、大哥《ターグ》は内心大いに面食らっていた。

「女と？」

「男です。青少年ですよ」

「そうか」

女である方がまだ話は簡単だった。恋情や肉欲だったのなら。身も蓋もない理由には人を納得させる力がある。

「…………内臓《からだ》、目当てか？」

そいつの。

何か今すぐ仕事を遂行出来ない特別な事情があって、機が熟すのを待っているとでもいうのか。

真紅《シェンホン》は何も答えず、へらりと微笑《ほほえ》んだ。

深入りするなという事だろう。

真紅《シェンホン》のこういうところも竜胆に似ているかもしれない、と大哥《ターグ》は思う。

竜胆の花弁は日光の下でなければ咲かず、夜は閉じてしまう。

この部下も、誰と暮らそうがきっと本質は変わらないだろう。

陰で生きている限り、ずっと本心を閉ざし続けていくのだ。

三章　貞淑でも不実でも

1

新品の人生だ。

生きる場所も、すべき仕事も、関《かか》わる人間も、何もかもが新しくなる。

サンガの視界は、一面、きらきらしていた。

――ただし、新生活の眩《まぶ》しさで、ではない。

◇

俺《おれ》と君の家。

そう言われて真紅《シェンホン》に連れて来られた四階建てのビルは、白蛇堂《パイシュアトン》の所有する物だった。

一階と二階はさまざまな業種の団体が入っている。

三階は白蛇堂《パイシュアトン》が直接携わっている事業の事務所だ。

では最上階はといえば、突如としてオフィスビルらしさが消失、一フロアぶち抜きで一戸という、特別仕様の住居だったのだ。

「好きな部屋使っていいよ。もしお腹《なか》減ったら適当にご飯買いに行きなね。そのうち店開くから。小銭そのへん置いてあるの使って。じゃあおやすみ」

一方的にサンガに指示をし、真紅《シェンホン》は自分の部屋らしき場所に入っていった。

「ええー……？」

サンガは途方に暮れた。何でそんなマイペースなんだよ。

真紅《シェンホン》が起きてくるまで待機していればいいのか。

いっそ自分も寝てしまいたいが、菲《フェイ》の病室でたっぷりと睡眠を取ったせいでちっとも眠くない。

「どうすっかな？」

なんとなく手元にある竜胆に話しかける。

「まずお前は水が欲しいよな」

サンガは台所を探し当てると、硝子《ガラス》のコップを花瓶《かびん》代わりにして竜胆《りんどう》を生けた。

食卓の中央に置いて、少し離れて眺める。

「……へへ」

思わず頰《ほお》が緩んでしまった。

アルハのための花だ。

お兄ちゃんが絶対にディーノを殺してやるからな、と物騒な決意も新たにしつつ、サンガは改めて台所回りを見渡した。

大型食器棚もシンクも冷蔵庫もある。食料貯蔵室まである。調理器具も揃《そろ》っている。

食器も一通り揃っているが一人分しかない。

缶詰めは山ほどあるし、サンガが見た事もない調味料がたっぷりある。

だが、生の食材はない。

そのまま他の部屋も見て回る。

応接間はもちろんゲストルームまである。突然十人の来客があっても余裕で寝泊まり出来そうなのに、家具は必要最低限。刑務所の方がまだ客人を歓迎していそうだ。

浴槽《バスタブ》は一般家庭用サイズ一つ、トイレも一つ。

「なーんか寒々しいっつうか……」

人間が、そいつの住む場所と等しい存在だとするならば。

ここで暮らす奴はとんでもなく空虚だと言わねばなるまい。

心の拠《よ》り所《どころ》になりえない、見栄えばかりが整っている住処《すみか》。

「おれらの家の方がずっといいよなあ」

サンガはペンダントのチャームを開き、古い家族写真の中の幼いアルハに語りかける。

ぼろ家だが、一日の終わりにそこにいたいと思える場所だった。

しかし、だからこそ、今、あの家に帰るのは辛い。

アルハの不在を強く感じてしまうからだ。

もし真紅《シェンホン》がサンガにここに住めと言うのなら、そう悪い提案ではないのかもしれない。

サンガの何を気に入ったのか不明で不安ではあるが、復讐《ふくしゅう》を第一に考えれば、そんな事に囚《とら》われている暇はない。

ない、のだが。

「汚《きたね》えんだよなあ……」

どこもかしこもサンガの目に映る全《すべ》てがきらきらしている。

――埃《ほこり》で、だ。

普段の真紅《シェンホン》の動線が一目でわかる。

よく使うのであろう通路以外はあらゆるところに埃が積もっているのだ。そしてほとんどの部屋は使われている形跡がない。つまりこの家の八割は汚れていると言っていい。

「やるか……！」

サンガは腕まくりをした。

どうせ時間があるのだ。せめて台所と自分が使う部屋くらいは綺麗《きれい》にしたい。

まずは掃除道具を探す。食料貯蔵庫の隅であっさりと一式見つけたが、なんと使った形跡がない。いつから掃除してねえんだよ。

はたきをかけて埃を一旦《いったん》下に全て落とし、ざっと箒《ほうき》で掃き出した後は、ひたすら雑巾《ぞうきん》がけをした。真っ白だった雑巾があっという間に黒くなっていく。

菲《フェイ》の治療のおかげで、右手の親指の爪《つめ》が剝《は》がれている事はあまり意識せずにいられた。もちろん元通りの感覚とまではいかないが、水仕事が出来るのなら十分だ。

一区切りついたところでサンガはカーテンを開けた。

眩《すが》しさに目を眇める。

すっかり陽《ひ》が昇っていた。

朝日に照らされる室内は、自分で磨き上げた欲目もあって、ぴかぴかに輝いて見える。

「…………腹、減ったな」

サンガは下腹部に手を当てた。

何か食べなければいけない、ではなく、何か食べたい、と思ったのだ。

戸棚に置かれていた金を持って、サンガは外に出た。

ビルから少し歩いた路上で朝市をやっていた。

籠に積まれた果物や野菜、屋台に吊《つ》るされた肉、容器に小分けにされた惣菜。活気ある露店が立ち並び、にぎわっている。

サンガには惣菜に添えられている字は読めないが、そこら中が食欲を刺激する匂《にお》いで溢《あふ》れている。勢いで何か見繕《みつくろ》っても十分満足出来そうだ。

「あー……」

だが、自分でも驚くくらいの優柔不断を発揮した。きょろきょろと道を行ったり来たり、サンガは自分が何を食べたいのか決められなかった。

食事といえば、店の残り物だったり、アルハが食べたがっていた物だったりで、自分が好きな物という観点がなかった。

「兄さん、さっきからうろちょろしてんね！　こっち来なよ、新鮮だよ！」

結局、ものすごく押しの強い店主が売り込んできた玉ねぎやらいくつかの野菜と豚肉を手に取った。ついでに日用品を取り扱っている店で一番安い食器を自分用に買って戻った。

先ほどきれいにしたばかりの台所で、買った食材を炒めて、適当にとろみをつける。

調味料の匂いを一つ一つ嗅ぎ、使えそうな物で味付けした。

ひどく刺激的な調味料もあって、一呼吸で鼻に激痛が走って、むせ返って涙目になるといった格闘をしていたのだが、真紅《シェンホン》からは何の反応もなかった。

寝入っているのだろうか。

「なあ、飯が出来たんだけど……」

一応声をかけてみようと、サンガは真紅《シェンホン》の部屋のドアを遠慮しつつ細く開けた。

瞬間、叫んでしまった。

「……なんっだこりゃ！」

思わずドアを全開にした。

主寝室と呼ばれるべき部屋なのだろう。中央に驚くほど巨大な寝台がある。だがそれよりも室内が乱れに乱れていて、衝撃だったのだ。

脱ぎ散らかされた衣服が山になっている寝台はまだいい。床が目も当てられないくらいひどい。雪崩を起こした本だとか、外で買った惣菜を食べ終えたらしき紙容器だとか、適当に丸めた紙ごみだとかがあちらこちらに点在しているうえ、それらに埃が積もり始めている始末。

真紅《シェンホン》は寝台とすぐ脇《わき》にある引き出し付きの小さな卓の間にいた。

狭苦しい隙間《すきま》に体を押し込め、抱《かか》えた膝に顔を伏せている。

上着は脱いでいるが、部屋に入った時の格好のままだ。

「ど、どこで寝てんだよ……」

サンガはそろりそろりと真紅《シェンホン》に近付いた。実は起きてるのか？　触っていいのか？　うろうろと真紅《シェンホン》の頭の近くに手を翳《かざ》す。

「あ痛《い》だだだっ⁉」

一切《いっさい》の予備動作もなく真紅《シェンホン》から、がっ！　と、手首を掴《つか》まれた。

「なんかいい匂いすんね」

「い、痛い痛い痛い、何だよ、起きてたのかよ！」

すぐに手を離されたが、サンガの手首はじんじんしている。しかも真紅《シェンホン》は顔も上げないままなのでサンガは少し尻込《しりご》みした。

「あの、おれが起こしたのか、悪い」

「んー、いいよ、今起きたわけじゃないから」

真紅《シェンホン》は緩慢《かんまん》に立ち上がった。

怒っているわけではなさそうだ。

「……あんた、何でこんな散らかしてんだよ。昨日今日の汚しっぷりじゃねぇぞこれ。今までどうやって暮らして来たんだ？」

「俺ねえ、元々、お片付け得意じゃないのよ」

えへ、と真紅《シェンホン》は小首を傾げた。全然可愛《かわい》くない。サンガは少し苛《いら》ついた。

「じゃあ人を雇《やと》えよ。鼠《ねずみ》出るぞこんなもん。片付けていいんだよな、とりあえず食いもん入ってたやつは捨てるからな。……あっ⁉　おれか⁉　おれがこのために連れて来られたのか⁉　もしかしてあんたの世話が新入りの役割なのか⁉」

「違うよ、ここに連れ込んだのなんか君が初めてだよ。俺が悪戯《おいた》しちゃったし、しばらく君の面倒見たげようかなあって。菲《フェイ》さんにもそうしろって言われたしさ」

なるほど。

別にサンガの何かが目当てというわけではなく、菲《フェイ》という頭が上がらない相手（なのか？）に命じられて同居の運びとなったようだ。

ならば過剰に怯《おび》える事もあるまい。

「爪を剝いだのを悪戯《いたずら》で済ますなよ⁉　つうか、今、面倒見てるのこっちじゃねえか！」

「はいはい、もううるさいなあ、ご飯食べるよ」

「おれが作ったんだよ、それも！」

真紅《シェンホン》が身支度をする間もサンガはぎゃあぎゃあ騒いでいたが、数分後にはなんだかんだと二人で食卓に向かい合っていた。

真ん中に飾ってある竜胆をちらりと見た真紅《シェンホン》は、特に何も言わずにそのまま視線を手元の皿に移す。

「おー、雑砕《チャプスイ》だ」

「え、何、これ、あんたの国の料理？　だとしても偶然だぞ」

「だろうね、平たく言えば肉野菜のごった煮の事だし」

そんなの野菜屑《くず》が余ってたら高確率で出来上がるだろ。こいつ料理に全然詳しくないな、とサンガは呆《あき》れた。それどころか家事能力全滅に違いない。

きっと本物の雑砕《チャプスイ》とやらはもうちょっと手が込んでいるのではなかろうか。

「まあこれ合衆国生まれらしいけどね。でも合衆国の人は俺の国の伝統的な民族料理だと思ってるかな。多分君んとこでもそういうのあるでしょ」

各国の移民が合衆国で作り、広め、発展していった物。

国の代表格のような顔をしているが、案外母国では馴染《なじ》みが薄い類《たぐい》の料理。

「あー、確かミートボールスパゲッティとかもそうらしいな」

「ふうん」

「聞いたなら興味持てよ」

「いや、それよりもさ、サンガ君って不器用だなあって思ってさ」

「……不味そうって言いたいのか？」

「じゃなくて、雑砕《チャプスイ》が俺の国の料理かもって思ったんなら、『そうです、あなたのお口に合うように調べて作ったんですよう』とか適当に媚《こ》び売る事も出来たろうにさ」

「あんたの好みも知らねえのに言えるかよそんなん」

「あら真面目《まじめ》」

微笑《ほほえ》んでみせてから、真紅《シェンホン》はいただきます、とサンガの作った料理を躊躇《ちゅうちょ》なく口に入れた。

もうちょっと警戒しろ、とサンガの方がはらはらしてしまった。毒でも入れられてたらどうすんだ。

お、と感心したようにほんの一瞬表情を明るくして、真紅《シェンホン》は口の中の物を飲み下した。

「すごいね、サンガ君。お金持ちのマダムのヒモになれるよ」

「……そらどうも。でもおれはあんたのお口に合うように作ったんデスヨウ」

サンガはうすら寒い褒《ほ》め言葉を雑に処理した。

プロの料理人になれるとか言えよ。いや小さい軽食堂《ダイナー》のではあるけどプロだったんだよ。

「俺の胃袋摑《つか》んでも見返りとかないけどね」

「別に下心はねえから素直にうまいって言えよ」

「おかわり貰《もら》える？」

「態度で示すんじゃなくてうまいって言えよ……」

サンガはうんざりと皿に追加をよそってやった。

あっという間に空っぽになっていく鍋を見るのは嬉《うれ》しいし気持ちよくはあるのだが、勿体《もったい》ぶった会話が鬱陶《うっとう》しい。

「あんたってさ、ディーノを調べてるんだろ」

だからサンガは単刀直入に切り出した。

真紅《シェンホン》はディーノの身辺調査の最中だから今は殺すなと言っていたはずだ。

「具体的に何を調べてるかっていうのは、白蛇堂《パイシュアトン》に入っても教えてもらえないもんなのか？いや、別にそれはいいんだけど、……おれが知りたいのは、それがいつ終わるのか、だ」

言い換えれば、いつディーノに復讐しに行けるのか、だ。

「じゃあおいしいご飯作ってくれたし、なるべく早く終わらせるよ」

「おい、ふざけんな、胃袋摑んだらめちゃくちゃ見返りあるんじゃねえかよ」

「冗談だって。元々、君の爪が元通りになるくらいまでにはディーノの件はどうにかしなきゃなって思ってたんだよ」

サンガは記憶を辿《たど》る。確か真紅《シェンホン》は、爪が新しく生えるまでひと月半くらい、と見立てていたはずだ。

「じゃないと、いい加減商売あがったりになっちゃうからさ」

「商売？」

「あのね、すっごく簡単に言うと、ディーノはうちが取り扱ってる薬を売るのを邪魔して来てんの」

「薬？　それって漢方とか……なわけねえわな」

不健全な組織が絡《から》むのだ。違法な薬物に決まっている。

「シャンティだよ。うちの独占市場」

「えっ？」

一言一句漏《も》らさず聞き取れていたが、サンガは思わず聞き返した。

シャンティ、と真紅《シェンホン》は律儀に一音一音区切ってもう一度言った。

「あ、あれ、あんたのところが売りさばいてんのかよ」

「『あんたのところ』？」

「え？　あー、……おれの、ところ」

「はい、よく出来ました」

サンガは苦々しい気分になった。

忌み嫌っていたシャンティ。あろう事か自分が売る側の――諸悪の根源の仲間になろうとは。

「まあサンガ君にはシャンティは必要ないよね」

何が楽しいのか真紅《シェンホン》はへらへら笑っていた。

あ、とサンガは思い出す。もしかして、菲《フェイ》の病室で麻酔代わりにシャンティを薦《すす》められたのは、売り物に手を付けないかどうか試していたのか？

「つうか、別におれだけじゃねえだろ。シャンティなんていらねえっつの」

「そう？　皆、平和が大好きみたいだけど」

「はあ？　平和ってどっから出てきた……？」

「あれ、知らない？　シャンティって平和って意味なんだよ」

「知らねえ。どこの国の言葉？」

「さてね。最初はそんな名前ついてなかったしね。名前をつけたのはうちじゃないんだよ。使用者が増えるにつれて、誰《だれ》からともなくそう呼ばれるようになった」

「何でだよ」

「どんな苦しみがあっても、シャンティがあれば心が静まるから――なんじゃない？」

サンガは反射的に、げぇ、と舌を出してしまった。

意味がわからん。

「まあ、君はそうだろうね」

なぜか真紅《シェンホン》がにこにこと理解者面をしていて薄気味悪かったので、サンガは席を立った。

二人分の食器を回収して洗い物を始める。

「……それで、ディーノが邪魔って、あいつ何してるんだよ。シャンティの売人を消して回ってるとか？」

「そんなんだったらディーノなんかとっくに処分してるよ」

「処分……」

「ディーノはね、シャンティが効かないんだ」

「効かない？　何で？」

「さあ。あの子がそういう体質なのか、それともファルコファミリーがシャンティの製法を暴《あば》いていて無効化する方法を見つけてるのか、シャンティの調達元を嗅ぎつけて取引相手を買収してすでにうちを出し抜いてるのか、全然わっかんない」

真紅《シェンホン》の声は少し投げやりだった。

「確かなのはその効かないって事実を盾に、出回ってるシャンティは粗悪なもんだって言い掛かりをつけられてるって事。うちが純正じゃない物を販路に乗せてるって印象操作して、うちの信用を落とそうとしてるんだ。どうせなら関わってる奴《やつ》らを一掃《いっそう》したいから、ディーノ周辺を調査中なんだよ」

仮にも密売ビジネスの内情を真紅《シェンホン》がサンガにぺらぺら喋《しゃべ》っているのは、信頼からではないだろう。サンガの事などいつでも消せるという自信からだ。

「待てよ、あいつってヴィルヘブンってホテルにいるんだろ。自分で言ってたぞ。あんたの組織なら拉致《らち》して全部吐かせるとか平気でやりそうな……」

「『あんたの』？」

「お、れの」

「うん、えらいえらい」

真紅《シェンホン》の猫撫《ねこな》で声《ごえ》にサンガは鳥肌を立てる。

「でもねえ、あの子のいるファルコファミリーって翼幇《イーバン》と同盟結んでて、うちは翼幇《イーバン》とは和平協定があるし、そういう意味でもあんま派手にやれなくて」

ややこしい利害関係。無法者の世界でもしがらみから逃れられないもんなんだな、とサンガは世知辛い気分になった。

「ホテル・ヴィルヘブンはファルコファミリーのボスが借りてて、いわば敵の本拠地なわけだしさ。でもさあ、ディーノがホテルから出てくるところって、誰も見た事ないんだよね」

「何だそれ。あいつ、人の目を潜り抜けるのがうまいのか？」

「さてね。何にせよ、ディーノの件はもうしばらくしたら切りをつけるからさ。サンガ君は自分の爪が伸びてくるのでも見て待ってて」

そんな虚無的時間を過ごすのはごめんだ。もっと有意義な事に使えるだろう。

「……待ってる間、教えてくれないのか？」

洗い物を終えたサンガは真紅《シェンホン》の向かいに戻る。

竜胆越しに真紅《シェンホン》を見る。

「何を？」

「人の、殺し方」

サンガの声は少し上擦っていた。

「拳銃の使い方って事かな」

真紅《シェンホン》は指で拳銃を作って、ばん、とサンガを撃つ真似《まね》をした。

「多分、君が想像してるよりもずっと当たらないからね。熱い空薬莢《からやっきょう》が服の中に飛んで慌てちゃって馬鹿《ばか》やらかすとかもあるし。まあトミーガンでもぶっ放せば技術がどうでも勝てるけど、目立つ方法取られたらうちが困るしなあ」

急に具体性を帯びて来た話に、サンガは黙り込んでしまった。

「それとも華埠《チャイナタウン》だから暗器とか期待してんの？　鉤爪《かぎづめ》とか峨嵋刺《がびし》とかさ。あるいは見た目の浪漫《ろまん》優先で柳葉刀《りゅうようとう》とか三節棍《さんせつこん》とか？　他にはなんだろうな、伝統的な武術なら……」

「じゅ、銃。拳銃がいい」

サンガは慌てて決めた。別に古来の暗殺術を極めたいわけではないのだ。重要なのは安定性と確実性で、それなら銃以外にないだろう。

「了解。まあでもね、君がアムリタの事を――ってのは求めすぎかな、そうだなあ、せめて白蛇堂《パイシュアトン》の事を『おれの』って迷わず言えるようになるのが先だね」

「う……」

このままでは先に進ませてもらえないらしい。

ならば差し当たっての目標は白蛇堂《パイシュアトン》としての当事者意識を持つ事だ。

……難しくねえか？　具体的に何すりゃいいんだよ。

サンガの不満が顔に出ていたのか、真紅《シェンホン》から答えが返ってきた。

「君よりちょっとだけ先輩の『若衆《わかしゅ》』の子を紹介しよっか。まずは、うちのお作法を教わっておいで」

2

影絵芝居が有名な、華埠《チャイナタウン》の千燈《せんとう》劇場。

三階建てのその建物の前にある広場。

翌朝、真紅《シェンホン》に向かえと言われた場所には、サンガの外見と同じ年頃の青年が二人いた。

年齢だけではなくて、服装も似たようなものだった。

サンガが今身に着けているのは、華埠《チャイナタウン》の若者風の服だ。街で下手に目立たないようにと真紅《シェンホン》が用意していた物に着替えたのだ。

「これを……」

サンガは青年二人に真紅《シェンホン》から渡された紙切れを見せた。

青年達も目配せをした後、それぞれ紙切れを出して来る。

三枚を繋《つな》ぎ合わせるとぴったり一つの葉書大の大きさの紙になる。紙いっぱいに描かれている白蛇の絵は、継ぎ目の部分でも線一本のずれもない。

どうやら彼らが待ち合わせの相手で間違いないらしい。

真紅《シェンホン》が絵を描いて三等分に破った紙を前もって用意していたのだ。サンガに人違いの前科があるせいでこうも過保護なのか。だとしたら恥ずかしすぎる。

「お前がサンガか。若衆頭《わかしゅがしら》が直で面倒見るとかすんげー気に入られてるくね？　よぉよぉ、一体何して取り入ったんだよぉ？」

つんつんした髪型の青年がサンガの顔をじろじろと視線で舐《な》め回す。嫌な奴だ。

だが同時にサンガは、おお、と妙な感動を覚えた。これはまさに『お綺麗な面で上に取り入ったのかよ』に類する台詞《せりふ》ではないか。セオリー通りすぎてちょっと面白《おもしろ》くなってきた。

「な、何笑ってやがんだよぉ……」

つんつんした髪型の青年が気味悪がって一歩後ずさった。素直な奴だ。

ここで揉《も》めてもしょうがない。サンガは隠し立てせず正直に答えた。自分は真紅《シェンホン》のお気に入りではない。妹の復讐を目的にした成り行きだ、と。

「くうっ……！　妹のためにって何だよそれ泣けるじゃんっ……!!　早く敵討《かたきう》ち出来るように、オレらも全力で協力すっからな！」

つんつんした髪型の青年は本気で泣いていた。いい奴だった。

「あ、あの、ええと、豪《ハオ》は、あ、この無駄に威勢のいい彼は豪《ハオ》っていうんだけど、新人にいっちょかまそうとして尊大な態度を取っただけで、根はただの馬鹿だから気を悪くしないで欲しいっていうか……」

長い前髪で両目が隠れている青年がぼそぼそと言う。陰気な奴だ。

「え、あ、ご、ごめん、一方的にぺらぺら喋っちゃって、そうだ、自己紹介もまだだ、けど、でも、ぼくの名前なんかどうでもいいか……」

　長い前髪で両目が隠れている青年がぼそぼそと謝る。卑屈《ひくつ》な奴だ。

「根暗すぎんだって！　サンガ、こっちは宿《スー》なっ！」

　豪《ハオ》が宿《スー》の背中を強く叩《たた》いた。宿《スー》はその衝撃でむせている。

「わかった。……馬鹿が豪《ハオ》で、根暗が宿《スー》か。馬鹿が豪《ハオ》、根暗が宿《スー》、馬鹿が……」

「確認は心の中でやってくんね⁉」

「わ、悪い、声に出てたか。あー、えー、男前が豪《ハオ》だな」

「おっ、なんだよ、サンガ。見る目あんじゃんお前！」

　やはり馬鹿が豪《ハオ》と覚えるのが手っ取り早そうだった。

「うっし！　じゃあサンガ、まずは華埠《チャイナタウン》の事を色々教えてやっからついて来いよ！」

　意気揚々《いきようよう》と走り出そうとした豪《ハオ》は、あ、と、直後に足を止めた。何かに気付いてズボンのポケットに手を突っ込んだ。

「その前にちょっと手ぇ前出してみ。紙持ってる方の手。宿《スー》もだぞ」

「え？　何して……熱うっ⁉」

　豪《ハオ》がマッチを取り出して一本擦《す》り、サンガ、宿《スー》、自分の順番で、三等分された紙それぞれに火をつけた。

　サンガは素早く手を振って火を消す。だが、紙切れは燃え滓《かす》になってしまった。

「何すんだよっ⁉」

「へっへー。これも大事な教えだっつの。こういうの、ずっと取っておくと、何か悪い事があって繋がりが疑われた時に厄介だろ？　情報が書かれた紙は、内容をさっさと頭に入れて燃やしちまった方がいいんだぜ！」

「あ、あ、でも、物的証拠が無くなっちゃうんだから、慎重にすべき行動なんだけど……。だから、何でもかんでも燃やせばいいってもんでもなくて、ぼくらもいつもこんなんやってるわけでもないし、あ、だから、あの、今のは多分、豪《ハオ》は兄貴分ぶりたかっただけで、驚かせてごめんっていうか……」

得意げな豪《ハオ》と、申し訳なさそうな宿《スー》。慌てていたのは自分だけで、サンガは気恥ずかしくなった。

「あー……、証拠隠滅するかどうかとかも普段から考えてるのか……。つうか、こういう組織って迷信《ジンクス》とかは気にしないもんなんだな。あ、うちの組織、か」

また言い間違えた。前途多難だ。真紅《シェンホン》はこの場にいないが一応訂正しておく。

「迷信《ジンクス》？　今、何も迷信とか無かったくね？」

「『同じマッチを三人で使うとその中の一人が死ぬ』って話がある。スリー・オン・ア・マッチ。知らないか？」

「へー！　そんなんあんのか。まあでもオレはいちいち意識しねえ――」

「うわわわわ……！」

豪《ハオ》を遮《さえぎ》って、宿《スー》が素《す》っ頓狂《とんきょう》な声を上げる。

「ぼ、ぼくだ……！　あ、あ、どうしよ、絶対にぼくが死ぬ……！　さよなら……」

「うっわ、危ね、ちゃんと立て宿《スー》！」

貧血でも起こしたようにふらりと後ろに倒れていく宿《スー》を、豪《ハオ》が背後に回って支えた。

「わ、悪い、そこまで真に受けると思わなくて」

サンガは焦《あせ》る。所詮、軽食堂《ダイナー》で客から聞かされた与太話《よたばなし》なのだ。

「あー、正確には煙草の火をつけるために三人で同じマッチを使い回すと一人が死ぬって話だったような気がするし、紙切れなら関係ないんじゃないか」

「サンガさん……ぼくが死ぬから気遣ってくれてるんだね……？」

「え？　いや、違う、本当に」

「もうだめだ……サンガさんが来たのも、ぼくが死ぬ運命だからだ……。若衆頭はそれを見越して人員を補充したんだ……」

悲観的なうえ、思い込みが激しい。宿《スー》の耳にはサンガの声は届いていないようだった。

「んなわけなくね⁉　面倒臭えなー！　運命だってんなら辰《チェン》に見てもらえばいいだろ！　行くぞっ！　ほらサンガもっ！」

「はあ⁉」

豪《ハオ》が宿《スー》の手を引っ張って駆け出していく。

わけがわからないままに、サンガは二人の後を追いかけた。

◇

「ごめんくださーい！　辰《チェン》！　宿《スー》に死相出てっか見てやってくんね？」

「何なんですか、藪《やぶ》から棒に。豪《ハオ》くん、僕の占いはそんなにお安くないですよ」

占い処・福寿閣《ふくじゅかく》。

辰《チェン》と呼ばれた美しい男が店主なのだろう。

礼儀も遠慮も無く突入して来た豪《ハオ》に対して、辰《チェン》は言葉ほど気分を害してはいないようだった。

慣れているのだろうか。

「いーじゃん、今、客いねーじゃん。このまんまだと宿《スー》が使いモンになんねーんだよ」

「あの、その、辰《チェン》さん、今までお世話になりました……。ぼく、近いうちに死にます……」

真《ま》っ青《さお》になっている宿《スー》の顔を、辰《チェン》は凝視した。

「宿《スー》くん。誰に何を吹き込まれたのか知りませんけど、死相なんか出てませんよ」

「ほら見ろ、よかったなー！　心配性すぎんだっつの、宿《スー》！」

「そ、そっか、辰《チェン》さんが言うなら、ぼく、死なないんですね……」

サンガには辰《チェン》の言葉が真っ当な占いなのか、適当な慰《なぐさ》めなのか判断がつかなかった。

正直、後者じゃなかろうかと思う。それで問題が解決するのなら水を差す事もあるまい。だがどうしてもどこか騙《だま》されているような気分になる。

無意識に疑《うたぐ》り深い目を向けてしまったのだろうか、辰《チェン》は何か言いたげにサンガの顔をじっと見つめて来た。気まずい。サンガは視線を泳がせる。……いや、単純に、誰だお前は、と思われているだけか。なんせ名乗ってもいないのだ。

こちらは辰《チェン》という名前を聞いていたのでうっかりしていた。

あれ。待てよ。辰《チェン》？　福寿閣《ふくじゅかく》？　それに――――。

「ああっ、『色男』っ⁉」

サンガは叫ぶ。

思わず口からこぼれたのは、以前真紅《シェンホン》が羅列《られつ》していた債務者の特徴。

この顔のやたら整った男は、本来入門試験で脅迫すべきだった相手だ。

「ええ。教えてくれなくても知ってますよ」

辰《チェン》は、朝ですね、とか、晴れですね、とか至極当然の事を言われた反応をした。謙遜《けんそん》されたら逆に嫌味なくらいの美形なのは確かなのだが、ふてぶてしい男だ。

「あなたの顔は――――」

辰《チェン》は人体の動きとは思えないほど優雅な所作でサンガに掌《てのひら》を向ける。

「剣難《けんなん》の相が出てますよ」

「……けんなんのそー？」

本気で何を言われたのかわからず、サンガは鸚鵡返《おうむがえ》しした。

「あなたに刃物にまつわる危険が迫っている、という事ですよ」

「えっ⁉　サンガやべーじゃん！」

「……サンガ？」

辰《チェン》が目を眇《すが》める。

「何だよ、辰《チェン》、知らねえのか？　『見習い』のサンガ。入門試験で会ってんだろ？」

「いえ、彼、僕のところに来なかったので」

含《ふく》みのある言い方だった。

劉胎龍《リュウタイロン》に突撃した事を知っているのならサンガを大馬鹿者だと思うだろう。知らないのならば試験から逃げた臆病者だ。なのにサンガが白蛇堂《パイシュアトン》に入っているのだから辰《チェン》が不審を覚えるのも当然ではある。

「えっ、サンガ、入門試験免除なのかよ？　やっぱお前若衆頭に買われてんじゃん⁉」

「そういうのじゃねえから」

傍《はた》から見たら特別扱い以外の何物でもないだろうが、単なる真紅《シェンホン》の気まぐれだ。

「そ、そ、それより、剣難の相って……。あ、あの、マッチの話、三人の中のうち一人が死ぬなら、サンガさんって事なんじゃゃ……」

「ふうん、大変だな。おれが誰かに刺されて死ぬのか？」

「あなたは真紅《シェンホン》さんに似てますねえ」

辰《チェン》が脈絡のない事を言いながら苦笑した。

「どこがだよ」

「占いを全然信じていないところが、ですね」

その通りだったので、サンガは口を噤むしかなかった。宿《スー》への相槌に気持ちがこもってなさすぎてばれたのか？

「占いは未来予知ではありません。あくまで可能性を示唆するのみです」

辰《チェン》はサンガに諭《さと》すように言った。

「しかし、災難の兆しや喪失の前触れを提示されたら、行動に影響が出るでしょう。僕が剣難の相と言ったから、あなたは刃物に気を付けるようになるかもしれません。なんにせよ、よりよい未来が訪れる事を、僕は祈っていますよ」

刺されたら占いが当たった事になって、刺されなかったら占いのおかげで未来を変えた事になるのだろうか。

それ詐欺《さぎ》じゃねえか？　と、口に出さないくらいの分別はサンガにもあった。

剣難の相から逃れるにはこれが有効ですよ、とか何とか言って高額な札を売りつけられなかっただけよしとしておく。

◇

「でもさあっ！」

福寿閣《ふくじゅかく》を後にし、小路から目抜き通りに出たところで、サンガと宿《スー》の前を歩いていた豪《ハオ》が振り返った。

「華埠《チャイナタウン》はブローケナークの中じゃ平和な方なんじゃね？　刃物が飛んで来るようなこたあ、そんな頻繁《ひんぱん》にはねえよ」

「そこそこの頻度ではあるのかよ……」

「あ、あはは……」

宿《スー》が笑ってごまかしているあたり、豪《ハオ》の主観よりは治安は悪いのだろう。

サンガは改めて華埠《チャイナタウン》を案内されている。

通りによって雰囲気が全然違う。

棟割長屋店舗《ショップハウス》が立ち並ぶにぎやかな通り。長屋は一階が店舗、その上からは住居になっていて、上の階の窓から突き出された竿には洗濯物がなびいている。

かと思えば、一人で来るのは危険な薄暗い通り。路上に卓を出して賭《か》け事《ごと》をしている人々には近寄らず、息をひそめて素早く横切るのが賢明だ。

多叉路《たさろ》の交差点などはどこから来たのか一瞬惑い、油断すると迷子になりそうだ。

胡弓《こきゅう》の音色、麻雀牌《まーじゃんぱい》のぶつかる音、商談の怒鳴り声。安煙草《やすたばこ》や乾貨《ガンファ》、代書屋の墨の臭い。

色んな物が混ざり合い、潮騒《しおさい》のように寄せては引いて、サンガの頭はくらくらしてくる。

狭苦しい公園を突き抜けたところで、豪《ハオ》がすぐ先にある大きな建物を指差した。

「サンガッ！　あれが行老館《こうろうかん》のビルな」

「こうろうかん？」

「説明聞きてえならそういうのは宿《スー》の役目っ！」

「えっ⁉　ぼ、ぼく？」

急に話を振られて宿《スー》はあわあわしている。微妙にサンガと距離を取っているのは、人見知りだからなのか、それとも剣難の相とやらに怯《おび》えているからなのか。

豪《ハオ》が歩き出したので、その後にサンガと宿《スー》は続いた。宿《スー》がしばらくして口を開く。

「あの、ええとね、華埠《チャイナタウン》は合衆国から事実上不介入政策を取られてて。多分、ぼくらの言葉とか文化とか全然理解出来ないから放っとかれてて。そんなだから、華埠《チャイナタウン》って自治的組織が出来上がってて。華埠《チャイナタウン》の中には同じ村出身とか、同じ仕事同士だとか色んな団体があるんだけど、初期はとにかくすごく分断されてて。それをまとめたのが、行老館《こうろうかん》」

宿《スー》は独り言のように早口で喋り続ける。

「行老館《こうろうかん》は華埠《チャイナタウン》の外部との交渉とか、内部の秩序の維持とかやってて。代表は華埠《チャイナタウン》の市長って思われてる感じで。もちろん権力も相応にあって、たとえば祭りのために行老館《こうろうかん》が寄付を求めたらみんな応《こた》えるんだけど」

宿《スー》は無駄な身振り手振りが多く、そっちに気を取られて話が全然入って来ない。

「あっ、そうだ、祭りといえば来月は中秋節があって。この街の中秋節は結構派手にやってて。あ、あ、派手っていっても春節ほどじゃないんだけど。それで、その……、あの、ごめん、ぼくの話、……わかりにくいよね？」

自覚通り、典型的な話の下手な人間の話し方だった。あっちこっちに話題が飛んで自らも目的地を見失っている。

「いや別に。あんた、物知りだから色々考える事が多いんだろうな」

サンガは若干気を使った。繊細な人間にわざわざ素直な感想を伝えて追い込む事もあるまい。

宿《スー》は顔をぱあっと輝かせた。……この程度で好感を持つとかこいつ大丈夫か？

心配に気を取られて、何の話をしていたかよくわからなくなった。結局、行老館《こうろうかん》の存在は白蛇堂《パイシュアトン》にどう影響してるんだ？

「その、行老館《こうろうかん》の寄付とかって白蛇堂《パイシュアトン》はどうしてんだ？　踏み倒してんのか？」

「何でだよ？」

「あ、あ、え、何で？」

豪《ハオ》と宿《スー》が声を揃えて不思議そうな顔をする。それこそ何でだよ、とサンガは思う。

非公式とはいえ華埠《チャイナタウン》の中心的組織である行老館《こうろうかん》。暗黒街四大組織のアムリタ、その支部である白蛇堂《パイシュアトン》。対立すると考える方が自然じゃないか？

「あの、白蛇堂《パイシュアトン》は行老館《こうろうかん》の常務会なんだ。だから、むしろ踏み倒す団体がないように目を光らせる側だよ」

「……ん？」

「でも確かに、行老館《こうろうかん》からしたら堂《トン》が常務会にいるなんて汚点だとは思う。経緯としては、乱立してた堂《トン》を包括する力のある大きな堂《トン》が必要で、その大きな堂《トン》を抱き込むのが行老館《こうろうかん》的に賢い選択だったはずで、だから白蛇堂《パイシュアトン》が常務会になってて……」

「ちょ、ちょっと待った。まず堂《トン》って何だ？」

「あ、あ、ごめん。堂《トン》は、字義通りには『広間』なんだけど、世間からは『犯罪組織』って意味合いで使われてると思う。うーん……、成り立ちは複雑なんだけど、元々は出身地も血縁関係も仕事も関係ない者同士の繋がりの自衛組織だし……」

単純化されるのは不本意だろうが、要は、堂《トン》というのは華埠《チャイナタウン》におけるマフィアやギャングを指すようだ。

「それで、ええと、話を戻すと、白蛇堂《パイシュアトン》は行老館《こうろうかん》の常務会なんだ。常務会っていうのは五つの代表団体の事でね」

もしや白蛇堂《パイシュアトン》のような犯罪組織が表立って街の中核を担ってるのか。

サンガは戦慄《せんりつ》した。むちゃくちゃだ。もちろんブローケナークの他の地域でも犯罪組織は跋扈《ばっこ》しているのだが、もう少し建前《たてまえ》のようなものがある。

「五つまとめて通称・五華團《ごかだん》。白蛇堂《パイシュアトン》の他には翼幇《イーバン》って組織も入ってて。今でこそ和平を結んでるけど、白蛇堂《うち》と翼幇《イーバン》は敵対関係で。以前はひどい争いがあって。華埠《チャイナタウン》全体が洒落にならないくらい荒れてる時期があったから、だから今の平穏って結構奇跡的で。その、今でも水面下ではくすぶってるものはあるんだけど。五華團《ごかだん》の残りの三つは同郷団体と、氏族団体と工商会で……」

しかしこいつ話止まんねえな。

もうちょっと小分けにしてくれないと情報が全然頭に残らない。

「あ――っ、うっざ！」

サンガが降参するより先に、豪《ハオ》が爆発《ばくはつ》した。

「宿《スー》！　説明任せたのオレだけどさ、細かすぎっしょ⁉　サンガ、マジで今の宿《スー》の話、ぜえぇーんぶ忘れてもなぁーんも問題ねえからな！」

「お、おう……」

じゃあ今の何の時間だったんだよ、とサンガはぼやきたかったが、宿《スー》が自分の説明の拙《つたな》さに落ち込んでいたので黙っておいた。

「覚えとかなきゃいけねえのなんか、白蛇堂《うち》の縄張りについてだけっしょ」

豪《ハオ》が足を止めた。

「どの辺りが縄張りなんだ？」

「もっちろん、華埠《チャイナタウン》、その全てが縄張り！　…………って言える時期もあったみてえだけど、今はここを境にして東西でパキッと二分されてんだよ」

豪《ハオ》がすぐ前のわずかに坂になっている通りを指差す。

「この『血の大通り』の向こう側が翼幇《イーバン》の縄張りで、こっち側が白蛇堂《うち》の縄張り」

「物騒な名前の道だな……」

「ははっ、まあな。でも、これだけ肝《きも》に銘じときゃ、めったな事にはなんねえよ」

事実、それを知らずに劉胎龍《リュウタイロン》のいる場所に乗り込んでめったな事になったわけだ。西側が白蛇堂《パイシュアトン》、東側が翼幇《イーバン》、とサンガは心に刻みつけた。

「……で、だ。この縄張りで、あんたらは普段、何してんだ？」

やはりうちのビールを買え、とかどこかの店に無理強いして売り込まなければいけないのだろうか。

「それをこれからオレらが見せてやるよ！」

サンガの不安をよそに、豪《ハオ》は天真爛漫《てんしんらんまん》に笑った。

◇

宣言通り、豪《ハオ》と宿《スー》は白蛇堂《パイシュアトン》の下っ端のお仕事を実演してくれた。

「あの、ええと、こんにちは。な、何か、お困りの事あれば、いつでも相談してください。はい？　二重帳簿の隠し方ですか？　えっ、それぼくに聞いて大丈夫なんですか？　そもそも帳簿っていうのは……」

保護下の店から用心棒代を徴収するついでに地下経済の何たるかを説いたり、簿記の相談に乗ったり。

「来る店間違えてんぜぇ、オッサンよぉ！」

また別の保護下の店では女性店員にべたべた絡んでいた酔っ払いを容赦なく懲らしめたり。ちなみに今の豪《ハオ》は、酔っ払いの顎を景気よく蹴《け》り上げていた。

この辺りだけを切り取れば、満足に自衛出来ない市井《しせい》の民を守る、よき組織だ。

だが、錯覚だ。

客商売をしていたサンガからすれば、こいつらうまい事やってんな、だ。

普段何をしてる？　という問いへの豪《ハオ》と宿《スー》の答えはこうだろう。

縄張りの治安維持に努めている。

しかし、それはあくまでも白蛇堂《パイシュアトン》にとって都合のいい治安なのだ。

人々は刷り込まれている。白蛇堂《パイシュアトン》は面倒見がよく頼れる存在である、と。言い換えれば、誰のおかげで商売が成り立つのか日々その身に染み込まされている。

よくよく見れば、どの店にも入り口付近には、白蛇堂《パイシュアトン》からの感謝状が飾ってある。慈善募金への寄付——という名の用心棒代——に対するお礼。純粋な謝意ではなくただの示威だ。店が白蛇堂《パイシュアトン》配下にある事を知らしめているのだ。

気付かぬうちに人々を依存させ、勢力を拡大していく。

たちが悪いな、とサンガは舌打ちの一つでもしたかった。

こんなんでどうやって身内意識を育めってんだ。

「おいっ、サンガッ！　何ぼうっとしてんだ、追いかけるぞっ！」

「えっ？」

サンガははっとして顔を上げる。

「あ、あ、強盗だよっ、あそこっ」

宿《スー》が指差す先には、走っている少年の姿がある。

路上で民芸品を売っている老人が、金を返せと叫んでいる。売上金が奪われたようだ。

豪《ハオ》と宿《スー》が走り出したのに釣られてサンガもついていく。

逃げる少年の背中を追いかける。

視界の端に蛇行《だこう》して走っている宿《スー》がちらつく。何でそんなふらふらしてるんだよ。気が散って、サンガは真っ直ぐ前だけを見た。

一心不乱に、走り、走り、走った。

しつこさの勝利で、とうとう少年を袋小路に追い詰めた。

両脇は安アパートの壁、突き当たりは塀で行き止まりだ。

「も、もう逃げられないからな。大人しく金を……っ⁉」

返せ、までサンガが言えなかったのは、息が切れていたからではない。

少年が懐《ふところ》から折り畳みナイフを取り出したからだ。

刃物がこちらを狙《ねら》っている。

「うわわわわ……！　サ、サンガさん、こ、ここ、こ、これっ、これっ、ぜ、ぜぜ、絶対これだよ、剣難の相……！」

宿《スー》が情けない声を出す。

「お、落ち着けっ！　こっちの方が人数いんだからなんとかなるだろ！」

叫び返してから、あれ？　とサンガは思った。

きょろりと視線を左右に動かす。

豪《ハオ》がいない。

「とぉ――――――うっ！」

不在を認識した瞬間に、豪《ハオ》の声がした。

直後、アパートの二階のバルコニーから豪《ハオ》が降ってきた。

──少年を目がけて。

着地位置はどんぴしゃだった。

「がっ……!?」

絞め殺された動物のような声。少年は豪《ハオ》の下敷きになりぐしゃりと潰《つぶ》れた。

少年の手から飛んでいったナイフを、慌てて宿《スー》が拾いに向かう。

「だ、大丈夫かよ、豪《ハオ》!?」

「へーきへーき。あー、オレ、かっけー」

豪《ハオ》は少年に馬乗りになったまま自分に陶酔《とうすい》している。少年は衝撃をまともに受け止めたようで、気を失っていた。

「丸腰だからこんなんだけど、拳銃とか持ってたら、オレ、もっともっとかっけー感じに出来っから」

「はあ?」

「いっそこんな単独犯じゃない方がいいな」

「何でだよ、危ねえだろ」

「一人を人質に取ってさ、残りの奴らに、『へいへいへい、てめえら、仲間の頭をぶち抜かれたくなかったら、両手を頭の後ろで組んで壁に一列に並べ』とか脅すの渋いじゃん! よくね? サンガも言ってみ」

「へいへいへい、てめえら……？」

渋いか？

「あ、あ、サンガさん。付き合わなくていいよ、そんなの。豪《ハオ》がまた馬鹿言ってるなって受け流してやって……」

呆れながら宿《スー》が戻ってきた。

宿《スー》はナイフを慎重に折り畳むと、はあ、と安堵《あんど》の息をついた。

「よかったあ、剣難の相を回避出来て……」

「サンガ。言っとくけど、コレ、偶然じゃないかんね。宿《スー》がさり気なーく逃げ場のある道をふさいで走って、わざわざコイツをこの袋小路まで追い込んで来てたんだぜ？」

「えっ？　そうなのか、宿《スー》」

「う、うん、実は、計画的。刃物出すとは思ってなかったけど、どっちにしろ捕まえるつもりだったから、ここまで来ればいけるかなって……」

ふらふらして見えた宿《スー》の走りにはちゃんと目的があったのだ。

豪《ハオ》と宿《スー》が打ち合わせをしているようには見えなかった。そもそも華埠《チャイナタウン》の入り組んだ路地を熟知していないと出来ない芸当だ。すげえ。

サンガだけが何も気付かず、何も考えていなかった。

「あ、あのね、白蛇堂《パイシュアトン》にも翼幇《イーバン》にも傘下の集団《ギャング》がいて、その子達の集まりにはちゃんとリーダーもいて、頼めば手足となって働いてくれたりするんだけど、どこにも属してないちんぴらもいて、そう、こういう奴の事なんだけど」

宿《スー》は豪《ハオ》に潰されている少年に視線を向ける。

「歯止めになる存在がないから、野放図で、組織にいる子よりかえって危ないんだ。手っ取り早くお金が欲しくて、こうやってナイフ出すのに躊躇しないとか、とんでもない事やらかしがちっていうか、ご、ごめん、言うの遅かったよね……」

サンガはどこか宿《スー》を侮《あなど》っていた。なのにその実、宿《スー》はちっとも弱々しくなんかなくて、サンガよりもずっと冷静だ。おまけに、サンガを思いやる余裕もある。

サンガは思わず称賛の目を宿に向けた。宿《スー》が何事かとおたおたしている。

「コイツらにゃ仁義っつーもんがねえんだよな。金目的で何でもやるって奴ぁどこにでもいっから気ぃつけろよ、サンガ」

「お、おう……」

「ま、そこまで気ぃ張る事もねえけど！　なーぜならば！」

豪《ハオ》が下からサンガに右手を差し出した。

サンガは反射的にその手を取った。

引き起こすために、ぐっと力強く握る。

「オレら、マジで、頼れる兄貴分って感じっしょ？」

立ち上がった豪《ハオ》は、手を繋いだまま、歯を見せて笑った。

宿《スー》も控えめに微笑んでいる。

「明日からもよろしくな、サンガ！」

「あ、あ、ぼ、ぼくも……、よろしく、サンガさん」

サンガは何だかもぞもぞとくすぐったい気分だった。

◇

陽が落ちてから豪《ハオ》と宿《スー》と別れ、真紅《シェンホン》の家に戻ったサンガは、夕食を作っている。

ベルペッパーを細切りにし、シイタケに取りかかる前に、なんとなく包丁を左に持ち替え、右の掌に目を落とす。

豪《ハオ》と宿《スー》の笑顔が脳裏に浮かび、まじまじと掌を見つめてしまう。

「どしたの、楽しそうじゃん、サンガ君」

「うっわ⁉」

耳元で囁《ささや》かれて飛びのく。

いつの間にやら真紅《シェンホン》が帰って来ていた。

「い、いきなり話しかけてくんなよ、危ねえなあっ」

「帰って来て家に人がいるって何か変な感じすんね」

サンガの抗議などどこ吹く風で、真紅《シェンホン》は食卓に着いた。

すぐに煙管《きせる》を吸い始めている。

サンガ側に煙を吐きつけてくるが、嫌がらせではないらしい。食卓の中央にある竜胆に煙が当たるのを避けてくれているようだ。サンガは少し面映《おもは》ゆかった。同時に、その気遣いがあるなら自室で吸えばいいだろとも突っ込みたかったが。

しかし、そういえば、アルハもサンガが料理する場に居合わせると絶対に近くに寄って来ていた。完成まで待ちきれないのだ。真紅《シェンホン》がここにいるのも同じ理由なんだろうか。

子供みてえな男だな。

ほんの少しだけ微笑ましく思いつつ、サンガは包丁を右手に戻し、シイタケのかさをそぎ切りにする。

「サンガ君働き者だよね」

「別にお兄ちゃんが飯作ってるのは……」

うっかり一人称をアルハ用のものと取り違えて、サンガは口を噤《つぐ》んだ。

「…………別におれが飯作ってるのは癖《くせ》みてえなもんだから」

何事もなかったかのように言い直す。

「豪《ハオ》と宿《スー》とはうまくやっていけそう？」

「あ？　……ああ、まあ」

からかわれるかと構えていたので、違う話題を振られてサンガは拍子抜けした。

「末っ子扱いされたんじゃない？　君、そういうの慣れてないでしょ」

「いや、そんな事は……」

否定しかけたものの、腑《ふ》に落ちた。

言われてみれば、サンガの周囲には今まで、年の離れた妹といい、店の客といい、自分を大人のように扱う相手しかいなかったのだ。

なにくれとなく世話を焼かれ、自分を気にかけてくる存在というのは確かに新鮮だ。

どこか浮ついてしまったのはそのせいか。

「……ちょっと、落ち着かない気分ではあった、な」

「ふうん。じゃあ俺が呼んであげよっか」

「え？」

「お兄ちゃん、って」

真紅《シェンホン》が媚びた声色を作って言った。

「はぁあ!?　気っ持ち悪、うわ痛っ!?」

「あーあー、何してんの」

うっかり包丁が滑って、左の人指し指の先を少し切ってしまった。

呆れている真紅《シェンホン》に、あんたのせいだろ、と言い返そうとして、サンガははっとした。

「……剣難の相って、これかよ……」

なるほど、確かに、刃物にまつわる危険。

案外、辰《チェン》の占いは馬鹿に出来ないらしい。

3

豪《ハオ》と宿《スー》について回る日々。

当然ながら、厄介客を成敗したり、強盗を捕まえる大立ち回りをしたり、街の人間に感謝されるような事ばかりをしているわけではなかった。

基本的には地味で地道な仕事の方が多い。

本日の行先は会員制娼館《しょうかん》・華蝶宝珠《かちょうほうじゅ》。

真紅《シェンホン》の管轄《かんかつ》の娼館で、忘れもしない、サンガが爪を剝がれた場所だ。

任務は各種備品やリネン類の点検と整理。……本当に地味だ。

「サンガって妹ちゃんの敵討ちをしたいんだよな？」

「ああ、そうだ」

娼館までの道中、豪《ハオ》が唐突に復讐の話題を出してきた。

サンガは無意識に胸元《むなもと》のペンダントを握った。

「それの妹ちゃん可愛いよな！　大事にするわそりゃ」

「あ、あ、唯一残ってる家族写真なんだっけ……？　宝物だよね……」

豪《ハオ》は明るく、宿《スー》はしんみりと言う。以前、中の写真を二人に見せた事があるのだ。

我らが若衆頭が売るか捨てるかのみで価値がないと言い捨てたペンダントを、二人は大切に思ってくれている。サンガは素直に嬉しかった。

組織というものは上に行くほど共感性が低くなるものなのか、それとも単に豪《ハオ》と宿《スー》が優しいだけなのかはよくわからない。

「つうか、豪《ハオ》、何で突然俺の妹の話？」

「いやあ、あのな、サンガ。すっかり忘れててさ。最近っつうほど最近でもねえけど、華蝶宝珠《かちょうほうじゅ》に殺し屋がいんだよな。ジョン・Dって奴。そいつから何か習えばいいんじゃね？」

「息の根の止め方、いっぱい知ってそうだもんね。殺し屋だし……」

「は？」

豪《ハオ》も宿《スー》も世間話をしている風だが、なかなかどうして非日常な単語だ。

第一、一般的に殺し屋は正体を知られないよう生きているのではないのか。

「ジョン・D、銃の取り扱いとかも詳しげじゃね？　的のど真ん中当てそー。うわ、だったらオレも知りてーわそれ」

「豪《ハオ》の場合、ちゃんとした照準の方法覚えても、命中精度とか以前に、まず安全装置《セイフティ》を外し忘れそう……」

「おお？　舐めた口きいてっとオレのコルトガバメントが火を噴いちゃうぜ」

「さもいつも携帯してる相棒みたいに言わないでよ、拳銃持たせてもらった事なんか一度もないくせに……」

「それは宿《スー》もだろ！」

「別にいいよ……。大体、四十五口径ってぼく、好きじゃないよ。手がしびれそうっていうか、そんなストッピングパワー高くなくてもいいっていうか……」

二人の話に入れず、それ以前に殺し屋ジョン・Dについて飲みこめず。

疑問を抱いたまま、サンガは華蝶宝珠《かちょうほうじゅ》に到着した。

そして、敷地内に足を踏み入れたその時。

「悪かった、か、かか、勘弁してくれ、ご勘弁をぉお――――っ⁉」

叫び声と共に、二階の窓から全裸の太った中年男が降ってきた。

ちょうどサンガ達の目の前の地面にぐしゃりと打ちつけられた中年男は、うう……と苦しげに呻《うめ》いている。

幸い命に別状はなさそうだが、骨でも折ったのかその場から動けないようだ。

「ちょっ、ええ⁉　な、なん、何なんだよ⁉」

「おー、今日もちゃんと仕事してんなぁ、ジョン・D」

豪《ハオ》が平然と言った。

聞けば、殺し屋はこの娼館の専属用心棒のような存在で、お粗相《そそう》をするお客様にお帰りいただくためのお声掛けをしている、らしい。お時々おうっかり、お実力行使にお出る事もおございますのでお気を付けくださいい、らしい。白々しすぎる。

それにしても違和感がある。働く女達からしたら不心得な客はそれこそ殺したいくらいだろうが、だからと言って娼館が本当に殺し屋を雇うものなのか。

豪《ハオ》のような若衆で事足りるだろうに、なぜ殺し屋がここにいる？

「あの、それじゃあ、ここはぼくが引き受けるから、豪《ハオ》とサンガさんは、ジョン・Dさんに会ってくれれば？」

「そうだな。宿《スー》、後で備品室で落ち合おうぜ。そんじゃあ行くか、サンガ！」

「お、おう」

心の準備は一切出来ていないが、サンガは豪《ハオ》と共に娼館の中に向かった。

会釈《えしゃく》してきた受付の従業員と二言三言交わした後、豪《ハオ》はどんどん店の奥へと進んでいく。

一階は安い部屋だからなのか防音性に少々難があるようだ。廊下にほんのうっすらと女の喘《あえ》ぎ声が漏れてくる。日が高いうちから客を取って芝居をする女達は大変そうだ。

サンガは自分の鼓動が異常に早まるのを感じた。

「おーい、どしたん、サンガ」

「……あ」

気付かないうちにふらついていたらしく、豪《ハオ》に腕を支えられる。

「めっちゃ緊張してるくね？　へーきだって、ジョン・Dは全然怖くねえからさあ！」

「そ、うか」

「そーそー」

サンガは腕を豪《ハオ》に摑まれたまま二階に上がっていく。これが真紅《シェンホン》にやられたのなら逃げないように押さえ込まれているんじゃないかと勘繰ったろうが、豪《ハオ》なら純粋に体調を気遣ってくれているのだと思える。

豪《ハオ》は嘘《うそ》の一つもつけないようないい奴だからだ。

◇

豪《ハオ》の野郎、嘘つきやがったな。

ジョン・Dは二階の客室にいた。ついさっきこの男が中年客を突き落とした犯行現場だ。開いたままの窓枠に背を預けて、腕を組んで立っている。

スキンヘッドで巨体の白人だ。岩石のように盛り上がった筋肉に、一睨《ひとにら》みで他人の動きを止められそうな強面《こわもて》。

……めちゃくちゃ怖《こえ》えじゃねえかよ。

「あれ？　アンタ、サンガじゃない？」

「え？」

サンガは自分の名を呼ぶ可愛らしい声の方に顔を向けた。

窓からやや離れたところにある寝台に二人の女が腰掛けていた。

「やっぱそうだー。ウチらの事覚えてるー？」

「前に真紅《シェンホン》さんが連れて来た奴か、てめえ」

小柄で肉付きのいい女が小さく手を振っている。その隣、長身でスレンダーな女は興味がなさそうにこちらを一瞥《いちべつ》した。

突然、サンガの右手の親指がずきずきしてきた。包帯も指サックも清潔に保っていて、今の今まで痛みを気にせずにいられたのに。

「ちゅ、春春《チュンチュン》と、静麗《ジンリー》……」

サンガが小声で言うと、春春《チュンチュン》が、正解、と手を叩いた。静麗《ジンリー》は呆れている。

「豪《ハオ》と一緒にいるって事は、てめえマジで白蛇堂《パイシュアトン》に入ったのかよ。真紅《シェンホン》さんにあんな遊ばれてたくせに？」

「あっは。頭イってんねー？」

以前、ここに来た際に色んな意味で世話になった娼婦達だ。

二人とも今日は下着姿ではなく、太ももの付け根までスリットの入ったお国の衣装を身に着けている。

「えっ、サンガ、春春《チュンチュン》さんと静麗《ジンリー》さんと知り合いなん？　何で？　客として？　若衆頭と？　……四人でそういう⁉　エロすぎね⁉」

「違《ちげ》えよ！　俺が気ぃ失ってここに運ばれただけだ！」

「豪《ハオ》、サイテー。真紅《シェンホン》さんがウチら商品に手ぇ出すわけないでしょー？」

「そっ、そうっすよね、すんません！　ついつい妄想《もうそう》が……」

「つうか何しに来たんだよ、てめえら」

静麗《ジンリー》に話を遮《さえぎ》られた豪《ハオ》は、ああそうだった、と仕切り直す。

「オレら、ジョン・Dに用事があるんすよ。今、いいっすか？」

「好きにすればー？　お客が買ってた時間、まだ全然残ってるし、ウチらは勝手に休憩してるからー」

「……あんたら、その客に何か嫌な事されたんだろ。その、大丈夫なのか？」

サンガの心配に、静麗《ジンリー》も春春《チュンチュン》も露骨に不快感を示した。

「青臭《あおくせ》えなあ、てめえは」

「お客にされる事は全部嫌だからいちいちそういうのいらないよー」

同情したつもりではなかったが、二人からしたら憐《あわれ》んで優越感に浸って無料で気持ちよくなってんじゃねえよこのクソボケ、でしかないようだ。

「さっきの客はねー、静麗《ジンリー》ちゃんとウチの絡みが見たいって観賞料金しか払ってないくせに、途中からタダで参加しようとしてきやがってねー、しかも力ずくだったからねー、もうぶっ殺されてもしょうがないよねーって」

「まあ窓から投げたのはやりすぎだったかもしれねえけど」

「やーんもう、静麗《ジンリー》ちゃんてば優しすぎー！」

「人前ではやめとけ、春春《チュンチュン》」

　春春《チュンチュン》が静麗《ジンリー》の首に飛びつくように抱きついた。ぎゅうぎゅうと密着されている静麗《ジンリー》は、たしなめつつもまんざらでもなさそうだ。この二人出来てんのか……？

「サーンガ。こっちこっち」

「あ、お、おう。……おう」

　いつの間にか入室していた豪《ハオ》に呼ばれて、サンガは大人しく駆け寄った。が、豪《ハオ》がいたのは窓付近で、つまり目の前にジョン・Ｄがいる。

　近くで見ると迫力が段違いだ。野生の獣を前にした時のような緊張感。

「なあなあジョン・Ｄ。コイツ、サンガっていうんだけど、殺したい奴がいるんだって。殺しのコツっつうか、射撃の百発百中テクとか教えてもらえたりしねえの？」

　直球すぎるし、図々しい。

　殺しの技術の習得にどれほど時間がかかるのかなど知る由もないが、ここまで軽く教えを乞われたらジョン・Ｄも面白くないのではないか。

　ジョン・Ｄは何の反応もせず、腕を組んだまま無言だ。

　サンガはすくみあがった。これ、かなり怒ってんだろ。

「あー、ジョン・Dこっちの言葉あんまわかんねえか。サンガ、合衆国の言葉喋れるんだろ？自分で聞いてみ」

　怒ってねえどころか何も通じてなかったのかよ⁉

「えー……と」

　サンガは言葉に詰まった。通訳に困ったわけではなく、今さら迷ったのだ。

　人の殺し方について、見ず知らずの相手から教わっていいのか？　と。

　白蛇堂《パイシュアトン》としての当事者意識を持てたら銃の使い方を教えると真紅《シェンホン》は言っていたのに。

　……こんなん、操《みさお》を立てるもんでもねえか？

　黙っていればいいだけでもある。

　自分の小心具合をごまかすように、サンガは先ほどの豪《ハオ》の言葉を訳した。ただし、かなり丁寧に。

　ジョン・Dはゆっくりと口を開いた。

「……己《おのれ》は真実の愛を見つけたがゆえに、無益な殺生はもうせん。もはや殺しの道具には触れられず、殺しを語るすべも持たぬ。出会いは運命の悪戯ではなく必然。彼女の無垢《むく》で気高き魂にふさわしくありたい。この身一つで愛する者を守るのみ。この力は全て愛のために」

　何だこいつ。

「ジョン・D何つってんの？」

「今のを訳すのか……⁉　おれが……⁉」

「ど、どうしたよ、サンガ？」

口がかゆくなりそうなジョン・Dの言葉だったが、豪《ハオ》がせがむので、サンガは恥を忍んでなるべく正確に伝えた。

「ええー？　真実の愛ってなんじゃそりゃ。相手、誰？　春春《チュンチュン》さん？　静麗《ジンリー》さん？　両方？　ジョン・Dとデキてんの？」

「豪《ハオ》、想像でもやめてくれるー？」

春春《チュンチュン》は心の底から嫌がっている声を出した。

「ウチの事言ってんだろうけど、コイツの一方通行に決まってんでしょー？　ウチには静麗《ジンリー》ちゃんがいるんだからねー？」

「おう、春春《チュンチュン》は一途だからな」

春春《チュンチュン》と静麗《ジンリー》は指を絡ませ合って手を繫《つな》いでいる。……二人、本気で出来てんのか？

客が嫌いとか男が嫌いとか一切関係なく、お互いを見る目が恋する人間のそれに見える。

「それならジョン・Dは何で春春《チュンチュン》への愛に目覚めちゃってんだよ」

サンガでなくとも疑問に思うだろう。どっから湧《わ》いて出たんだこいつは、と。

「あのね、ウチってば可愛いだけじゃなくて、ちょっと名の知れた売れっ子ちゃんなのね？」

華埠《チャイナタウン》の外から春春《チュンチュン》目当てで来る白人客もいるという。

異人種間疑似恋愛に憧《あこが》れる男からもてはやされているのだ。

以前アルハからあらすじを聞いた流行《はや》りのオペラ、蝶々夫人《マダム・バタフライ》。求められるのはそのヒロインのような、いや、あれは華埠《チャイナタウン》は関係なかったが、ともかく、非日常的で、神秘的で、献身的で、そしてどこか悲劇的なイメージの異国の女。

春春《チュンチュン》は小柄な体も相まっていかにも健気《けなげ》そうで、型通りの妄想を具現化した存在だ。評判にもなるだろう。

「だからファルコファミリーの自称娼館王って奴が、客の振りしてウチを引き抜きに来た事があったの。すんっごくいい条件引っさげてね。ウチのためにちゃんとこっちの国の言葉で書かれた契約書みたいなの持って来てさー」

「会員制っつってもすり抜けてくる奴は結構いんだよ。春春《チュンチュン》、蹴《け》っ飛《と》ばして追い出してたけどな」

「だってぇ、言葉よくわかんなくても、人を見下してるの丸出しですっごくすっごく嫌ぁな奴だったんだもん。でも、向こうはまさか金にがめつい小娘が断るとは夢にも思ってなかったんじゃない？　めっちゃ恨《うら》まれちゃったよー」

「小せえ野郎だよなあ。その後、妙な噂《うわさ》流されたり、色々嫌がらせされてよ。でも春春《チュンチュン》は屈しなかった」

「そしたら最終的に、殺し屋を雇《やと》って送りこんで来やがったの」

それが、コイツ。

交互に喋っていた春春《チュンチュン》と静麗《ジンリー》が、揃ってジョン・Dを指し示した。

しかし春春《チュンチュン》は生きている。

つまり。

「……逆にジョン・Dを買収したのか⁉」

「籠絡《ろうらく》したの、籠絡。メロリメロメロー。奴隷《どれい》みたいになっちゃってさー。それで、コイツは帰れなくなったから、ここで用心棒やってるってわけ」

「ジョン・Dを始末しに来た奴もいたんだけど、強えんだよ、コイツ。素手で追い返してたからな。で、娼館王も春春《チュンチュン》の事をようやく諦《あきら》めたみてえで、最近は何もねえな」

娼婦の肉体言語は辣腕《らつわん》弁護士の銀の舌よりも、ずっと有能なようだ。

「春春《チュンチュン》さんすげー！」と豪《ハオ》がはしゃいでいる。

「……春春《チュンチュン》は、己が荒野の如《ごと》き人生に咲いた、一輪の花。花に血の臭いはふさわしくない。しかし、愛を知る事は失う恐怖を常に抱える事と同義……。殺生から離れても恐怖との戦いは終わらない……」

脈絡なくうっとりと呟《つぶや》くジョン・D。

なんて言ってんの？　と豪《ハオ》がわくわくしながら聞いてくる。

「とにかく殺しについて何も教えられないって言ってる」

ジョン・Dの自己陶酔《とうすい》っぷりが恥ずかしく、サンガは雑に意訳しておいた。

これでジョン・Dの寝返りが嘘で、間抜けを装ったスパイだというのならその演技力に拍手喝采するところだ。

だが現実はどこからどう見ても純真で清廉《せいれん》な色惚《いろぼ》けクソ野郎でしかない。

「つうか、てめえ、堂《トン》の人間でもなかったんだろうが。今のままそんなもん習っても器が足りねえだろ。それこそ茶杯にたらいの水を全部入れようとしてるようなもんだぞ」

「そうそう、今まで喧嘩《けんか》の一つもして来なかったんじゃないのー？」

「豪《ハオ》、てめえ教育係みてえな立場なんじゃねえのかよ。ここに来る前にてめえが教えられる事いくらでもあんだろうが」

春春《チュンチュン》と静麗《ジンリー》から急に矛先《ほこさき》を向けられ、豪《ハオ》はごまかすように半笑いで後ずさった。

「そりゃ、護身術くらいなら、小せえ頃、教えてもらったっすけど。でもあんま真面目に習ってなかったんすよ。白蛇堂《パイシュアトン》に入る全然前の事だし、かなり我流になってるっつうか」

「いいからやってみろや」

――という成り行きで、豪《ハオ》から尹派八卦掌《いんははっけしょう》とやらを習う事になった……のだが。

「もー、内家拳《ないかけん》の類《たぐい》だったら宿《スー》のが教えんのうまいっつうのに」

豪《ハオ》が何やらぼやいている。珍しい。本気で自信がないらしい。

「いいか、サンガ。基本の架式はこう。八卦掌は歩法が重要なんだよ。最初はひたすら歩く練習すんの」

サンガには豪《ハオ》の使っている用語の意味は一切わからない。架式ってのは姿勢の事か？

ともかく見よう見まねでサンガは豪《ハオ》と同じ形を取った。片方の手を前に出し、逆側の手の指先をその肘につけ、足をクロスさせ、なおかつ尻《しり》は出さぬように、という奇妙な立ち方。

「おー、うまくね？」

「そうなのか……？」

「ちょっと力んでんな。拙力《せつりょく》は抜くんだよ。その格好のまま円周上を歩く訓練が走圏《そうけん》っつうんだけど、マジでもうずっとそれやらされてたから。これ極めると気配消して動けるようになんだけど、案外難しいんだよ。試しにやってみっか」

床に小さな円が描かれていると想定して、その上を豪《ハオ》とサンガは二人でぐるぐると回った。

案外どころかかなり難しくて、サンガは無心で歩き続ける。

いいぞーと春春《チュンチュン》と静麗《ジンリー》が盛り上がったせいか、ジョン・Dも参戦してきた。

「うわあああっ⁉　お、遅いと思って来たら、皆、何して……⁉　そ、走圏？　何で今？　ちょ、ちょっと、もう、何この状況、呪術ぅ……⁉」

様子を見に来た宿《スー》がへなへなと腰を抜かす。

その様子に春春《チュンチュン》と豪《ハオ》がげらげらと笑い、サンガも我に返った。

何だこのシュールな光景、とじわじわと面白くなってくる。

「……ははは っ！」

つられて声を出して笑ったら止まらなくなって、腹が痛くなるまで笑い続けた。

◇

走圏のせいで疲労を覚えながらも、家に戻ったサンガが真っ先に取りかかったのは、真紅《シェンホン》の部屋の掃除だった。

家主は不在だ。たとえ在宅時でもわざわざ私室には入らないが、今日は話が違う。

今朝方、真紅《シェンホン》が煙管《きせる》用の細かく刻まれた煙草葉《たばこば》を床にぶちまけたのだ。そして、それを放置して出て行ったのを知っている。

見過ごすわけにはいくまい。

「また汚くなってんじゃねえかよ……」

お片付けが得意じゃない、と本人も言っていたが、使った物を元の位置に戻す作業が苦手なのだろう。使いっ放しの出しっ放しの散らかしっ放しだ。

「何でもかんでも床に置くなっつううぅうおおお⁉」

踏んづけた何かがごろりと回転して、サンガはすっころんだ。

寝台の脇に突っ込んで、そこにある引き出し付きの小さな卓をひっくり返す。

「痛《いて》え……。うぅわ最っ悪！」

灰色の粉末がもうもうと舞っている。踏んだ物はよりにもよって灰吹《はいふき》で、中に入っていた灰をぶちまけてしまったのだ。

「ああもう、だからちゃんと片付けろって……⁉」

八つ当たり気味の叫びをサンガは途中で飲みこんだ。

視線は小さな卓の引き出しの中に釘付けだ。

「………銃」

思わず声に出して現状確認をしてしまった。

傾いて開いた引き出しの中に、拳銃がある。

宿《スー》が言っていたなんとかガバメントというのはこれか？　違うか？　銃身後部にあるのが安全装置《セイフティ》か？　何でこんな無防備に置いてんだ？　就寝時の侵入者対策か？　じゃあすぐに撃てないと無意味だから、弾も装塡《そうてん》されてるのか？

目まぐるしく浮かぶ疑問の末に、ふと気付く。

もしや、これは真紅《シェンホン》の護身用ではなくサンガのために用意されている物なのだろうか。

ならば、サプライズ計画に気付いてしまったような妙な罪悪感を抱かずにはいられない。

サンガは何も見なかった振りをする事に決めた。

調度品を元の位置に戻し、手早く掃除を終え、真紅《シェンホン》の部屋のドアをそっと閉める。

台所で食事の準備に取りかかろうとしたが、自分で思っているより拳銃の存在に動揺していたようで、体に変な力が入っている。

幸い、余計な力を抜く方法は今日さんざん教わった。

サンガは目を閉じて深呼吸をした。

そのまま豪《ハオ》直伝、基本の架式の構えを取る。

ふいに、蜂蜜菓子の匂いがした。

「それ誰から習ったの？」

「あああああっ」

サンガはその場に崩《くず》れ落ちた。

目を開けたら、一輪の竜胆を持った真紅《シェンホン》がすぐ前に立っていたのだ。

驚きより、羞恥の方が強い。ごっこ遊びを目撃されたかのような猛烈な恥ずかしさ。

いつもいつも気配を消して帰宅して来ないで欲しい。

「掃除してくれたんだ、ありがとね」

「普通に話を始めないでくれ……」

「帰って来て家に人がいるって何か変な感じすんね」

「それはそろそろ慣れてくれ……」

真紅《シェンホン》はドアを開け放したまま部屋に入り、竜胆以外の荷物を床に適当に置いて（それをやるから散らかるっつんだよ）台所に戻って来る。拳銃の入った引き出しが開けられた事には気付いていないようだ。サンガは胸を撫で下ろした。

「豪《ハオ》？　宿《スー》？」

一瞬真紅《シェンホン》から何を聞かれたのかわからなかったが、どうやら基本の架式を誰から習ったのかの話題がまだ続いていたらしい。

「豪《ハオ》だけど」

「何でまた」

「最初はあんたの娼館のジョン・Ｄって用心棒に殺しの方法を教わろうって話だったんだけ……ど……」

しまった。黙《だま》っておこうと思ったのに言ってしまった。

「い、や、あの、でも、それは無しになったから、それで、流れで豪《ハオ》から武術を習う事になって、だから別にあんたの言いつけは破ってないっていうか」

「なぁによ、浮気《うわき》がばれたみたいな焦り方しちゃって」

真紅《シェンホン》はにやにやしている。

「いいよ。人の殺し方を教わりたいなら誰からでもどうぞ」

「えっ」

「色んな人に教わってみれば？　皆、やり方違うだろうしさ。どっかで拳銃盗むような真似さえしなければ好きにしな」

あっさりと許可されて、サンガは拍子抜けした。

同時に、どきりともした。拳銃という単語を出した事に他意はあるのか？

だが、今、真っ先に確認すべきはそれではない。

「おい、あんたが言ったんだぞ。白蛇堂《パイシュアトン》に対しての意識を変える方が先だって。まさか覚えてないのか？」

「覚えてるって。だから俺はまだ教えないよ。君、さっき『あんたの』娼館って言っちゃってたしさ」

「そっ、それは文法？　の問題じゃないか!?　だっておれの娼館じゃねえだろ」

「そうかなあ。サンガ君、華蝶宝珠《かちょうほうじゅ》って名前がすぐに出て来ないんじゃないの？　それに君はどうせ――……」

「……おれはどうせ？」

真紅《シェンホン》は肩をすくめてみせた。

「束縛《そくばく》されたがりでしょ」

「はあ？」

俺以外から教わるつもりないよね？　とでも言いたいのだろうか。それとも何か深淵《しんえん》な比喩なのか？

サンガの思考を遮《さえぎ》るように、真紅《シェンホン》が竜胆《りんどう》を差し出して来た。

「あげる」

時々、真紅《シェンホン》はこうして竜胆を買ってくる。

法則性はない。強いて言えば一つ前の竜胆がちょうど枯れる頃合《ころあ》いくらいだ。

竜胆は身近な人が亡くなった時の弔《とむら》い用の花だと言っていたが、そうそう身内に死人が出るはずもなく、きっと、アルハの死を悼《いた》み続けてくれているのだ。

直接確かめた事はない。聞いても、気まぐれだよ、としか返って来ないだろう。

「……銃の扱いはさ、あんたの教え方がうまいのか下手なのかは知らねえけど。武術は絶対あんた以外から習った方がよさそうだよな」

竜胆を受け取りながらサンガは軽口を叩いた。花を贈られて毎度毎度律儀《りちぎ》に嬉しくなる自分が照れ臭かったのだ。

「その心は？」

「武術って、なんつうのかな、気高い精神持ってる奴のが教えるの上手そうだろ」

「お？　もしかしてサンガ君、俺に喧嘩《けんか》売ってる？」

サンガは食卓にある花瓶代わりのコップを手に取った。

水を入れ替え、ほぼ枯れている竜胆を処分し、今しがた貰《もら》った竜胆をコップに生ける。

「まあ俺はそんな安い挑発に乗らないけどね」

「別に思った事を素直に言っただけだぞ」

「八不打《はちふだ》くらいなら真紅《シェンホン》お兄さんがとってもわかりやすく教えてあげられるよ」

「乗ってんじゃねえか」

悪態をついただけで、挑発したつもりは本当になかったのだが。

「何だよ、八不打って」

「点穴《てんけつ》の……ってまあ細かいところはいいかな。人体における八か所の急所。死んじゃうかもしんないからいたずらに刺激しない方がいいけど」

「危険すぎるだろ⁉」

「サンガ君、そこに立ってみな」

コップを持ったままのサンガに、真紅《シェンホン》が食卓から少し離れた場所を指し示す。

「お水、零《こぼ》さないようにして。じっとしてなきゃだめだよ。俺に何をされても、ね？」

「……おう」

下手に動くと危ないという意味だろう。

有無を言わさず真紅《シェンホン》お兄さんの八不打講座が始まってしまった。

真紅《シェンホン》は人差し指と中指を揃えて立てた。

「一、太陽穴《たいようけつ》。ここの頭蓋骨が一番薄い」

「う……」

真紅《シェンホン》の二本の指がサンガの眉《まゆ》じりを押さえる。力は入っておらず優しく触れられているのだが、急所と宣言されているだけに緊張する。

「二、廉泉穴《れんせんけつ》。呼吸って大事だよね」

「ぐ……」

次は喉《のど》。

太陽穴もそうだが、たとえ急所と知らなくても、直感的に突かれたらまずいとわかる箇所ばかりじゃないか？

「三、肩貞《けんてい》に天宗《てんそう》。肺も大事」

「あんたなんでたまに香水つけてんの」

腕の付け根。

蜂蜜菓子の匂いが近くなったので聞いてみたが、無視された。

臭いと文句を言ったとでも思われたのか？　まあ実際、いい匂いではあるものの、嗅覚が鋭い人間からは敬遠されそうな濃厚な甘ったるさだ。

「四、期門《きもん》。内臓は全部大事だけどね」

「あ、おい、触んなっ」

胸の下。

ペンダントに何かされるのかと思って大声を出してしまった。

無意識に動いてしまって、コップの水面が大きく揺れる。

「触んないってば。あのねえ、サンガ君。君が思ってるほどそのペンダント価値ないのよ」

「わかってんだよ……！」

真紅《シェンホン》にとってこれがただのがらくたただという事は。

でも仕方ないだろう、とサンガは思う。とっさに守ろうとするくらいサンガにとっては大事な物なのだから。

「はいはい、続きね。五、会陰《えいん》。ここ激痛なんだけど、まあそんな事より屈辱的《くつじょくてき》だよね」

肛門と陰嚢《いんのう》の間。

嫌な汗が噴き出る。

自然な動きすぎて、どこ触ってんだよ！　と突っ込む暇もなかった。

「六、章門《しょうもん》に腎兪《じんゆ》に志室《ししつ》。ここらへんは打たれるとおしっこに血が混じるかもね」

脇腹《わきばら》、ウエストライン。

「七、風府《ふうふ》に腰兪《ようゆ》。体を麻痺《まひ》させる」

首の後ろと腰。

「八、耳。鼓膜《こまく》なんかすぐ破れるからね。はい、おしまい」

「ぎゃあああああっ!?」

何の悪ふざけか人差し指を耳の穴に突っ込まれた。

全身に鳥肌が立ち、サンガはコップを取り落とす。

「お水零《こぼ》さないでって言ったでしょ?」

コップは割れず、水も零れず、竜胆も生けられたまま、全て真紅《シェンホン》の手の中にあった。床とぶつかる寸前のコップを真紅《シェンホン》が摑んだのだ。

マジかよ、とサンガは呆然《ぼうぜん》とした。

落ちるのを見越していたとしてもそんな反応速度が出せるもんなのか。怖。

この男、もしや本当に教えたかったのは武術ではなく、『俺を舐《な》めると痛い目見るよ』とかそういうのじゃねえだろうな……?

「まあでも八不打を突くとかってさ、実践で使い物にしようとすると、すっごい時間かかるからねえ」

真紅《シェンホン》はコップを食卓の中央に戻す。竜胆を見た後に、サンガの顔を見て、へらへらと笑っている。何なんだよ。

「あんたでも使えない?」

「使う理由がないんだよ。相手に銃を持ち出されたら終わりだからさ。護身術としても正直おすすめはしないかなあ。逃げ足鍛える方が手っ取り早いでしょ」

身も蓋もなかった。

「それよりさあ、お腹空いたよ、サンガ君」

「自由か?」

勝手に八不打講座を開き、食卓についたかと思えば行儀悪くべたりと天板に突っ伏し、飯の催促《さいそく》って。

とはいえ、食事の支度《したく》が遅くなったのは確かだ。

サンガは家にある食材を適当に使って夕飯を用意した。

「飯、出来たぞ」

強請《ねだ》って来たくせに、真紅《シェンホン》は無反応だった。

「……寝てんのか?」

煙管も吸わずに、ずっと机に顔を伏せて、いい子で待っているのかと思っていたのだが、単に寝落ちしていたようだ。道理でやたら静かだったわけだ。

「なあ、ごみついてんだけど」

真紅《シェンホン》の後頭部に埃がくっついていたのでサンガは取ってやった。多分、八不打講座の時に埃が舞ったのだ。真紅《シェンホン》からの反応はない。

「台所の掃除もちゃんとしなきゃなあ……」

サンガの所帯染みた呟きにも返事はなく、聞こえてくるのは真紅《シェンホン》のかすかな寝息だけだった。

4

豪《ハオ》と宿《スー》と過ごす時間が当たり前のものになっていく。

洗濯屋団体の代表の失せ物探しをして街を駆け回るだとか、保護下の店同士の揉め事を調停するだとかの外面全開の立ち回りをしたり。

劇場の裏手にある阿片窟《あへんくつ》のオーナーに届け物をするだとか、秘密の地下射撃場の存在をほのめかされるだとかの治安の悪い物事に接したり。

豪邸の壁に埋め込まれた伝説の秘宝だとか、翼幇《イーバン》の本拠地は大きな寺院だとか、常に客待ちをしているタクシーがいる広場だとかの与太話や細々とした知識を得たり。

驚いても、怯えても、怒っても、結局最後には笑って過ごして、華埠《チャイナタウン》と白蛇堂《パイシュアトン》に詳しくなっていく。

――ふと。

その日、気付いた時には、どこにあるのかもわからない店で、サンガはなぜか疑問を持たず、豪《ハオ》と宿《スー》と一緒に服を仕立てていた。

あらゆる種類の服で埋め尽くされている店内。

サンガが鏡の前に立っていると豪《ハオ》と宿《スー》が左右から服を持ってくる。

長袍《チャンパオ》や漢服、功夫服《カンフー》といった華埠《チャイナタウン》らしい衣装から、最新のデザインの三つ揃えのスーツまで、目まぐるしい早着替え。

「何が気に入った？」

答えに窮した。着たいのか着たくないのかすらよくわからない。

「好きな色は？」

わからない。

「好きな柄《がら》は？」

わからない。

「好きなの選べよ」

わからない。

「何が欲しいんだよ、サンガ」

わからない。

だから欲しくない物もわからない。

もしかしたら、今、自分を取り囲んでいる物は全て、廃棄《はいき》すべき物なのかもしれない。

「じゃあ、これを……」

サンガは適当に手を伸ばした先で触れた物を引き寄せる。

「――――ひっ……!?」

それは、アルハの頭部だった。

首から下はなく、顔の半分は焼けただれている。

愛すべき妹を一瞬でもグロテスクなものと認識した自分をサンガは嫌悪した。

埋め合わせるように、アルハの頭を優しく撫でた。

すると、アルハの口が、ぱくぱくと動き出した。

声が聞こえる。

——お兄ちゃんが欲しい物、アルハが決めてあげる。

「うわあっ……、……あ?」

そこで、目が覚めた。

寝台で上体を起こす。汗で服がべったりと肌に貼《は》りついて気持ち悪い。

周囲を見渡すまでもなくここは真紅《シェンホン》の家で、今のは夢だ。……どこからが夢だ?

体がやたら重い。

両手で顔を覆《おお》う。

その手を見る。右手の親指を。指サックはない。包帯もない。

剝《は》がれた爪はもうほぼ元通りになっている。

いや、割れた部分から再生したせいか、二枚爪のようになっており、元よりもがたがたして
はいるが、それはどうでもいい。

華埠《チャイナタウン》に来てから一か月はとうに過ぎた。

豪《ハオ》や宿《スー》のような同年代と共に過ごすのは新鮮だった。
サンガは公立学校をすぐにやめて働いていたし、同じ年頃の友人もいなかったからだ。
二人と毎日一緒にいて、サンガは楽しかった。
そう、楽しかったのだ。
最悪だ。
なぜアルハが死んだのに笑っているんだ？
自分が白蛇堂《パイシュアトン》にいるのは復讐《ふくしゅう》のためだ。
アルハのために費やすべき人生なのだ。

だから。

夢を見た日、サンガは豪《ハオ》と宿《スー》の元に行かなかった。
代わりに、真紅《シェンホン》が家を出た後で、真紅《シェンホン》の部屋に向かった。
当然誰もいない。だが、サンガはひどく緊張している。
必要もないのに物音を立てないよう細心の注意を払う。
目当ては、寝台の脇にある小さな卓の引き出しの中。
拳銃だ。

これが本当にサンガのための物なのかどうかはわからない。どうでもいい。たとえ真紅《シェンホン》の護身用だとしても今から勝手に持ち出すのだ。

爪がほとんど治っても、真紅《シェンホン》によるディーノの調査は終わっていない。

まだ人を殺す方法も教わっていない。

大体、当事者意識が芽生えてるかどうかなんて真紅《シェンホン》の匙加減《さじかげん》一つで、先延ばしにしようと思えばいくらでも出来るではないか。

サンガはおそるおそる銃に手を伸ばす。

掌の中で、それはずしりと重かった。

このままディーノがいると言っていたホテル・ヴィルヘブンに向かって復讐を果たすなんて夢物語だ。あまりにも無謀だ。そんなのはわかっている。

でも、それでも、包丁一本よりはましなはずで、真紅《シェンホン》が気付かないうちに動けば、ディーノを始末出来る可能性はあるんじゃないのか。

少なくともここにいるよりは、ずっと。

だったら銃を持って今すぐこの部屋を出るべきだ。

元々マフィアなんて大嫌いで、未練はない。ないはずだ。あってはならない。

なのに、足がなかなか動かない。

「悪い子見ーっけ」

突然飛び込んできた声に、サンガはびくりと肩を跳ねあげた。

銃も床に取り落としてしまって、ごとりと鈍い音が鳴る。

ぎくしゃくと顔を上げる。

「あ、んた……、な……んで……」

ドアを背に立っていたのは真紅《シェンホン》だった。

全然気配がなかった。帰宅の際は、いつもそうだったように。

「何でって俺の部屋だし」

真紅《シェンホン》が一歩ずつゆっくりと近付いてくる。

サンガは後ずさったが、すぐに寝台に当たって進めなくなった。

勢い余って、寝台の上に尻餅《しりもち》をついてしまう。

「ばれないって思ってたんなら俺の事、舐めすぎでしょ。サンガ君、今朝《けさ》、顔ひどかったからね。何かやらかしまーすって書いてあった」

真紅《シェンホン》は銃を拾い上げる。

「これさあ、俺のってわかってる？」

サンガの元まで来ると、小さな卓に銃を置く。

笑って見下ろしてくる真紅《シェンホン》に、サンガは一瞬呼吸が出来なくなった。

慌てて俯《うつむ》いて、真紅《シェンホン》を視界から締め出す。

「あ、ちが、最初は盗もうとしてたわけじゃなくて……」

「なくて？」

「う、あ……」

「いいよ、言いな。最後まで聞くから」

「わからなくて、その、いつ、あんたから人を殺す方法を、教えてもらえるのか、それに、その銃、俺の、なの、かもって、思っ、てて、あ、違った、けど、でも、このままじゃ、だめで、だって、アルハのために、おれは、おれが、楽しいとかもだめで、アルハが………」

つかえながらも懸命に並べた言葉は支離滅裂《しりめつれつ》。

どうしようもなくて、サンガは口を噤《つぐ》む。

「いいよ」

「え……」

「人の殺し方。教えよっか」

「え⁉」

サンガは顔を勢いよく上げた。見下ろしてくる真紅《シェンホン》の顔つきは穏やかだった。

「……いい、のか？」

「サンガ君、やっぱり駆け引き下手だなあ。聞き返しちゃだめでしょ。一回言質《げんち》取ったらぐいぐい押してかないと、これ幸いと訂正されちゃうよ」

飄々《ひょうひょう》とした振る舞い。口調も声も言っている内容も普段と同じ。

怒ってはいないのだろうか。

ほっとすべきか警戒すべきかサンガが迷っていると、真紅《シェンホン》は首に下げている鞄《かばん》からおもむろに何か取り出した。

アイスピックだ。

先端のカバーを外すと、木製の柄をサンガの手に握らせてきた。

「……何」

「手始めにさあ、俺の右目、刺してみてよ」

真紅《シェンホン》は前髪をかきあげると、屈託《くったく》なく微笑んだ。

「────……は？」

「ほら、早くしな」

「ちょ、ちょっ、待っ」

サンガはアイスピックを握った手ごと真紅《シェンホン》に握られる。

その手は強引《ごういん》に真紅《シェンホン》の目元まで運ばれていく。

アイスピックの切っ先が真紅《シェンホン》のまぶたに触れる。

ほんのわずか皮膚が沈み込む感覚。

サンガは悲鳴を喉奥で押し潰しながら、無理やり手を引き戻した。

「なぁによ。さっさとしなって。もしかして、サンガ君、寝室で早く《快点》ぅっておねだりさせたいタイプなの？　エロジジイじゃないんだからさ」

「せ、説明……して」

「うん？　うまく焦《じ》らせたつもりで調子乗ってるけど、早く終われこのド下手くそって意味で早く《快点》ぅって言われただけなのに気付かない大間抜けだから、あいつ勘違い野郎だよねって女の子から陰口《かげぐち》叩かれてる存在って事」

「エロジジイの説明じゃねえよ……！」

サンガは真紅《シェンホン》を睨みつける。

今ばかりは左の赤い瞳《ひとみ》ではなく右目に視線が行く。

いつもは隠れている、じぐざぐと縫《ぬ》われた右目に。

「人を殺すんでしょ。じゃあ、俺の目くらい刺せなきゃでしょ」

「ど、どういう理屈だ」

「俺の理屈」

理不尽の極み。だがこうもはっきり自分が法だと言われてしまうと、サンガは何も返せなくなる。

「こっち、中身は義眼だから気にしなくていいよ」

「ま、まぶたがあるだろ……」

「ここ感覚ないから」

「……痛くないって事か？」

「そう」

「でも、か、貫通させるって事だろ。皮膚、傷つく……」

「いいよ。菲《フェイ》さんに治療してもらうから」

絶対よくねえだろ。故意に体を傷つける行為なんて菲《フェイ》は嫌がりそうだ。

だがそれを口にしても真紅《シェンホン》が引き下がらない事くらいはサンガにもわかる。

「おいしょ」

掛け声と共に真紅《シェンホン》がしゃがみこんだ。

今度はサンガが見下ろす側だ。

髪をかきあげていない方の真紅《シェンホン》の手が、サンガの太ももに置かれる。ぎし、と寝台が軋《きし》む音がした。サンガの頭は真っ白になる。逃げ道をふさがれているのか？

「ありゃ、震えてんの？　俺、体温高いでしょうがよ」

触れられているのは布越しなので知った事ではない。第一、震えの原因は冷えではなく恐怖なのは明白だろうに、底意地の悪い男だ。犬歯見せて笑ってんじゃねえよ。

「はい、どうぞ」

真紅《シェンホン》が顔を差し出してくる。

まるで口づけをねだるような気軽さで。

「うう、あ、う……」

これをこなせば、復讐の成功率が格段に上がる。

サンガは唸《うな》りながらアイスピックを握りしめる。

狙うべき対象は至近距離にいて止まっている。

複雑な動作も必要ない。

手を振り下ろしてアイスピックを眼球に押し込む、ただそれだけだ。

ピアスの穴を開けるのと大差ない。

人を殺すのに比べたら何でもない。

サンガは腕を持ち上げた。

震える手でアイスピックの先端を真紅《シェンホン》の右目に近付けていき――――。

「……でき、ない」

そのまま力なく下ろした。寝台にぽすりと拳が落ちる。

「だろうね」

真紅《シェンホン》は前髪を元に戻した。

「君はね、人を殺せないよ」

全てを見透かすような左の赤い瞳が、サンガを射抜く。

「だから君に人の殺し方を教えても無駄になる」

サンガは体が芯《しん》から冷えていくように感じた。

不適合を宣告されたせいじゃない。

真紅《シェンホン》の言葉が約束を根底から覆《くつがえ》すものだったからだ。

「……おい。もしかして、あんた、最初っから、おれに人の殺し方を教えるつもりなんかなかったのか？」

「あら。そういう事になっちゃう？」

「ふざけるなよ、そうだろ。そういう事だろ。じゃあ、何で。……何でおれを白蛇堂《パイシュアトン》に入れたんだよ」

図らずも、初めに抱いていた疑問に戻ってきた。

「あんたの気まぐれだとしても、でも、おれが復讐をしたいってのは、あんた、ずっと、知ってたじゃねえかよ。なあ、じゃあ、あんた、おれに、ディーノを殺させる気なんかさらさらなかったのか？　なのに、何で――……」

ふいに。

サンガの耳の奥でしわがれた声が響く。

豪《ハオ》と宿《スー》と一緒に回った、劇場裏手の阿片窟《あへんくつ》で耳にした話を思い出したのだ。

煙が蠢《うごめ》く低い天井《てんじょう》の部屋。小汚いマットレスに寝そべる人々。

吸引用の長いパイプを片手に、皆、芥子《けし》の実に人生を乗っ取られていた。

その中にいた老人が、一人で虚空に向かって延々と繰り返していた呟き。

――この街にゃ赤い目をした化物がいるのさ。噂じゃそいつに気に入られると、五体をばらばらに切り刻まれて、あちらこちらに売っぱらわれる。新しい薬にゃゆめゆめ近付かないこった――。

記憶に留める価値もない、誰も取り合わない与太話。

サンガだって今の今まで、老人の荒唐無稽な妄言だと思っていた。

だが、もしかすると目の前のこの男こそが。

「……あんた、おれを解体して売ろうとしてたのか？」

真紅《シェンホン》はわずかに眉毛《まゆげ》を跳ねあげた。

――この男こそが、〝赤い目をした化物〟なのではないか？

「サンガ君さあ。どっからそんな話が出て来たの？」

「収穫時期が来るまで育てててただけなのかよ」

「そんな豚とか小麦とかじゃないんだから」

「だったら！　だったら、どういうつもりで……」

「俺が何言っても納得しなそうだねえ。じゃあ言って欲しい言葉教えてよ。一言一句その通りに言ったげるからさあ」

「意味ねえだろそんなんっ……！」

何を言っても飄々とかわされる。

たとえ誠意を持って答えられても無意味だ。真紅《シェンホン》がサンガを白蛇堂《パイシュアトン》に招き入れた理由が何であれ、サンガが騙されていたのは事実なのだから。

真紅《シェンホン》が少しも取り乱していないせいで、サンガの怒りは余計に膨れ上がっていく。

「こんなんなら、おれは最初から白蛇堂《ここ》に来なくてよかった。刺し違えてでもディーノを殺しに行けばよかったんだ」

「返り討ちに遭《あ》うってば。ディーノにも、俺にも」

「……ちゃんとした道具が」

かたんと床で音がした。真紅《シェンホン》の目が瞬間的にそちらに向く。

「なかったからだ」

サンガは素早く卓の上の拳銃を手に取った。

アイスピックを床に落とし、それに真紅《シェンホン》が気を取られたほんのわずかの隙をついたのだ。

「銃があるなら、おれだってどうとでも出来る」

「君じゃ無理だよ」

「撃つだけだろ」

サンガは真紅《シェンホン》に銃口を向けた。

「やめときなって、サンガ君。扱い方もろくに知らずにさあ、暴発したらどうすんの。自分の指が吹っ飛ぶよ」

「手、上げろ」

「はったりかますなら、それ、俺の口に突っ込むくらいしてみれば？」

「上げろよ」

「護身用の武器とかでもさあ、君みたいな腕のない奴があんまり強い物を持ってると危ないんだよ。……何でだかわかる？」

「――――うあっ⁉」

「奪われた時、簡単に形成逆転されちゃうからだよ」

最悪の有言実行だった。

抵抗されると思っておらず油断していたサンガは真正面から体当たりを食らって、拳銃を奪い返されてしまったのだ。

だが、真紅《シェンホン》は銃口をサンガに向ける事も、銃身をサンガの口に突っ込む事もせず、卓の上に戻して、上から掌《てのひら》を伏せるのみだった。

サンガは横っ腹を押さえながら身を起こす。悔しくて歯を食いしばった。

「君が最初にディーノを狙《ねら》った時はさ、万が一があるかもって止めたんだけど、今ならわかってるんだよ。君は人を殺せないって事が。じゃあよく考えたら俺には邪魔する理由がないね」

話の意図が読めず、サンガは眉間に皺《しわ》を寄せる。

「でもさあ、サンガ君、絶対死ぬよ。銃持ってディーノのところに辿り着けてもね。それでも行きたい？」

「い……くに決まってんだろ。行きてえよ。あんたは殺し方を教える気がねえし、銃が手に入ったなら、もう我慢《受不了》しねえよ」

真紅《シェンホン》は両手をひらひらと上げた。嫌味ったらしい事に、銃を向けられている時には決してしなかった降参のポーズだ。

「じゃあ、どうぞ。あんまイクイク《受不了》うるさくされると萎えちゃうもんだよね」

心底知らねえわ、クソ。気持ち悪ぃな。

「………あ？」

すっとぼけた事を言われて本題を流してしまった。だが今、真紅《シェンホン》の掌は、拳銃から離れているではないか。サンガはその意味に遅れて気付いた。

銃を持って出て行っていいと許可されているのだ。

なぜ。一度嚙《か》みついた犬はいらないと言う飼い主のような心情か。犬の大好きなおもちゃごと捨てるみたいに、銃と一緒にサンガを捨てるのか？

この男の思考は本当にわからない。わからなくていい。

これで復讐が出来るなら、他の事を考えたくない。

サンガは銃を取り、真紅《シェンホン》と言葉を交わす事もなく、真紅《シェンホン》の家を後にする。
真紅《シェンホン》がどういう顔をして見送っているのか少し気になった。
だが、決して振り返らなかった。
そうして、サンガは華埠《チャイナタウン》から出て行った。

5

サンガはホテル・ヴィルヘブンへ真っ直《す》ぐ向かった。

ディーノが暮らしていると言っていた高級ホテルだ。

片道のタクシー代くらいは持っていた。ディーノを仕留めさえすれば、もう帰れなくてもいい。

——僕を頼る気になったなら、ホテル・ヴィルヘブンまでどうぞ！　ボスと一緒に歓迎してさしあげますよ！

ひと月以上前、アルハの墓地で告げられたこの口約束が有効だと考えるのは、世間知らずだろうか。

とりあえず、フロントに向かった。

「サンガ様。お約束との事ですが、確認しましたところ、ディーノ様はご不在でして。……ご都合のつく日ですか？　わかりかねるそうですね。本日はディーノ様の上司の方が代わりに対応をするとおっしゃっておりますが、それでよろしいでしょうか？」

よろしいわけがなかった。

ディーノが油断して出てきたところで有無を言わさず発砲。それが目的なのに、ディーノより上位の存在に対応されても困る。

…………居留守か？　何か勘付かれているのか？

もしや自分の名を告げたのは世紀の大失敗だったのだろうか。

正攻法ではディーノに会えなくなってしまった。

高級ホテルの名は伊達《だて》ではなく、警備を振り切って押し入るのは現実的ではなさそうだ。配達人の荷台に忍び込むだとか小細工するにもツテがない。一人で数ある出入り口に張り込むのは不可能だ。

ヴィルヘブンはサンガにとってもはや十階建ての要塞だった。

サンガは己の短絡さを呪った。これでは包丁を持って飛び出した夜から何も変わってないではないか。

ああ、でも、そういえば、……そうか。——そうだ！

サンガはディーノと初めて会った時の事を思い出していた。ビールを売りつけに来た時のディーノは無防備で、つまり敵陣であるホテルを張り込むよりも、ディーノが出没する店を予測して先回りした方が、ディーノを殺せる確率は上がるのではないか。

サンガは一旦退却した。……むろん、徒歩で。

真紅《シェンホン》の家にではない。華埠《チャイナタウン》の隣の民族街《リトルイタリー》にある、サンガが元々住んでいたぼろアパートにだ。

この部屋の家賃は元々週払いだった。アルハが死んでサンガが気力を失くしていた時、月払いになった。おそらく大家は金があるうちに搾り取ろうとでも考えたのだろう。

結局、そのままだらだらと華埠《チャイナタウン》に移り住み家賃は無駄になった。月払い分の日にちもとっくに過ぎているので、今この家に住む権利がサンガにはない。

だが幸いにも次の入居者はまだいなかった。サンガはここを拠点にする事にした。

家を空けていた間に、服やら食器やらの日用品は盗まれていた。金目の物は元々置いていないので被害の受けようがない。が、着替えがないのはサンガの心を削った。

この格好のままでいなければいけない。真紅《シェンホン》から借りた物など捨ててしまいたいのに。とはいえ我慢するしかない。

サンガはディーノの情報集めに奔走《ほんそう》した。

過去の新聞を探し、路上生活者に声をかけ、立地のいい店に聞き込みをする。

だが、なかなかディーノに辿り着けない。軽食堂《ダイナー》の土地がファルコファミリーのものになっていた事実にも打ちのめされそうになって、サンガはペンダントを握る。

「アルハ……」

写真を見ても気ばかりが焦って、サンガは縋《すが》るようにアルハの墓に向かった。

意外な事に、先客がいた。

墓石の前に立っているのは、全く見知らぬ少女だ。年の頃はアルハと同じだろうか。

サンガが近付いていくと、少女は顔を上げた。サンガと目が合っただけでおろおろとしている。見るからに気弱そうだ。

「……アルハのお友達かな？」

威圧感を与えないよう、サンガは少女の隣にしゃがんだ。

内心では混乱していた。

アルハの事を思ってくれている子がいたのかよ。

もっと早く出会えていればよかった。

そうしたら、真紅《シェンホン》が竜胆を渡して来ても絆《ほだ》されやしなかったのに。

「あ、あの……」

「おれはサンガ。アルハの兄貴だよ」

「えっ。お、お兄さん、なんですか。あのっ、……わたし、アルハちゃんの、とっ、友達……、では、ないです……」

「お墓、探してまで来てくれたのに？」

「だって、わたし、友達の資格とかなくて……」

「お、おお、どうした？」

少女の目にみるみるうちに大粒の涙が浮かぶ。

「あっ、アルハちゃんは、とろくさいわたしをかばって、先生に目をつけられて、それで、仲良くしてくれてたのに、わたし、怖くなって、アルハちゃんを避けて……。アルハちゃん、先生からすっごく厳しくされるようになって……。わたしの、せいでっ……」

少女が洗いざらいぶちまけているのは、せめてもの贖罪《しょくざい》か。

もしかしたら、サンガに責めて欲しかったのかもしれない。きっとその方が罪悪感が減って楽になる。

「アルハちゃん、鞭《むち》で腕とか打たれて、……ひとりぼっちで……、わたしだったら、学校、行きたくなくなってた。絶対、アルハちゃんもそうだったのに……。わたし、謝る事も出来なくて、……ずっと、死んじゃってたなんて、全然知らなくて……」

だが、サンガの目にはもうしゃくりあげる少女は映っていなかった。

頭の中は、在りし日のアルハの事でいっぱいだった。

――ちょっ、何だそれ、痛いだろ、うわあ、お前の可愛い腕にどうしてそんな……！

アルハの前腕にあった痣《あざ》。

サンガの心配に対してアルハは学校の遊具で遊んでいて怪我《けが》をしたと答えていたが、あれはきっと嘘《うそ》で、本当の原因は――――。

その後、どうやってその少女と別れたのかも思い出せないくらい、サンガはぼんやりとしていた。ふらふらと路上を歩きながら、頭の中は混沌《こんとん》としている。

おれは。

アルハの悲鳴を無視していたんじゃないのか。あいつが教師に鞭打たれていたのなら、おれに言い出せなかったのはなぜだ？　アルハが学校に通うのをおれが喜んでいたからだ。おれは父さんと母さんが死んで学校どころではなくなって、だからアルハには絶対理不尽が起こらないようにして、だけど、そんなのはおれの自己満足でしかなかったって笑えないオチがついたのか？　歌手になって稼ぎたいから、学校を辞める。あの相談で注目すべきだったのは、前半ではなく、後半部分だったのだ。きっと、もう、アルハは限界が近かったのだろう。全然気付かなかった。復讐だとかなんとか言って、おれは、そもそもアルハの事をちっとも見ていなかったのだ。おれさえちゃんとしていれば、アルハがわざわざ歌姫になるテストをしに軽食堂《ダイナー》に来ない未来だってありえたのだ。

……おれのせいで、アルハをみすみす死なせた――――？

「あの……」

ふいにサンガの肩に手が置かれる。

サンガはびくりとして勢いよく振り返った。

面識のない男が立っていた。冴《さ》えない若い男だ。

「ディーノが出没する場所を探している青年がこの辺りにいると聞いたのですが……、あなたですか？」

「……あ、ああ」

「実はですね、私、彼に関する情報がありまして……」

冷静に考えれば不審すぎる。

だが、今しがた辿り着いた答えが辛すぎて、復讐で脳内を塗《ぬ》り潰さなければおかしくなってしまいそうだった。

サンガは目の前の男の持って来た情報に縋った。

貞淑《ていしゅく》でも不実でも愛した女の言う事なら何でも信じてしまう、愚かな男のように。

幕間　虚

新聞記者は復讐《ふくしゅう》の時を待っている。ずっとずっと待っている。

記者が新聞社に就職したのは、ブローケーナークに蔓延《はびこ》る不正を糾弾《きゅうだん》したかったからだ。

志《こころざし》を同じくする社長や上司と共に、ファルコファミリーの悪事の暴露《ばくろ》記事を書いた。圧力をかけられて広告が減ったり、会社の敷地内に糞尿を撒《ま》かれたりしたが、嫌がらせには屈しなかった。

だが、潔癖《けっぺき》な理想は長続きしなかった。

ある日、出資者達を唆《そそのか》したファルコファミリーによって、新聞社の不動産も株式も何もかもを乗っ取られたのだ。

新聞社は大きくなった。カメラも社用車も最新鋭になった。

だが、尊敬する上司達のかつての情熱は消え失せてしまったらしかった。

皆、ファルコファミリーに雇われているも同然の状況なのだ。

マフィアに媚《こ》びる上司を見た時に、記者は心が折れる音を聞いた。

だからファルコファミリーのアンダーボスに言われて、自由奔放《じゆうほんぽう》すぎるディーノの世話役のようなものを押しつけられても素直に従っている。

誇りは捨てた。ペンは折った。

剣の強さを知った。

もし剣を手に入れる機会があれば、いつでも復讐に振るってやろうと決めていた。

「……ディーノさんは明日、『オリオンの店』で会合があるんですよね？」

ディーノと二人きりのいつもの部屋で、記者はディーノに訊《たず》ねた。

記者の情報網に、ディーノを探している青年の存在が引っかかって来た。

どうやらディーノに殺意を持っているらしい。

自分とは何の関《かか》わりもない青年だ。つまり彼が何をしても自分に容疑が向きにくい。

だから記者はその青年にディーノが現れる場所を教えておいた。

「いえ、明日は僕は欠席しますよ！　休息を取るわけではないですからね。僕は忙しいんです。充実していますね、僕は！　明日の会合なら他の方も出席なさいますし、特に問題はありません！」

「えっ……？」

「どうかしましたか？」

「い、いえ、なんでも……」

先にこちらを確認しておくべきだった。初歩的すぎて頭を抱えたくなるミスだ。

記者は青年に嘘《うそ》の情報を流してしまった事になる。

だが、オリオンの店にディーノは現れないのだから、訂正の必要はないだろう。

憎き相手が現れないだけで、実害はない――はずだ。

「アンダーボスが教えてくれたんですよ。僕を訪ねて来た人がいるって」

「……ホテル・ヴィルヘブンに、ですか？」

「ええ。もちろん！　なぜわざわざ聞いたんですか？　僕はここにいつもいるじゃないですか！」

「はあ……」

当然、記者にはそんな人物の記憶はないので、おそらくアンダーボスが対応したのは本当なのだろう。ディーノは自分で出迎えない事に疑問を抱かないのだろうか。甘やかされている、なんて受け入れているのか。

「それでですね、その訪ねて来た方っていうのが、ほら、以前もお話ししましたけど覚えてますか？　燃えた軽食堂《ダイナー》の灰色髪の彼だったんですよ！」

自分が嘘の情報を伝えた青年も灰色の髪の毛だったな、と記者は思う。そこまで珍しくもない髪色だ。驚く事でもない。

「せっかくこちらが忘れてあげていたのに！　今さら店や土地の相談って事もないでしょうし、きっと人生に行き詰まって、僕のところに復讐にやって来たんでしょう」

「はあ」

「じゃあ僕は彼の生きる糧《かて》って事ですよね！　明確な目標があるのはいいですね。僕のおかげでさぞかし日々が輝いているでしょう！　素晴らしいですね、僕は！」

「はあ……」

「でも、つきまとわれるのは面倒なので先手を打たせてもらいます。それに、これも前に言いましたけど、娼館《しょうかん》を僕の物にするっていう話も少々動きを見せていましてね。やるべき事がたくさんあるんですよ、僕は！」

だから先約だろう会合を欠席するのか。

自由というべきか、野放しというべきか。ディーノは縄張りの拡大さえしていれば何でも許されているのだろう。

「ディーノさん、先手を打つっていうのは……、自ら手を下すって事ですか？」

堅気には手出ししないのではなかったか。

「いえいえ、まさか！」

否定された。ならばまた実行犯としてその辺のちんぴらでも雇《やと》うのだろう。

そこで記者は今さら気付いた。自らがやろうとしていた事は、この美しくも酷薄《こくはく》な少年と同じだと。

堕ちたもんだな、と自嘲《じちょう》したい気分だった。

いっそ過去の自分に強靭《きょうじん》なペンで突き刺されたい。

「おや、なんですか？　……あっ！　わかりましたよ！　僕が腕に自信がないから誰《だれ》かを雇ってると思ってるんですね！」

ちっとも思っていない。そんな事かけらも考えていなかった。

ディーノは人の心の機微《きび》に疎《うと》すぎる。

彼は他人の事なんか全然見えていないのだから当然だが。

「僕、自分で言うのもなんですけど、腕はいいんですよ。実はですね、ここの上って、秘密の処刑場があるんです。堅気《かたぎ》以外なら僕が処分を依頼される事も多いですからね」

「ここの……上?」

「はい!」

「……ホテルなのにそんな施設が?」

「おっと! 内緒ですよ! 組織の全員が知ってるってわけじゃないんですから!」

言い触らす気はない。

そんな事をしても仕方がないからだ。

ボスは最上階の部屋を借り上げている。つまりここは最上階という事実があるはずで、その上というのはどこなのだ。屋根裏部屋かどこかを指す――とでも言いたいのか?

あるいは、天下のファルコファミリーならむちゃな増築も可能だ、と?

「僕の射撃の腕はアンダーボス仕込みなんですよ! 嗚呼、ボス! もしもボスに危機が迫ったら僕が絶対に守って差し上げますからね! 今日のボスは渋くていつもより一段と素敵ですね!」

ボスがいたのか、と記者はディーノが向かった方へ目を向けた。

ディーノが話題に出さないので全然気付かなかった。

記者にはいつもとの違いとやらも全くわからない。

「ボスのお姿、僕の瞳《ひとみ》に焼き付けるだけじゃ到底足りません。ねえ、あなたは記者なんですからカメラを持っていますよね。僕とボスが並ぶと絵になるって思いませんか?」

ディーノがボスと腕を組むようなポーズを取った。

たとえば水を飲みたいとは言わず、喉《のど》が渇きましたね、と言う少年だ。

たとえば窓を閉めろとは言わず、とっても寒いですね、と言う少年だ。

つまり今のは、撮れ、と言われたのだ。

意思疎通が出来てしまう自分を情けなく思いつつも、新聞記者はシャッターを切った。

唯々諾々《いいだくだく》とマフィアに従い、他力本願で過ごす日々。

記者の心にある虚《うろ》は、夜ごとに大きくなっていく。

四章　痛みには勝利

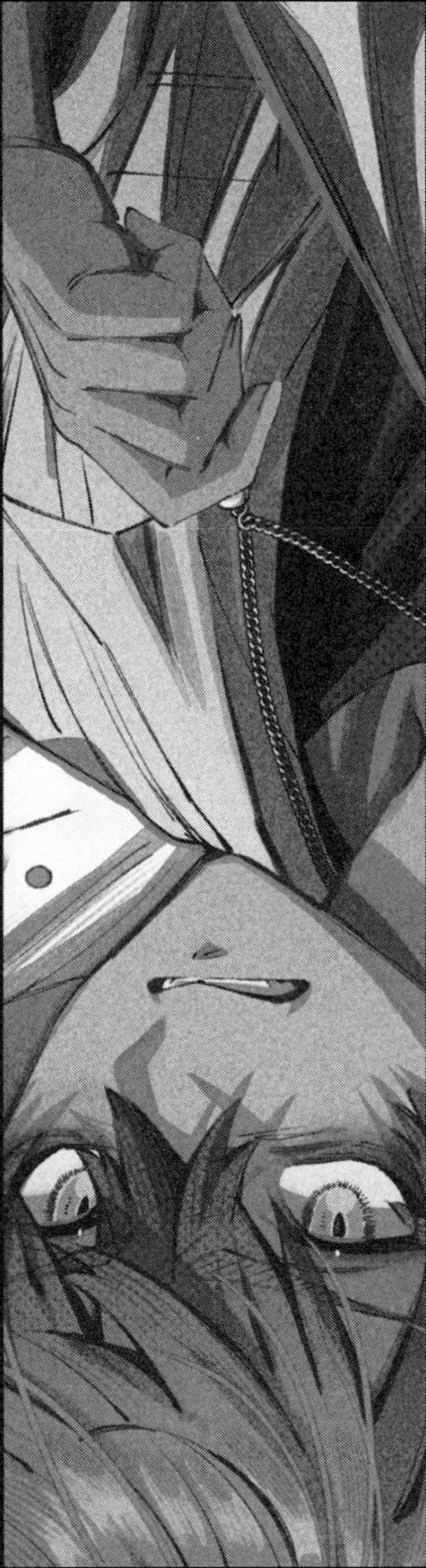

1

朝からずっと雨が降っている。
水分を吸った服が重い。一歩踏み出すたびにぐじゅぐじゅと鳴る靴《くつ》が不快だ。
サンガはオリオンの店と書かれた看板の下に立つ。
華埠《チャイナタウン》からもサンガの家からも離れた場所にある素朴なレストラン。
今夜、ここにディーノが来る。
ファルコファミリーの会合があるそうだ。
ごく小規模なもので、集まる人数は五、六人。
初対面の新聞記者からの情報だ。
記者にとって情報というのは最も価値のあるものだろう。
それを無償《むしょう》で提供するなんていかにも不自然だ。
だが、サンガはもう何も考えたくなかった。
ディーノを撃つ。
頭の中は、それだけだった。
店内にはまだマフィアらしき者の姿はない。
会合までは一時間もあるのだから当然だ。

オリオンの店は個人経営の店でそう広くはなく、店内は空いている。

食事を楽しんでいる老夫婦や、書き物をしている若い男など客は数組。

店員は二人だ。料理担当の老人と、ホール担当のその息子。

サンガは奥の席に着く。入り口が観察出来る、しかし遮蔽物《しゃへいぶつ》があるおかげで体を下げれば入り口からは見えないという絶好の場所だ。

店員はずぶ濡《ぬ》れのサンガに対して不満顔をしながらタオルを持って来た。

店を汚さないでくれ、と迷惑そうに言っていた。

追い出されはしなかった。いい人だな、とサンガは思った。人によっては、二か国の移民を両親に持つサンガの顔つきや、華埠《チャイナタウン》内でよくある服装は嫌悪の対象なのだ。

だからこそサンガは申し訳なくなった。服の下に隠し持った拳銃にそっと触れる。

店は、どうあがいても汚れる。

サンガは注文したパスタに手も付けず、ファルコファミリーが来るのを待った。

こういう時、時間が遅々として進まなく感じるのはなぜだろう。

会合開始予定の二十分前。

サンガが果てしない時を過ごしていると錯覚し始めた頃に、スーツ姿の強面の男達が店に入って来た。四人いる。

店員がファルコファミリーのおかげでこの店もなんたらかんたら、とおべんちゃらを口にして出迎えている。

サンガの心臓がどくどくと鳴る。

いざ到着されると早すぎると思ってしまう。

胸を押さえながら、サンガは男達の顔を見渡す。

背格好でわかっていた事だが、肝心のディーノの姿はない。

……遅れて来るのか？

想定外だ。

今さら後悔しても遅いが、待っている時間でもう少し自分がどう動くべきか煮詰《につ》めておけばよかった。

「さあさあ、お客さん方、立って立って、お帰りはあちら」

ファルコファミリーの中の一人——火のついた煙草《たばこ》を咥《くわ》えている男が、今いる客を全《すべ》て追い出そうとしている。何でだよ。

これも想定外だ。

客が邪魔なら最初から貸し切りにしておけばいいだろう。

店員も客も困惑している。それどころかファルコファミリーの他の男達も呆《あき》れ顔だ。

「おいおい、そこまでやる必要もないだろう」

「いいや、お前ら皆、俺《おれ》に感謝する事になるね。いいか。向こうが妙な動きを見せたらすぐに反撃するんだぞ」

反撃？」

「おっ、そうだ、お前は便所に隠れていろ」

咥え煙草の男に指示をされた男は、やれやれと肩をすくめて、それでも従順にトイレに向かう。

え。

サンガは焦《あせ》った。

ちょっと待ってくれよ。一か所に固まっていてくれないのか⁉

「それで、――おっと、あんたらは残ってもらっていいか。俺が奢《おご》ってやる、そのまま飯食ってろ。店に客が誰《だれ》もいないなんざ不自然だからな」

男は老夫婦一組だけ客を残した。

老夫婦は泣きそうになりながら従っている。

何だ。ファルコファミリーは何の仕込みをしているのだ。

「おい、なんだ、まだ客がいたのか、そこのお前もさっさと帰って――」

サンガの存在に気付いた咥え煙草の男がぴたりと動きを止めた。

じろじろとサンガの顔とサンガの華埠《チャイナタウン》内的装いを見ている。

全身が濡れているのを不審がられたと思ったが、そういうわけでもなさそうだ。

「――わあっ⁉

「おい、ガキ、今から聞く事に正直に答えろ」

突然、サンガは咥え煙草の男に胸倉を摑《つか》まれた。

何だ、おい、これは、何だよ。

サンガは混乱した。

もしかして、ディーノの命を狙《ねら》っている事に気付かれたのか……？

「お前は、ぐ、ぁ……っ⁉」

サンガは男の股間を蹴《け》り上げた。

何が起こっているのかさっぱりだ。

だが、今ならまだ先手を取れる。

サンガは服の下に手を入れた。拳銃を取り出す。

「あっ、く、クソガキがっ……」

悶絶して股間を押さえる男の眉尻《まゆじり》に銃口を突きつける。

「……知ってるか？　ここの頭蓋骨が一番薄いんだよ」

太陽穴。真紅《シェンホン》が言っていた八不打《はちふだ》の一つ。

引用するのは不本意だが、はったりをかますには効果的だろう。

サンガの暴行に、ファルコファミリーの残りの二人が駆け寄って来る。

どうしようどうしようどうしよう。

「へっ、へいへいへいてめえら……！」

サンガの頭にひらめいたのは、豪《ハオ》が憧《あこが》れていた妙な脅し文句。

「仲間の頭ぶち抜かれたくなかったら、手をっ、あ、両手を頭の後ろに組んで、壁に並べ、壁に、一列に」

サンガは声を張り上げた。

男達は不承不承言われた通りにした。

逆らって来ないという事は、拳銃を所持していないのか？

だとすれば僥倖《ぎょうこう》だ。たった一挺でも銃を手にしているサンガはこの空間での強者《きょうしゃ》だ。

だが、この後どうする？

何事かと厨房《ちゅうぼう》から出てきた料理人は、息子と手を取り合って固まっている。老夫婦は悲鳴を上げて机の下にもぐった。

通報でもされたらたまったものではない。

どう考えても見切り発車だ。

落ち着け。アルハの復讐《ふくしゅう》だ。ディーノを殺すのだ。

それさえ遂《と》げられれば自分なんてどうでもいい。

死んでもいい。

ディーノはいつ現れる？　もしもディーノが何か武器を持っていたら一気に盤面をひっくり

返される恐れもある。

それ以前に、このまま膠着《こうちゃく》状態を続けるのは得策ではない。

トイレに隠れた男もいる。

騒ぎに勘付いて出て来られたら、今でさえ負けている数の勝負で圧《お》されるかもしれない。

ならばディーノが来る前に、……こいつらを、片付けるべきなのか？

撃つ事を現実的に考えた途端、サンガの指先が勝手に震え出す。

かたかたと、面白《おもしろ》いくらいに。

掌がやたらに汗ばんで来てややもすると拳銃を取り落としそうだ。

何今さらびびってんだよ！

銃口から震えが伝わらないよう、必死に自分を叱咤《しった》する。

「――――あっ⁉」

己《おのれ》の事ばかりに気を取られ、サンガは隙《すき》だらけになっていた。

だから、何一つ止められなかった。

咥え煙草の男が体当たりして来るのも。

そのまま体勢を入れ替えられ床に押さえつけられるのも。

手から離れた拳銃が床を滑っていくのも。

壁に並んでいた男達がそれを拾ってこちらに向かって来るのも、何一つ。

「調子に乗ってんじゃねえぞっ、クソガキが！」

「うあぁっ……！」

咥え煙草の男が倒れ伏したサンガの脇腹《わきばら》を踏み潰《つぶ》す。何度も、何度も。

呼吸が出来なくなる。

これはアレだ、八不打でいえば章門。おしっこに血が混じったらどうしようなどと悠長《ゆうちょう》な心配はしていられない。今の時点で前後不覚になりそうなくらいの激痛だ。

「おいっ、てめえらも下手な事すんなよ、何も見てねえ振りしてじっとしてろ」

咥え煙草の男は店員と客に怒鳴り散らしたが、そんな事をせずとも、皆、怯《おび》えて誰も逃げようとしていない。

拳銃を手にした男は、銃口をサンガに向けている。

力関係がそっくり入れ替わった。

「あ、い、いつらぁ、こんな鉄砲玉送り込んできやがってよ」

「……つまり、先回りされたって事ですかね？」

「そうとしか考えられねえなあ。向こうさんの宣戦布告だろうよ、これは」

「だから純血以外は信用出来ねえんだよ。沈黙の掟《オメルタ》の誇りも何もねえ。裏切るだろうと思ってたんだ」

ファルコファミリーの内輪話。

何の事だかさっぱりだ。

断片から推測するに、誰かと間違えられているのか？

「おいおい、上のやり方に文句をつけるのってのかい」

「ば、馬鹿《ばか》、そうじゃねえよ。でもよ、お前らだってこいつらの事なんか元々信用してなかったろ。利用するだけして、頃合《ころあ》いを見て潰すつもりだったんじゃねえのか？　共同事業なんてクソ食らえだぜ」

「まあ、こうなったから言うわけではありませんが、否定は出来ませんね。今回、大義名分が出来てありがたいくらいです。正義はこちらにあるわけですからね」

「そらみろ」

待ち合わせ相手でもいたのか？

客を追い払っていたのは、その相手が妙な動きを見せたらすぐに袋叩きにするつもりで、立ち回りしやすいように――とか？

この解釈は間違っているか？　だとしても、黙っているわけにはいかない。

「お、おれ、ひ、ひ、人違い、かも――」

「黙れ！　このクソガキがよ！　往生際が悪ぃんだよ！」

咥え煙草の男に恫喝《どうかつ》され、別の男が持っている拳銃は終始視界に入っている。喋《しゃべ》れない。恐怖で。

サンガ自身、勘違いで他人を脅迫した事はあるが、あの時の自分ともどもぶん殴って言い聞かせてやりたい。相手をちゃんと確認しろ！

「おい、鉄砲玉。クソガキのお前が頑張っても、どうせ使い捨てだ。……カァーワイソーになあ。なあ、俺の靴を舐《な》めたら助けてやるって言ったら、お前、舐めるかぁ？」

咥え煙草の男は、ひゃひゃひゃひゃ、と耳障りな笑い声を立てた。

直後、真顔になって声を低くする。

「おらよ、舐めて綺麗《きれい》にしろよ」

雨の道路を踏んだ泥まみれの靴を突きつけられる。

ベタな事やりやがって、このクソ三流。つまんねえんだよ！

心のままに啖呵《たんか》を切れたらどんなにいいか。

とにかくこの場をやり過ごそうとサンガは舌を出した。

だが、舌が靴の爪先に触れる寸前に横っ面を蹴られる。

「馬《ば》ぁ鹿《か》、なにすんだよ。靴が汚れるだろ」

素朴な暴力。

サンガは呆然《ぼうぜん》とした。

真紅《シェンホン》にも同じ事をやられた覚えがあるが、どうやらあれは相当手加減をされていたようだと知る。あの時は脳味噌が揺れる感覚はなかった。歯や顎《あご》の骨が折れたのか不安になんてならなかった。

サンガの顔は涙と鼻血でぐちゃぐちゃだ。

口の中に鉄の味が広がっていく。

「こーんな汚《きたね》え舌よく突き出せたもんだな。引っこ抜いてやろうか？」

「えあ、あ、ああ」

汚いと言ったくせに、咥え煙草の男は、サンガの口をこじあけると、素手で舌を引っ張った。

血液混じりの唾液《だえき》がとめどなく顎を伝って床に流れていく。

「すっげえじゅるじゅる。お前、灰皿としてなら使えんじゃねえか？」

「え、あ……、や、や、やめ、やめぇえええあああっっ——————……！」

じゅうという肉の焼ける音。鼻に抜ける焦げ臭《くさ》さ。

煙草の火を舌に押しつけられたのだ。

のた打ち回るサンガを見て、男は煙草を咥え直してげらげらと笑っている。

「はー、傑作《けっさく》。俺らを裏切ったらどうなるか、あいつらに見せつけてやろうぜ。こいつの耳を千切って送りつけてやるか？　それとも指を一本ずつの方がいいか？　ああ、でもなあ、二度と銃なんか握れないように右腕切り落とすのが先かあ？」

「ぐ、あっ、ああっ……」

腕を二度三度と蹴りつけられた。

「よしなさい。そういう虐待《ぎゃくたい》は単にあなたの趣味でしょう。あなたも言っていた通り、彼は所詮《しょせん》、鉄砲玉ですよ」

「ああ。そいつの言う通りだぞ。利用価値なんかない。それ以前に、まだガキじゃあないか。鬱憤《うっぷん》を晴らす道具にしてやるな」

拳銃を持っている男が、咥え煙草の男の肩を軽く叩《たた》いてなだめる。

優しく笑いながら、サンガのすぐ近くにしゃがむ。

「見せしめだってんなら、一思いにやってやる方が俺は好きだね」

銃身が、サンガの太陽穴に当てられる。

太陽穴の存在を知らずとも、銃を置くのはこめかみ付近になるのだろう。

ここなら確実に仕留められると理屈抜きで誰でもわかる。

死がすぐそこにある。

サンガはようやく実感する。

「あ……」

何かがちがちとうるさい。

自分だ。寒いわけでもないのに歯の根が合わない。

「い、……や、だ……」

何かつんと鼻をつく匂《にお》いがする。

自分だ。小便を漏《も》らしている。

「おいおい、何だよこいつ。汚えなあ！」

咥え煙草の男が子供のようにはしゃいではやし立ててくる。

股間が生暖かい。床に水溜《みずたま》りが出来ていく。

このままいけば次に撒《ま》き散らすのは脳漿《のうしょう》だ。

銃を持つ男の人差し指が引き金を引けば嫌でもそうなる。

撃ち殺される。

真紅《シェンホン》の持ち物だった銃によって。

サンガの呼吸は荒い。

心臓の音は今まで聞いた事のないくらい早く、大きい。

――……死にたく、ない。

頭の中からはもう復讐《ふくしゅう》すらも飛んで、それしかなかった。

嫌だ嫌だ嫌だっ！　死にたくない死にたくない死にたくない、死にたくないっ！

サンガはぎゅっと強く目を閉じた。

鼓膜が破れそうな衝撃音が響く。続けざまに、二発。

「…………え？」

ただし、自分の太陽穴からではない。

次いで、おそらくサンガに付きつけられていた拳銃が床に落ちた音。

さらに、その拳銃を持っていた男が倒れた音。

サンガはおそるおそる目を開けた。

倒れた男は頭と胸から血を流している。

何が起こったのかは理解出来ていないまま、サンガは落ちている真紅《シェンホン》の拳銃を拾い上げ、取り返した。銃には発砲された形跡がない。

「どうした。一思《そ》い《れ》が好きなんだろう」

冷え冷えとした声。

もう二度と意識を取り戻さない男にかけられたその声には、聞き覚えがあった。

サンガが顔を向けた先にいたのは、両手にそれぞれ一挺《いっちょう》ずつ拳銃《ベレッタ》を構えた男。

二挺拳銃なんてものが様《さま》になって、標的の脳と心臓を同時に撃つ技術もある色男。

以前、サンガが間違えて脅迫した相手。

翼幇《イーバン》の劉胎龍《リュウタイロン》だ。

無表情で立つ彼の横には、彼の配下である大男、蜘蛛《ジズ》も控えていた。

状況的に考えて――――劉胎龍《リュウタイロン》が撃ったのか。

「約束の時間に遅れたのは謝罪しよう。雨で事故があって巻き込まれた」

劉胎龍《リュウタイロン》は咥え煙草の男と、もう一人の男、要は生きているファルコファミリーの男達に言った。

壁の時計の針は、会合開始時間を五分ほど過ぎている。

そういう事か、とサンガは思う。

ファルコファミリーが待っていた相手は劉胎龍《リュウタイロン》だったのだ。

だとするならば自分は容姿や服装のせいで翼幇《イーバン》の人間と勘違いされていたのだろう。

「だが遅れたおかげで随分《ずいぶん》面白い話が聞けた。我々は信頼されてなかったようだな」

男達が交わしていた会話は翼幇《イーバン》についてのものだったわけだ。

そういえば、ファルコファミリーと翼幇《イーバン》は同盟関係にあるとかなんとか小耳に挟んだ記憶があるような、ないような。

それにしても劉胎龍《リュウタイロン》と蜘蛛《ジズ》はいつから聞き耳を立てていたのだろう。全く気配を感じなかった。

「うるせえ、そっちが先にぃいいっ⁉」

「嫌ですね、誤解で――……」

咥え煙草の男は激昂《げっこう》して劉胎龍《リュウタイロン》に摑みかかろうとし、もう一人の男は店の奥に逃げようとした。だが、どちらも叶《かな》わなかった。

蜘蛛《ジズ》がその巨体からは想像出来ないほどの素早い動きで仕留めたのだ。

何やら蜘蛛《ジズ》は隠し持っていた小型の棒状の武器で男達の喉――廉泉穴《れんせんけつ》を正確に突いたようだった。

脳震盪《のうしんとう》か何かだろうか、男達はばたばたと倒れていった。

……おい。八不打、実践で的確に攻撃出来る奴《やつ》いるんじゃねえかよ。

「上出来だ、蜘蛛《ジズ》。あまり派手な事をしても血の掃除が面倒だからな」

劉胎龍《リュウタイロン》の言葉に、サンガは血の存在を今さら意識した。

自分の近くに倒れている男からじわじわと迫ってくる血だまり。着ている服の繊維が血液を吸い上げて赤黒くなっていく。

生々しさに、サンガの呼吸が乱れる。

「お騒がせしました。お怪我《けが》はありませんか？　さあ、避難しましょう」

倒れた男達を彼らのネクタイで後ろ手に縛り上げてから、蜘蛛《ジズ》は店員と客に声をかけ、外に連れ出していく。一般人の身を案じているというより、これからここで人に見せられない事をするつもりな気がしてならない。全員撃ち殺す事も出来たのに、わざわざ生かしているあたり、絶対そうだ。

そんな中にサンガは置き去りにされてしまった。

もはや過呼吸になりそうだ。

「……あっ、あんた、今っ、助っ、けてくれた、のか？」

劉胎龍《リュウタイロン》相手に無理やり声を出してみたが、苦しくてむせてしまう。

「偶然だ。あの男が私に害を成す者だっただけだ。——白蛇堂《パイシュアトン》の若衆頭《わかしゅがしら》のお気に入りだな。

なぜここにいる」

「うっ…………！」

サンガは言葉に詰まったわけではない。

後ろ！　と叫びたかった。

トイレに隠れていた男が姿を現したのだ。

元々狙撃手として待機させられていたのか、その男は拳銃を持っていた。

劉胎龍《リュウタイロン》に標準を合わせている。

サンガが男に指を差したのと、男が引き金を引こうとしたのと、劉胎龍《リュウタイロン》が振り向いて発砲をしたのはほぼ同時だった。

「があ……っ⁉」

劉胎龍《リュウタイロン》の弾丸が男の手を穿《うが》つ。男の持つ銃の銃口が天に向き銃声が轟《とどろ》く。

直後、天井《てんじょう》から落ちてきた照明が直撃して、男は床に倒れ伏した。

男の銃弾が照明器具を撃ち落としていたのだ。

奇跡的に連鎖したのか、それとも元々これを狙って劉胎龍《リュウタイロン》が男の手を撃ったのか。

なんとなく後者の気がしてサンガはぞっとした。

「坊《ぼん》、自分がついていながら申し訳ありません」

蜘蛛《ジズ》が戻って来て、照明の下敷きになった男の手から拳銃を取り上げている。

「構わん。――それよりも、奴らは我々が背信行為に当たる何かをしたと決めつけていたようだ。大方、今日の会合でありもしない尻尾《しっぽ》を掴《つか》もうとしていたんだろう」

「う、嘘《うそ》つけ……！　ぐ、ああああっ」

下敷きになった男にはかろうじて意識があったようだ。だが、あっさりと蜘蛛《ジズ》に押さえつけられて呻《うめ》いていた。

「何だ。私の何を疑う」

「あっ、あんた、白蛇堂《パイシュアトン》の代表と繋がってるらしいじゃねえか！　俺だって半信半疑だったけど、今、こうなってるって事は、裏切ってたんだろ、俺達を」

「何の話だ」

「い、い、いい加減にしろっ！　白蛇堂《パイシュアトン》の代表と翼幇《イーバン》の息子が熱く抱きしめあっているのを見たって奴がいるんだ！　翼幇《イーバン》はアムリタに寝返るとしか考えらんねえだろうがよっ！」

「抱きしめあうだと？　気色が悪い。私がいつあの男に触れ――……」

珍しい。サンガはほんの少ししか劉胎龍《リュウタイロン》と接していないが、それでもこの男が絶句するのはめったにないだろうとわかる。そして、おそらくサンガは劉胎龍《リュウタイロン》と同じ物に思い当たっている。

サンガが入門試験で間違えて飯店の方の福寿閣《ふくじゅかく》に行き、劉胎龍《リュウタイロン》と初めて会った時の事だ。真紅《シェンホン》が鳩尾《みぞおち》を殴らせて、劉胎龍《リュウタイロン》の肩口にもたれかかって茶を吐いていたあれだ。

店員に目撃されていたが、そこからねじれにねじれてファルコファミリーに伝わったのだろう。

翼幇《イーバン》が裏切り者かもしれないという小さな火種。

それだけならこんな大事にはならなかったはずだ。

元々ファルコファミリーの一部の者が持っていた純血至上主義。

そのせいで、疑いは大きな炎となって燃え盛ってしまった。

結果がこの惨状だ。

「ほっ、ほらみろっ！　やっぱり、あんたは白蛇堂《パイシュアトン》と懇《ねんご》ろで――」

「蜘蛛《ジズ》」

蜘蛛《ジズ》は男の背中を押し潰している膝《ひざ》に力を入れた。どこかの骨の折れる音がして、男は絶叫と共に気絶した。

「それで」

劉胎龍《リュウタイロン》は冷然とした目でサンガを見下ろした。

「貴様はなぜここにいる。……まさか奴の指示か？」

もちろん奴とは真紅《シェンホン》の事を指すのだろう。

「かっ、関係ねえよ。おれが、……おれがディーノを殺したくて、それで、ここに来るって聞いて、待ち構えて、それで……」

「来ない」

「え？」

「今日は欠席だと聞いている。そいつがここに来る予定はない」

サンガは何を言われたのか一瞬、わからなかった。

新聞記者に騙《だま》されたのか。それとも新聞記者も偽の情報を摑《つか》まされていたのか。

確かなのは、振り出しに戻ったという事だけ。

またディーノを探さなければならない。

「おい。どこへ行く」

「お、おれはディーノを殺さなくちゃいけないんだ」

「貴様はやれない」

「え……」

ふらふらと出口に向かおうとするサンガに、劉胎龍《リュウタイロン》は冷ややかに言い放った。

「殺しはやる奴と、やらない奴と、やれない奴しかいない。わからないのか？　貴様は三番目だ」

真紅《シェンホン》といい、悪行を生業としている人間には適性が一目でお見通しだとでも言うのか？

だが。

事実として、サンガはこの場で拳銃を使えなかった。

引き金を引く事を考えただけで指が震えた。

ディーノ本人ではない、無関係の人間に対してだからそうなったと言い訳も出来る。

しかし、認めたくはないが、サンガ自身が一番よくわかっている。ディーノに対してなら出来たとは言い切れない。

自分の中には、ディーノを殺そうとかっとなって包丁を持って家を飛び出した衝動が今でもあるのに。いや、あの時も、もしディーノにまで辿《たど》り着けていたとして、果たして自分は迷いなく包丁を振り下ろせていたのか？

少し前ならもちろん、と断言出来たはずだ。なのに、今は。

「何だ。貴様が死ぬのは明白なのに、奴は殺しの指示を出したのか？　随分と部下を粗末に扱う。薄情者だな」

「ちっ、違う、これは白蛇堂《パイシュアトン》は関係なくて、おれ個人の問題で、それに、言ってたんだ、あいつは、おれには出来ないって。おれを、止めてた。だけど、おれがっ……、出て来たんだ、勝手に」

真紅《シェンホン》の名誉を守ろうとしたわけではない。ただの事実だ。

少なくともこの件に関してサンガは間違っていて、真紅《シェンホン》が正しかった。

「でも、おれは騙《だま》されてたと思ってたし、……だって、今でもわかんねえし、あいつがおれをどうして白蛇堂《パイシュアトン》に入れたのか。気まぐれとかってそんなんで納得出来なくて……、ひと月以上も同じ家で暮らしてたってのに、何考えてんだか、全然……」

「一緒に暮らしている？」

どこに引っかかってんだよ。

劉胎龍《リュウタイロン》が聞きとがめたのは、たどたどしいサンガの言い分の中で最もどうでもいい部分だった。

「それで、貴様がその家から一方的に出てきた、と？」

「そう、だけど……」

沈黙が落ちる。

即決即断の男にだんまりを決め込まれるのは非常に恐ろしい。

金属で出来ていそうな劉胎龍《リュウタイロン》の無表情から何かを読み取るのも難しい。

実は、サンガの目には、劉胎龍《リュウタイロン》の顔に悲哀の色が滲んで見えているのだが、それはそれで意味不明すぎてうすら寒い。己の観察眼をメンテナンスした方がよさそうだ。

「……ならばその話を聞くべきは私ではなさそうだ」

唐突に、劉胎龍《リュウタイロン》はそう言った。

「貴様はその家とやらに戻れ」

「は？」

劉胎龍《リュウタイロン》の出した結論にサンガは戸惑う。

「な、何で。……あんた、まさか酔ってんじゃねえだろうな？」

「私は下戸《げこ》だ。酒は一滴も飲めん」

きっぱり否定されてしまった。飲酒のせいで出た言葉ならまだ納得出来たのに。

「蜘蛛《ジズ》、頼んだ。こいつを華埠《チャイナタウン》まで送って来い」

「坊《ぼん》……」

「何だ」

「……いいえ、なんでも。仰《おお》せのままに」

従順な蜘蛛《ジズ》でさえ主人の奇怪な提案に何か言いたげだったが、すぐに劉胎龍《リュウタイロン》の命令通りに動いた。

「では参りましょうか。自分が責任を持ってお連れします」

外に待たせているらしき運転手付きの車まで、サンガを誘導しようとしたのだ。

主人をこの場に残してサンガに付き従うなど絶対におかしいだろう。もう少し自我をしっかり持って欲しい。罠《わな》か？

「あの、おれ、すげえ汚れてて……、車ん中、どろどろになるし……」

「かまいませんよ」

「それに、……だって、おれ、どの面《つら》下げて……」

「戻って来るのを待っているかもしれませんね」

「そんなわけねえだろ。それに……」

「わからないですよ。上司の考える事の大半は部下からすると不可解なものですから」

「でも……」

「早く乗れ」

劉胎龍《リュウタイロン》の重低音の一声。

そうして、サンガは華埠《チャイナタウン》まで送り届けられた。

2

雨はまだ降り続けている。

サンガは華埠《チャイナタウン》の入り口まで戻った。

蜘蛛《ジズ》ともそこで別れたので、実のところ、馬鹿正直に真紅《シェンホン》の家に向かう必要はなかった。

だが、気付けばサンガの足は白蛇堂《パイシュアトン》の四階建てのビルを目指していた。

体が重い。

雨とか血とか汗とか尿とか——およそ綺麗とは言い難《がた》い液体でぐちゃぐちゃな体を懸命《けんめい》に引き上げて、サンガは一歩ずつビルの階段を昇って行く。

辿り着いた最上階。

サンガは玄関のドアの前で立ち尽くした。

手には拳銃を持っている。

真紅《シェンホン》から盗んで、真紅《シェンホン》に銃口を突きつけて、大見得《おおみえ》を切って持ち出して、結局誰にも使えなかった銃だ。

よくもまあおめおめと戻って来られたな、と言われても仕方がない振る舞い。

ここに抵抗がなく立てるのは、よほどの厚顔無恥くらいだろう。

それに、仮にサンガに非が一切《いっさい》なかったとしても、居心地は悪い。

真っ当な疑問も残ったままなのだ。

復讐に助力するつもりもないのに、なぜ真紅《シェンホン》はサンガを組織に入れたのか、だ。否定も肯定もされなかったが、もしも阿片窟《あへんくつ》での噂《うわさ》の〝赤い目をした化物〟が本当に真紅《シェンホン》ならば、サンガは自分を食うためのおいしいソースを携《たずさ》えて訪ねて来た羊くらい間抜けではないか。

「ありゃ」

ふいに、廊下の端から声がした。

足音が近付いてくる。

真紅《シェンホン》が帰ってきたのだ。

サンガは俯《うつむ》く。顔を見るのが怖い。

「ああ、おかえり」

真紅《シェンホン》はことさらに優しい声を出した。

ただし、拳銃に向けて。

サンガの手から銃を取り戻し、真紅《シェンホン》は玄関の中に入っていく。サンガなどそこに存在していないかのように、一瞥《いちべつ》もくれず、ドアを閉める。鍵《かぎ》も閉める。

閉ざされた出入り口を、サンガは呆然と見つめた。

痛い。すごく。何だこれ。どこだ。胸の真ん中だ。ぎゅと締め付けたような痛み。

――……まさか、おれは傷ついているのか？

我ながら理解不能だった。

真紅《シェンホン》に拒絶されても当然だし、そもそも大嫌いなマフィアに締め出されたところで、どうでもいい。

サンガは自分で自分を笑い飛ばそうとした。唇を引き結ぶ事しか出来なかった。そうしなければ何かが溢《あふ》れ出して来そうだった。小鼻がぴくぴくと震える。

何でだよ。馬鹿かよ。いつまでここにいんだよ。さっさと立ち去れよ。

しかし、サンガの足は動いてくれない。

結果的に、それでよかった。

「……ちょっとお、サンガ君」

ドアが開いたからだ。

「そんな大人しく突っ立ってられたら俺が意地悪してるみたいでしょうが。ほらあ、さっさと中、入りなって」

図らずも真正面から捉《とら》えた真紅《シェンホン》の顔。

そこにはなぜか、珍しく、本当に珍しく、動揺《どうよう》の色が浮かんでいた。

◇

「どこで遊んで来たの、そんな汚れちゃって。まずはお風呂《ふろ》入ってきな」

室内に入ってしまえば、説教の一つもなく、真紅《シェンホン》の態度はいつもと同じだった。

逆にサンガが出て行く前と地続きで、何も変わらない。

サンガはどうしていいのかわからなくなる。

一言も喋れず、その場から動く事も出来ない。

「サンガ君。もしかして浴室の準備して来いって言ってる？　お嬢様だねえ」

真紅《シェンホン》が風呂場を整えて戻ってきても、サンガの足はその場で固まっている。

「なぁによ。まさかお着替えも手伝えって事？　俺に脱がせて欲しいの？　いつの間にそんな甘ったれになっちゃったのさ」

あからさまに馬鹿にされても何も答えられない。

「しょうがないなあ」

――――は？

サンガは焦った。自身の体がふわりといきなり浮いたのだ。

真紅《シェンホン》の肩に担《かつ》がれている。

そのまま風呂場に連れていかれて、服のままどぼんと浴槽《バスタブ》に放り込まれた。

「あっつ……!?」

出しっぱなしのシャワーが容赦なく降《ふ》り注《そそ》いでくる。

熱湯でもなんでもなく、至って標準的な温度だが、冷えた体のせいで火傷《やけど》しそうな熱さに思えた。服も重くて溺《おぼ》れそうだ。

サンガはばちゃばちゃと不格好にもがいた挙げ句、体勢を立て直した。

「……何すんだよっ⁉」

「何も言わないから幽霊かと思ってさ。生きてんじゃん」

真紅《シェンホン》は浴槽《バスタブ》の外でしゃがんだ。顔が近い。

「で、何で生きてんの？」

真顔で問われて心臓が止まるかと思った。

「あ……」

「ん？」

今度は微笑《ほほえ》みかけられた。

だが、それはそれで余計に恐ろしい。

次の瞬間足を引きずり出され、頭を浴槽《バスタブ》に沈められそうな得体の知れなさがある。

やはり、のうのうと出戻って目障《めざわ》りだとでも思われているのだろうか。

何で生きているか？

そんなの自分の方こそ知りたい。何で己《おのれ》は今も生きているんだろう。

何か答えなければ茹《ゆだ》ってもここから出してもらえなさそうだ。

ざあざあやかましいシャワーと、ひたひたと差し迫ってくる湯と、真紅《シェンホン》の赤い瞳《ひとみ》に、サンガの頭の中身は全然整頓されないまま、口から押し出される。

「おれ、は……、何で生きてるのかって、そんなの、わからない。おれは、ずっと、アルハのために生きてきた。――だけど、おれは、アルハの苦しみにちっとも気付いてなかった。学校に行くのがアルハのためって決めつけて、おれの思う幸せの型にアルハをはめようとしてた」

自分の声が反響して、自分の耳に届いても、自分が何を喋っているかわからない。

そいつは献身《けんしん》が手段ではなく目的になってたんだな、と他人事のように感想が浮かぶ。

「おれは、アルハのためって言いながら、ずっとアルハの人生に寄りかかってたんだ。だってそうすれば、おれは何も考えずにいられたから。何も。……おれが失った物も、手に入れられなかった物も、アルハのためなら惜しくないなんて言って、おれの将来とか、おれの恐怖とか、全部、全部、見て見ぬ振りをしてた。……だって、おれ、アルハがいなかったら、生きてても、何の役にも立たねえんだもん。おれは、アルハがいなくなったらどう生きればいいのか、全然、わかんない――……」

恵まれない生い立ち。悲惨極まりない環境。アルハのために生きていれば、あらゆる不幸とつじつまを合わせられる気になっていたのだ。

「あー、ごめん、ごめん、サンガ君。今のは俺の聞き方が悪い。何で生きてるってそんな人生の深ぁい話を聞きたいわけじゃなくてね」

真紅《シェンホン》は軽く言って、手を左右にぱたぱた振った。

「ディーノを何とか探し出して突撃したのかなあって思ってたからさ。よく生きて逃げて来られたね？　って単純な疑問」

「え？」

滔々《とうとう》と語っていた内容は全て的外れ。

サンガは羞恥《しゅうち》に包まれて八つ当たり気味に真紅《シェンホン》に湯を飛ばした。あっさりと避けられてしまったが。

「まぎらわしいんだよ！」

「君が勝手に語り出したんでしょうが」

「うるさいっ」

一声吠えてから、サンガは手短にオリオンの店での顚末《てんまつ》を話す。

「へえ。胎龍《タイロン》がここまで戻れって言ったんだ。そっか、そっか。……それは可愛《かわい》げがあるとか思ってあげるべきなのかなあ……」

真紅《シェンホン》は、劉胎龍《リュウタイロン》の真意に気付いているかのような感想を漏らした。

表情は愉快そうでもその逆でもなく、下手に追及すると藪蛇《やぶへび》になりそうだった。

「でもさあ、サンガ君。君、帰る場所がここでいいの？」

「違う」

考えるより先に答えていた。

入れてもらえないのかと傷ついたのに、それでも、本能的に違うのだ。

「……おれの帰る場所はアルハだけだ。でも、……もう、いない」

「ああ」

なるほどね、と真紅《シェンホン》がシャワーを止めた。

水音が消失して、真紅《シェンホン》の平坦な声がやけに大きく響く。

「君のシャンティは妹ちゃんだったんだね」

平和という意味を持つ薬。心に平穏をもたらす薬。

「で、今は復讐がシャンティってわけだ？」

何も考えなくてよくなる薬。

「ふざけるなよ、おれはっ……」

サンガはとっさに言い返す。

「おれは、復讐に縋《すが》ってるわけじゃない。こんなもんさっさと終わらせてえよ。目の前でアルハが死んでるんだぞ。ディーノが心の底から憎いに決まってるだろ。あんな奴、許せるわけない。……けど」

サンガの声がどんどん小さくなっていく。

「……あんたの言う通りだったよ。おれは、多分、人を殺せない。……それでも、自分の手で

「……おれは、殺したい。何だよこれ。どうしたらいいんだよ。アルハの事もわかってなかったけど、おれの事も全然わかんねえよ。本当は何が好きかも、何がしてえのかも、全然……」

浴槽《バスタブ》内で抱えた膝に、サンガは顔を伏せた。

迷子のような心細さ。

長い間同じところに留まっていたから、自分という存在の輪郭《りんかく》がぼやけている事さえ気付かなかった。変化に怯える臆病者だ。

どこにでも行けて、何をしてもいい自由が怖い。

反発したものの、こうなると復讐すら本当にしたかったのか疑心を抱く。突発的な激情でしかなかったのか。これさえ達成すれば何もかもうまくいく――なんて絵空事にしがみついているだけなのか。

わからない。

だって、今までの人生ずっと、サンガの頭は、サンガに考え事をさせないよう懸命に動いていたのだ。

「……あんたはさ」

「うん？」

「あんたは、何で生きてる？」

「俺？　生まれたついでに生きてるだけだよ」

「はぐらかすな」

「なぁにがよ。そんなもんでしょ」

「わかんねえよ……」

「君はさあ、自分を構成してる物を一個ずつ削っていったら、どの段階で自分じゃなくなっちゃうんだろう、とか考えてるタイプ？」

「は？　……そんなん、おれを作ってる物自体がわかんねえっつか、……おれ、多分、空っぽで……」

「じゃあ、サンガ君、俺の事は好き？」

「うざい」

じゃあって何だよ。

「ほらね。好きな物がわかんなくても嫌いな物ならわかるんでしょ？　やりたい事がわかんないなら、やりたくない事が何かを考えりゃいいんじゃないの。白蛇堂《パイシュアトン》には君の嫌いな物いっぱいありそうだしさ」

これはもしかして、励《はげ》まされているのか。

「それで自分を一から作り直していけば、自ずと向かう先も決まるでしょ」

サンガは顔を上げた。

そこには、慈悲深い笑顔を浮かべている真紅《シェンホン》がいた。サンガのためにのみ用意された笑みだ。

であるならば、サンガの心に浮かんだ言葉はこれしかなかった。

「胡散臭《うさんくせ》え……」

「んはっ」

真紅《シェンホン》が顔を俯かせる。

サンガはびっくりした。今、噴き出したよな、この男。

何がウケたのかは知らないが、サンガはほんのりと嬉《うれ》しかった。真紅《シェンホン》に本音を見せられた気分になったのだ。

「……あんた、何でおれを白蛇堂《パイシュアトン》に入れた？」

なぜか今なら真紅《シェンホン》から真実を教えてもらえるかもしれないと思えた。

「サンガ君、似てるなあと思ったから」

顔を伏せたまま真紅《シェンホン》が言う。

サンガは自分で仕掛けておいて、マジか、とぽかんとしてしまった。

本当に答えてくれるとは。今までどれだけ聞いても煙《けむ》に巻かれていたのに。

「誰に？」

「そういうのはもっと親睦《しんぼく》を深めてから聞いて？」

「じゃあ一生聞けねえだろ」

「ありゃ。俺と仲良くなる気ないんだ？」

「…………おれ、女顔でもなんでもねえけど、今は亡き昔の恋人に瓜二つ、とかじゃねえよな？」

「君、ちょいちょい貞操《ていそう》の心配してるけど、俺の管轄《かんかつ》の娼館《しょうかん》、どこも男娼は募集してないから安心しなね」

真紅《シェンホン》が顔を上げる。少し呆れている。

「大体さあ、今は亡き昔の相棒、とかの方が発想として妥当《だとう》じゃない？」

「おれがかつての相棒に似てるのか？」

「内緒」

真紅《シェンホン》はサンガの髪の毛を乱暴にかき回した。

「何すんだよっ」

「俺、もう行くからちゃんと服脱いで体あっためな」

そうだ。風呂場なのに、服を着たままだったのだ。代わりといっては何だが、心は裸だった。曝《さら》け出してしまった。

服は水を吸って重くなっていく一方だった。――代わりといっては何だが、心は？

「……あっ」

「どうかした？」

風呂場から出て行こうとしていた真紅《シェンホン》が振り返る。

これだけは伝えなければ、と慌てたせいで、サンガの声は見事に引っ繰り返っていた。

「り、がとう、真紅《シェンホン》……」

ぼそぼそと続けるサンガに、ふ、と真紅《シェンホン》は笑った。

今度は見慣れた飄々とした笑顔だ。

「君はちょろいねえ」

どうやら、サンガが初めて真紅《シェンホン》の名を口にした事に、しっかりと気付かれているようだった。

恥ずかしくなって、サンガはぶくぶくと湯船に潜ってみせた。

3

中秋節――前夜。

華埠《チャイナタウン》のあらゆる通りが赤く照らされている。頭上に連なって吊《つ》るされている提灯《ちょうちん》の光だ。

幻想的ではあるのだが、人でごった返しているせいで、雑多で俗っぽい雰囲気の方が強い。

路上に夜市が立ち、爆竹が鳴らされ、あちこちで歓声が上がっている。

「うわわわわっ……⁉」

サンガの前を行く宿《スー》がすぐ近くで鳴った爆竹の轟音《ごうおん》に飛び上がる。

「なあなあサンガ、爆竹って邪気を祓《はら》うって言われてんだぜ。オレ、気付いちゃったんだけど、宿《スー》って邪気なんじゃね？」

その隣の豪《ハオ》が、振り返って口元に手を当てて内緒話っぽく大声で言う。からかわれた宿《スー》が涙目で抗議している。仲いいなお前ら。

豪《ハオ》も宿《スー》も、サンガが華埠《チャイナタウン》から姿を消していた数日間の事を特に追及して来ない。

こうして何事もなかったかのように、また行動を共にしている。

気遣《きづか》いというより、白蛇堂《パイシュアトン》に属するような人間は、触れられたくない事の一つや二つ、当然持っているからだろう。自分のためにも余計な詮索はしないだけだ。

でも、サンガにはそれがありがたかった。

自分が何をしたいのか。しばらく白蛇堂《パイシュアトン》で考えるのも悪くないと思った。

そんなわけで。

本日の仕事はまず、三人で行老館《こうろうかん》に向かう事からだ。

下手をするとすれ違う人と肩と肩が触れ合ってしまう道を進んでいるのに、豪《ハオ》と宿《スー》の後をついていくと、不思議とこちらを遮《さえぎ》る物に大して当たらない。

「明日の中秋節って何の日か知ってっか、サンガ」

「いや、知らない。祭りなんだよな？」

「あ、あ、お祭りって言っても、元々はもっと厳《おごそ》かだったんだけど。今でも、基本は、家族が集まって、月餅《げっぺい》とか一緒に食べながら、月を祀《まつ》るっていうか見るっていうか愛《め》でるっていうか、そういう日で、あ、その、月って崇拝《すうはい》されるべき存在だから」

混雑した通りを抜け、別の通りに入る。そこもまたにぎわっている。至る所に折り畳み式の卓が出され、乾杯の声やら、調子っぱずれの歌やらが響く。

「まあ白蛇堂《うち》は家族とかいねえ奴も多いけどな！　でも皆が一人だと逆に一人じゃねえって感じするくね？」

「そういう仲間意識でここの中秋節ってどんどん派手になっていっちゃった、のかなあ。……あの、サンガさん。うるさい、よね？　前夜からこんなんで。大丈夫……？」

宿《スー》の言葉に呼応するように、また爆竹がぱんぱんと鳴った。

ひぃ、と宿《スー》が小さく息を呑《の》む。

「……大丈夫か？」

「う、うん。ありがとう……」

「別におれはうるせえのはいいけど、それ以前に月を愛でるって感覚がよくわからん」

おそらくサンガの母親にはあった感覚なのだろう。あまり意識していなかったが、どうやらサンガ自身は父親側のお国の感性の方が強いらしい。

「どっちかっていうと満月とか不気味じゃねえか？　人狼《じんろう》に変身する奴がいそうで。愛でるなら、太陽の方がまだわかる」

「目ぇ痛くなるくね⁉」

「もう、豪《ハオ》、太陽の場合は別に直視しなくても……わあああっ⁉」

銃撃戦でも始まったのかという勢いで爆竹が鳴り、宿《スー》が飛び上がった。正直今のはサンガも肩を震わせる程度にはびっくりした。この爆音が夜通し続くのは少々考え物だ。

「つうか月ってエロくね？」

「それは本当にわからんっていうか、愛でるってそういう……？」

「だって月にはキレイな仙女がいんだぜ？」

「あ、あ、そうだ、中秋節はね、神話を語り合ったりもするんだよ。その、豪《ハオ》の言ってるのは有名な嫦娥奔月《じょうがほんげつ》って話」

「嫦娥《じょうが》って女が、旦那の持ってる不老不死の薬を飲んで、月に召されたって話な！」

豪《ハオ》は自信満々で言ったが、宿《スー》の顔には、情緒がない説明だなあ、と書かれている。元の話を知らないサンガでも相当省いたなこいつ、と感じたくらいだ。豪《ハオ》らしくはあるが。

「あ、あ、でも、面白いのはね、何で薬を飲んじゃったのかは諸説あるってところで。悪女だから私利私欲で飲んだ、とか、夫の部下が盗みに来たから奪われる前に自分が飲んだ、とか、夫が暴君になったからこんな奴不老不死にしちゃだめだって飲んだ、とか」

「悪女がよくね？　ややこしくなくて。なあ、サンガ？」

サンガとしてはどの説もピンと来なかった。

「……不老不死なんて呪《のろ》いだと思ったんじゃねえの。だって、大事な人が全員、自分より先に死ぬんだよな。嫌だろ、そんな立場になるの。だから自分が引き受けて飲んだ」

「うえ〜⁉　そういう方向性？　っつう事は、サンガって長生きするのがあんまいいとは思ってねえ感じ？」

「長生きはしたかった、けど……」

アルハの成長を見届けたかった。

だがその目的はなくなってしまった。

「つっても仲間がいればいいんじゃゃん？　一緒にしようぜ、憧れの不老不死〜！」

「不老不死って〝する〟で合ってるか？　そもそも豪《ハオ》は何で不老不死になりたいんだよ。野望とかあるのか？」

「そんなん長く生きた方がうまい飯いっぱい食えるからじゃん？」

「あ、あ、サンガさん、何か、ごめんね、単純すぎて……」

「おい何謝ってんだよ宿《スー》」

「……まあでも何が欲しいのか明確なのはいいなと思う」

「ええ……、サンガさん、豪《ハオ》に甘すぎない……？」

他愛もない話をしているうちに、行老館《こうろうかん》のビルに到着した。

◇

行老館《こうろうかん》一階の会議室。

ビルの入り口には警備係がいたが、ここは無人だ。

長机には大量の個包装の月餅が用意されている。

掌サイズで、表面に華埠《チャイナタウン》内の文字が書かれている菓子。

サンガにとっては見慣れない物で、適当に一つを手に取ってまじまじと観察してしまった。

ふわりと香ばしい匂いがする。

「サンガ、月餅、食った事ねえの？」

「ない。……そういや、うちで特別な時に出る菓子っていえば、カンノーリだったな。筒状のカリッとした生地に、ふわふわのクリームたっぷり詰めてあるやつでさ」

父が生きている時、作ってくれたのだ。父の出身国の伝統菓子。

軽食堂《ダイナー》では取り扱っておらず、アルハにも作ってやった事がなくて、今の今まで忘れていた幼い頃の思い出。

「へー！　かっけー！　筒状ならどっちかの端っこに毒仕込んで目印つけてさ、標的に差し出せるじゃん？　で、相手の目の前でその反対側食べて『安心しろ、安全だろ？』とかって毒殺出来るじゃん！　月餅はせいぜい中に暗殺指示の手紙仕込むくらいしか出来ねえからなー」

「……おい、もしかして今日の仕事ってその手の物騒なやつなのか？」

「あ、あ、違う、違う。関係ない。サンガさん。あの、豪《ハオ》ってね、スパイとかそういうのに変な憧れ抱いてるだけだから、その、気にしないで……」

「そうか……」

サンガは胸を撫《な》で下ろす。

「てかオレ、言ってなかったっけ？　今日の任務は、この行老館《こうろうかん》支給の月餅を白蛇堂《パイシュアトン》の縄張りに配る事！」

聞けば、翼幇《イーバン》も自分の縄張りで同じ事をしているそうだ。

「保護下の店に配るって事か？　いつもお世話になってますって？」

「あ、あ、そうじゃなくて。もしそれなら、白蛇堂《うち》が月餅を用意すると思うし。これは、その、行老館《こうろうかん》からで、路上暮らしの人とか、こういうのも買うお金がないような人に対しての慈善的な行為っていうか……」

「……なるほど？」

炊き出し《スープキッチン》とまでは言わないが、似たようなものだ。

しかも中秋節にかこつければ〝恵んでやる〟という立場を取らなくていい。

施しを受ける者の持つ自尊心。そこをないがしろにしないあたり、行老館《こうろうかん》はなかなかどうしてやり手だ。

白蛇堂《パイシュアトン》と翼幇《イーバン》に手伝わせる事で、行老館《こうろうかん》とその二つが良好な関係を維持していると喧伝《けんでん》も出来る。要は、これは行老館《こうろうかん》によるパフォーマンスなのだ。華埠《チャイナタウン》の勢力図を周知させる行事。

「サンガ、月餅食った事ないなら一個貰《もら》っちゃえよ。いつもオレらも土産《みやげ》に貰うしさ」

「あ、初めて食べる……んだよね。ええと、どうする、サンガさん。餡《あん》の種類、いっぱいあるよ。小豆《あずき》とか蓮の実とか、あ、胡桃《くるみ》もある……」

「何にすんの？　サンガ、何でも選べよ」

いつかの夢を思い出す状況だった。終始自分の好む物がわからなかった夢。

その時との違いは、風呂場で真紅《シェンホン》に言われた言葉が頭を過《よぎ》った事だ。——好きな物がわかんなくても嫌いな物ならわかるんでしょ？

「……甘くない月餅ってあるか？」

甘い甘いカンノーリの記憶も手伝って、サンガはそう聞いた。嬉しそうに作ってくれた父には申し訳ないが、甘ったるくて食べきるのに苦労した覚えがある。

「あ、あ、うん。あるある。これ、香辣牛肉《シャンラーニュウロウ》。はい、サンガさん」

サンガは礼を言って受け取り、封を開けた。

一口、かじりつく。ピリッとした辛さが舌を刺激する。

うまいな、と素直に思った。

それに、驚くほどあっけなかった。

何が欲しいかを示すのは。

こうやって、一つ一つ積み重ねていけば、自分が何をしたいかわかるようになるのかもしれない。

◇

三人全員、両手にいくつもの紙袋を持っている。

その中に詰めた月餅を、路地裏や公園を巡って、一つ一つ配り歩いていく。

必要以上にありがたがったり、逆にひったくるように持ち去ったり、渡した相手の反応はさまざまだが、特に問題も起こらず順調だ。

「ひっ……⁉」

大きめの爆竹の音に宿《スー》がいちいち反応してしまう事以外は。

「ここまで慣れないの逆にすごくね？」

「うう……だって……」

豪《ハオ》はけらけら笑い飛ばしているが、宿《スー》は本当に余裕がないようだ。足をもつれさせ、サンガにぶつかってくる始末。サンガは慌てて支えてやった。

「危ないな、大丈夫か」

「うあ、ご、ごめん、サンガさ……、あれ？」

サンガの胸元《むなもと》を見ながら、宿《スー》が怪訝そうな顔をした。

「なんだよ」

「今日はしてないんだなって。あの、その、ペンダント」

「え？」

サンガは胸元に手をやった。

いつもなら掌に当たるはずの楕円のチャームの感触が一切ない。

慌てて両手でばたばたと上半身を叩く。ない。何もない。

さあ、とサンガの顔から血の気が引いていく。

「落とした？　おれ？　いつ？　いつからなかった？　取られた、んじゃないよな？　さすがに気付くよな？　でも、これ、おれ以外の人間に価値なんかないはずで、あ、でも、そうか、落ちてたらとりあえず持ってくって奴もいるよな？　それに……」

「サンガ！」

「あ……」

豪《ハオ》が有無を言わさずサンガの手から全ての紙袋を取り上げる。

「顔、死にすぎてね⁉　大事なもんなんじゃん⁉　残りは宿《スー》とオレでやっから、すぐ探しに行った方がいいっしょ！」

「あ、あ、ぼくらも配り終わったら探すの手伝うし、ごめん、本当に、よく見てればよかったよね、もっと早く気付けたかもだし……！」

感謝もそこそこに、追い立てられるようにサンガは走り出す。

落とした場所に心当たりもないので来た道を辿《たど》るが、混雑していてなかなか進めない。

離れてようやく、豪《ハオ》と宿《スー》には人の流れを読む力があったのだ、と気付く。

むわりとした熱気。酒や汗の匂い。

なにより焦燥感《しょうそうかん》で意識が混濁《こんだく》してきそうだ。

足元さえ覚束《おぼつか》なくなる。

宿《スー》には申し訳ないが爆竹の音がありがたい。何とか意識を保っていられる。

最後にペンダントに触ったのはいつだ。当たり前にありすぎて全然気にしていなかった。失って初めてそれが自分にとって大事だと気付くような鈍感と違って、サンガは普段から大事にしていたのだからなくならないで欲しい。

もしかして今日は最初からしてなかったっけ？ 真紅《シェンホン》に風呂場にぶち込まれた時、あそこですでに落としてたとか？

きょろきょろと道の端に視線を巡らせ、光る物があれば飛び付き、夜市の店主に聞き込みをする。人波をかき分けながら、サンガはそれらをひたすら繰り返す。

「――すみません、あなた、落とし物でもしたんですか？」

「えっ？」

突然声をかけて来たのは、帽子をかぶった男だった。

「あの、はい、おれ、ペンダントを失《な》くしてしまって、今、探してて……」

男はサンガと同じくらい若かった。サンガは男に見覚えがなかったが、男の方はそうでないのか、やたらにサンガの顔をじろじろ見てくる。何だか薄気味悪い。

「あのですね、私、見かけたんですよ。ちょうどついさっき、何か拾い上げて、こそこそとしながら去って行った老人がいましてね」

「ええっ⁉」

「だから、あなたが何か探してるなら、一応、教えた方がいいかと思いまして。まあ、あなたのペンダントとは全然関係ないのかもしれませんけど……」

男は帽子を左手で目深に下ろした。男の左の手の甲には大きなほくろがあって、つい目で追ってしまった。

「……あの、私の手に何か?」

「でかいほくろが……、あ、いや、何でも」

馬鹿正直に口にしかけて止めた。サンガの知り合いにはない特徴なので、やっぱり初対面の相手だ。

実際にその老人がサンガのペンダントを拾ったとは限らないが、手掛かりが一つもないこの状況においては有益な話だ。

わずかな情報にも縋りたい。

「それでは失礼しますね」

「ああっ、ちょ、待っ、その老人ってどっちの方に行ったのか教えてもらっても……!」

サンガが引き止めると、帽子の男は口元を綻《ほころ》ばせた。

「いいですよ。といってもこれだけ道も混んでいますし、私がわかるところまでですが、ご一緒します」

男は上機嫌に、案内役を買って出た。

「私、人の役に立つ事が好きなんですよ。――こっちです。おそらく、この道に入っていったんだと思います」

そう言いながら、帽子の男はいかにも泥棒が好みそうな薄暗い路地裏までサンガを連れて来た。すれ違うのも一苦労しそうな狭さ。もちろん人通りは皆無だ。

すぐそこの表通りの喧騒が嘘のような場所だった。

爆竹の音や笑い声こそ届いてくるが、祭りの一切から取り残されている寂しいところ。

路地裏のちょうど中ほどで帽子の男は振り向いた。

「俺はここまでしか案内出来ねえからな」

「な、――――」

突然荒くなった帽子の男の口調に、サンガは疑問を投げかけようとした。

出来なかった。

耳が聞こえなくなりそうなほどの轟音。

表通りでは続けざまに爆竹が鳴っており、その光で空が明滅している。

「…………………え？」


気が付くと、サンガは膝をついていた。

腹に開いた穴から、赤い染みが広がっていく。

帽子の男の手には、細い煙を噴く回転式拳銃《リボルバー》がある。

それを見てもまだ一体何が起こったのかサンガにはわからなかった。

サンガは腹を押さえる。染みがどんどん濃くなっていく。手が赤くべたつく。

体を支えている事が出来ず、前のめりに倒れる。

痛いと絶叫しているつもりなのに、耳には一切届いて来ないので、もしかしたら自分は何も言っていないのかもしれない。

帽子の男は、サンガの右手を体の下から引きずり出す。

右手の親指に刃物を当てて、ぎこぎこと動かしている。

激痛の中、サンガの思考は妙に澄んでいた。

ああ。

もしかしたら剣難《けんなん》の相って本当の本当はこれだったのか？

どっちにしろ拳銃の方を占っといてくれよ。

不老不死はやっぱりいいものには思えない。

でも、長生きはしたいかもしれない。

誰にともなく喋りたいどうでもいい事が、急に、たくさん浮かんで来る。

だが、今、サンガの前には痛みが立ちはだかっている。

最強で最悪の敵だ。

どうにか打ち勝ちたい。この路地裏から抜け出したい。

そうして、夜が明けたら中秋節当日だ。

祭りの解放感のどさくさに紛《まぎ》れて、自分が一体誰に似ているのか真紅《シェンホン》から聞き出してみるのもいいだろう。

へえ。

もしかしたら自分にはやりたい事がたくさんあるのかもしれない。

サンガは明日が待ち遠しくなった。

アルハがいなくなって以来、今、初めて。

朝が来た。

路地裏に倒れ伏すサンガの姿は、第三者から見たら、どうせ組織の下っ端で、調子にのって馬鹿な喧嘩をした挙句に負けた、愚かな若者だ。

何一つ勝った事がない人生の敗北者。

だが、誰に何と言われようとも、ただ一つ、確実に。

サンガは痛みには勝利していた——脳の活動も、心臓の鼓動も、全てが停止し、もう二度と再び何も感じる事のない体になっていたからだ。

五章　正義の味方

1

真紅《シェンホン》はアムリタの華埠《チャイナタウン》支部・白蛇堂《パイシュアトン》の若衆頭《わかしゅがしら》で、当然、華埠《チャイナタウン》関連の物事に対してあらゆる裁量権を持っている。

だが、組織全体からみればそう偉くはない。

若衆頭は他の支部と横の繋《つな》がりを持たない。他の支部の若衆に対しては何の権限もない。上とは直属の幹部――真紅《シェンホン》の場合は大哥《ターグ》だ――と接するだけで、頭領の顔すら知らない。

たとえば頭領の正体は可憐《かれん》な少女か？　と聞かれたとしても、真紅《シェンホン》は肯定も否定も出来ないのだ。

ただし、真紅《シェンホン》がシャンティの取り扱いを一任されているのは、他の若衆頭と比べて評価が高いからだ。取締局の目から逃れやすい華埠《チャイナタウン》の住人だという理由もあるが、それよりもずっと真紅《シェンホン》本人の能力が買われている。

「それで、アンタ、いつまでディーノを遊ばせておくんだい」

菲《フェイ》は真紅《シェンホン》から受け取った調査書を灰にしてから呆《あき》れた声でそう言った。

漢方薬店、万万本草房《ばんばんほんそうぼう》は普段ならとっくに店を開けている時間だが、今は準備中の札が掲げられている。

ドアもカーテンも閉め切った店内、カウンターを挟んで菲《フェイ》と真紅《シェンホン》が向かい合っていた。

二人の間には青磁《せいじ》の茶器。

真紅《シェンホン》は薬草茶を味わう振りをして、菲《フェイ》の問いに答えない。

「ディーノはシャンティの市場拡大の妨げになる存在さね。奴一人のせいでシャンティの価値が疑われる。このまま放ったらかしといたらアンタ無能の烙印《らくいん》押されちまうよ」

菲《フェイ》は白蛇堂《パイシュアトン》専属の闇《やみ》医者で、当人もれっきとした白蛇堂《パイシュアトン》の一員だ。真紅《シェンホン》ではなく大哥《ターグ》の部下という少し特殊な立ち位置だが。

ディーノに対する調査内容は菲《フェイ》と共有するよう大哥《ターグ》から言いつけられている。菲《フェイ》の専門知識が必要となるかもしれないから、と。

「人も金も使っていい加減調べ尽くしたろ。いいや、最初っからほぼ確定だったね。ファルコファミリーにシャンティの製法が割れてない事は。いつまで待ってもシャンティを無効化する奴《やつ》はたった一人だけだった」

「俺《おれ》、慎重なんだよね」

「嘘《うそ》をお言いでないよ。アンタだってわかってんだろ。シャンティが効かないのはディーノ個人の体質に起因するって。アイツを片付ければ万事解決だ」

「でもあの子ファルコファミリーのボスのお気に入りだよ」

「自称だろ？　仮に事実だとしてもディーノ一人暗殺するくらいいくらでもやりようがあるのに、アンタが先延ばしにしてるだけだ」

「やだなあ、菲《フェイ》さん。まるで俺が個人的にディーノを殺したくないみたいじゃない」

「そう聞こえてないんだとしたら、耳の手術が必要さね」

菲《フェイ》は真紅《シェンホン》の耳を引っ張ったが、真紅《シェンホン》は全く意に介していない。

「全く。以前、アンタがここに連れてきた……なんつったっけね。あの子はディーノに復讐《ふくしゅう》したいんじゃなかったかい？」

「ああ、サンガ君？　そうだよ」

「そうそう、サンガ。その子の気持ちも考えたげな。アンタさえいいならすぐにでもディーノを殺せるってのに、どうやって言いくるめてんだい？」

「サンガ君はディーノを殺せないよ」

「そりゃ気弱そうなとこもあったけどさ」

「そういう意味じゃなくてさ。もう何も出来ないんだって」

真紅《シェンホン》は世間話の声色で言う。

「サンガ君、この世にもういないから」

◇

路地裏でサンガの遺体を見つけたのは真紅《シェンホン》だった。豪《ハオ》と宿《スー》からサンガが行方《ゆくえ》不明だと連絡を受けて、探しに出たのだ。

「サンガ君？」

返事はない。

「サンガ君」

やはり返事はない。

サンガは息をしていなかった。腹を撃たれていたのだ。随分《ずいぶん》と的外れな位置から血が流れている。きっと息絶えるまでにさぞかし時間がかかっただろう。撃った奴の腕がなかったのか、それとも、苦痛を長引かせたかったのか。

「あれ。サンガ君、指どしたのこれ」

もちろん返事はない。

サンガの指が、一本だけなかった。

真紅《シェンホン》がかつて爪《つめ》を剝《は》いだ右の親指が切り取られていたのだ。

「ちょっとお、変な取引とかしちゃった？　俺、腎臓の要求の後に指先って譲歩されても承諾《しょうだく》しちゃだめって言ったじゃん」

からかってみても返事はない。

サンガの目は開きっぱなしだった。だが真紅《シェンホン》とは目が合わない。

二度と誰《だれ》も、何も、映さない瞳《ひとみ》。

『見習い』程度に葬式《そうしき》を出してやる義理もない。遺体処理人に連絡をしなきゃなあ、と思いながら、真紅《シェンホン》はサンガの目に掌《てのひら》を伏せて、瞼《まぶた》を閉じさせてやった。

◇

「それ、いつの話だい?」

「中秋節の明け方だね」

「二週間も前の事じゃないか」

菲《フェイ》は眉間に皺を寄せ、誰にやられたんだい、と尋ねる。

「わかんないんだよね。ちょっと前にサンガ君、翼幇《イーバン》とファルコファミリーの会合に居合わせてるから、そこ絡みなのかなあって。死んだファルコファミリー周辺の奴に逆恨《さかうら》みされて、命狙《ねら》われちゃったとか」

「ああ。雇《やと》われの殺し屋が任務遂行の証拠として指を持ち去ったって事かい」

「そうそう。一応その線は調査済みだけどね。現場は翼幇《イーバン》が処理をしてて、現場にいた奴らは全員今頃《いまごろ》、豚の餌ってところかなあ」

「まあそりゃプロの仕業とは限らないさね。祭り前夜だろ。はしゃいで度胸試しで人殺ししたそこらのチンピラが、勲章《くんしょう》代わりに持ってく事もあるさね」

「そうだね。単に運が悪かったたって事もあるよね」

　実際、菲《フェイ》の言った事はどちらもよくある事だった。さらには、サンガの遺体には特にメッセージ性というものがなかった。たとえば陰茎《いんけい》を切り取られて口に突っ込まれていたら、ああ、どこかのお偉いさんの情婦に手を出したんだな、と察《さっ》せられる。だが、その手の見せしめの要素もなかったのだ。放っておいても問題がない。

「犯人は探さないのかい？」

「組織間に影響がないなら躍起《やっき》になって探す必要もないよね」

「少しとはいえ一緒に暮らしてた相手だろ。敵討《かたきう》ちしてやろうって気持ちはないのかい？」

「あると思う？」

　真紅《シェンホン》は憫笑《びんしょう》交じりに答えた。

「敵討ちとかそんな無駄な事するわけないでしょ」

　菲《フェイ》の店を後にして白蛇堂《パイシュアトン》の事務所に足を向ける。

　途中、飲食店近くの路上で赤ん坊をあやしている豪《ハオ》と宿《スー》に出会った。

「それ、どっちの隠し子？　豪《ハオ》？　宿《スー》？」

「若衆頭⁉　違うっすよ、ここの店長夫婦の子っすよ⁉」

「ふうん、製造元がはっきりわかってる子なんだね。何よりだよ」

豪《ハオ》に抱かれている赤ん坊は、真紅《シェンホン》が近付くと、くしゃりと顔を歪《ゆが》めた。

「ははは っ、若衆頭、怖がられてんじゃん!」

豪《ハオ》は笑いながら赤ん坊を縦抱きして背中をとんとんと叩《たた》いた。

ぐずり始めていた赤ん坊が泣き止《や》む。

豪《ハオ》が、サンガの死を知った時。

それこそ赤ん坊のようにわんわん泣いていた。

オレがついていってやればよかった、結局サンガが大事にしてたペンダントも見つけてやれなかった、と心の底から悔やんでいた。

だが翌日にはけろりとしていた。

白蛇堂《パイシュアトン》はどうあがいても犯罪組織だ。一般社会に比べれば、人の死は身近で、そこまで珍しいものでもない。

自分でも知らないうちに切り替えがうまくなっていく。

それでも、宿《スー》が死んだというのならまた豪《ハオ》の反応も違っただろう。

どこかでサンガとは一線を引いていたはずだ。根本的に自分とは違う、いつかここから去っていくお客さんに過ぎない、と。

「あ、あの、若衆頭、その赤ちゃん、さっきまでずうっと泣いてて、それで、豪《ハオ》が店主の奥さんに〝オレが泣き止ませてやる!〟って豪語して、ぼくもそれ止めなくて、だから、その、別にぼくら仕事サボってるわけじゃなくて……」

「いいよ、別に。俺、こんな事で怒んないからね。宿《スー》さあ、そんな半泣きになってると、豪《ハオ》がやってるみたいに抱っこしてとんとんするよ」

「え、え、あ……、あの……、あは……は？」

上司の冗談にどう対応すべきか迷ったのだろう、宿《スー》は中途半端《ちゅうとはんぱ》な笑みを浮かべた。

宿《スー》が、サンガの死を知った時。

やっぱりあの迷信《ジンクス》が当たったんだ、とがたがた怯《おび》えていた。

三人で一本のマッチを使うとそのうちの一人が死ぬという話らしい。

だからすぐに真紅《シェンホン》は教えてやった。

それねえ、俺も知ってる。スリー・オン・ア・マッチでしょ？　単にマッチを売るための戦略だよ。一人一本使ってくれた方がいいからね。戦場で三人の兵士が同じマッチで火をつけてると、その光で場所が特定されて襲撃されるから人が死ぬ、って話が元になってるらしいんだけどさ。実はその話自体、マッチの製造会社が儲けるために広めただけのものだって言われてるんだよ――と。

真実なんていつだって味気ない。

宿《スー》は真紅《シェンホン》の言葉に安堵《あんど》していた。

それ以外、サンガに関する事は何も口にしていない。

人見知りで他人と打ち解けるのに時間のかかる宿《スー》が、サンガの事を心許すべき存在として勘定していないのは当然だろう。

豪《ハオ》も、宿《スー》も、サンガと出会う前の暮らしに戻っただけ。

そんなものだ。


むろん、真紅《シェンホン》も例外ではない。

事務所で作業し、会合に顔を出して、娼館《しょうかん》を管理して、それ以外の管轄《かんかつ》にも目を配り、シャンティを売り歩く。

時折、恥知らずな仕事をし、その帰りに花店朱殷《はなてんしゅあん》に寄り、竜胆《りんどう》を買い、家に戻る。

家には自分以外誰もいない。

おいしそうな食事の匂《にお》いもしない。部屋から埃《ほこり》が消えてもいない。

サンガはきっと真紅《シェンホン》の面倒を見ているつもりだっただろうが、家庭の味も清潔さも特に求めていなかった。なければないでやっていける。

食卓で煙管《きせる》を吸う。

煙を吐いた先のコップに枯れた竜胆があった。

花も水も腐っていて腐敗臭《ふはいしゅう》が鼻を突く。

取り換える人間がいないのだから、当然そうなる。

そういえば、真紅《シェンホン》が買ってくる竜胆についてサンガはずっと勘違いしている節があった。全《すべ》て彼の妹への弔花《ちょうか》だと思っていたのだろう。確かに最初の一輪はそうであると告げたが、だとしても、なかなかにおめでたい思考だ。

わざわざ否定はしなかった。

その方が信頼関係を構築するのに都合がよさそうだったからだ。

本当はサンガに一切《いっさい》関係のない花であるのに、懸命に世話をしている姿は滑稽だった。

三口吸った煙管を置いて、真紅《シェンホン》は食卓にべたりと伏せた。

あの子は最悪を選び取る才能に溢《あふ》れてたんだよなあ、と思いつつ目を閉じる。

寝られない。

サンガがいなくなったところで、真紅《シェンホン》の暮らしは何も変わらない。

強いて言えば、最近は仕事の雑務が重なって全然眠れていないくらいだ。

問題ない。

元々睡眠時間は極端に短いたちだ。

それ以外は、万事、いつも通りだ。

世の中とは不思議なもので、そう言っていると、いつも通りではない事が起こる。

会員制娼館・華蝶宝珠《かちょうほうじゅ》。

その夜、真紅《シェンホン》が訪れた時、現場判断で営業が休止されていた。

二階の一室が荒らされていたのだ。

「真紅《シェンホン》さんっ！　春春《チュンチュン》が……っ！」

ドアを開けると、緊迫した様子で、静麗《ジンリー》が駆け寄って来た。

部屋の中は血まみれだった。

人一人分の血液量が景気よく壁や寝台に染みを作っている。

導入したばかりの羽根枕《まくら》の中身もそこかしこに散っており、舞い散る無数の白い羽にべとべとした血が付着している。こんな事なら下手に高い枕を買うんじゃなかった。

春春《チュンチュン》の姿はない。

この部屋の汚れの原因はジョン・Dだ。撃ち込まれた数発の弾丸はまだ全て体内に残っており、助かる見込みがかけらもなく、呼吸しているのが不思議なくらいだった。

「何があったの？」

頭の中で部屋の清掃料を計算しながら、真紅《シェンホン》は静麗《ジンリー》に尋ねた。

「娼館王が……っ」

静麗《ジンリー》は珍しく舌をもつれさせ、要領を得ない説明をしてきた。

いくつか質問して現状を整理した。

ファルコファミリーの娼館王がまたしても殺し屋を送りこんで来たようだった。諦《あきら》めが悪く、引き際もわからない小物だ。

この部屋に押し入った二人組の殺し屋は、抜群のコンビネーションを発揮し、ジョン・Dを排除して、春春《チュンチュン》を連れ去っていったそうだ。

娼館王の目的はおそらく誘拐ではない。

初心にかえって引き抜きでもないだろう。

そもそも最初にジョン・Dを送って来た事からも明らかだだが、殺すつもりなのだ。自分に恥をかかせた女に、身の程を存分に思い知らせてから。

いずれにせよこのままだと春春《チュンチュン》は帰って来ない。

それがわかっているから、静麗《ジンリー》は取り乱している。

「真紅《シェンホン》さん、頼む、お願いだ、あたしに出来る事なら何でもする、だから、春春《チュンチュン》を助けてくれよ……！」

己《おのれ》の管理している娼館の上玉とはいえ、見捨てた方が生産性は高い。

彼女達は単なる商品で、使い捨ての消耗品だ。

どれだけ気安く接していても対等な関係ではない。

娼館王というふざけた男には仕置きが必要だが、そう急ぐ必要もない。

仮に春春《チュンチュン》の救出に向かうにしろ若衆頭が出張るような案件ではない。

静麗《ジンリー》の申し出は、どの観点から見ても却下されるべきだった。

だが。

真紅《シェンホン》はちょうど少し体を動かしたいと思っていたところだった。

なぜだか最近、ずっとそうしたかった。

「わかったよ、ちょっと行ってくるね」

軽く引き受け、静麗《ジンリー》から殺し屋二人組の特徴を聞く。部屋を出ようとしたところで、真紅《シェンホン》は足を止めた。ジョン・Dが口をぱくぱくとさせているのに気付いたのだ。もうほとんど音にならない声で、何かを訴えている。

近付いて、耳を傾けた。

「愛、を知る、事は、失う恐怖、を、常に抱える事……」

意味不明だ。

しかし、これは単なる前置きだったようで、ジョン・Dが続けた言葉はちゃんと聞く価値がある情報だった。

2

街はずれのその地区は、ブローケナークの中でも特に治安が悪い。

どんなに金を積まれてもそこには車を回さないタクシー運転手もいるくらいだ。

当然のように衛生状態も最悪で、スラム街と呼ばれるにふさわしい場所。

そんなところに立ち並んでいる廃倉庫があって、そのうちの一つがファルコファミリーの所有物だとすれば、中で何が行われているかなど言うまでもないだろう。

「ぐぅ……っ！」

女のくぐもった叫び声が響く。

廃倉庫はコンクリート剝《む》き出しの無骨な造りで、がらんとしている。中にある物は全て人を痛めつけるための道具だ。

ここは処刑のための空間だった。

女が——春春《チュンチュン》が座っている椅子《いす》も、体を休めるために使われた形跡はない。これは抵抗されないよう縛りつけるための物だ。

「ざまあみろ！　わかったか！　この！　クソ女が……っ！」

目の前の中年の小男——娼館王から何度も何度も殴りつけられ、春春《チュンチュン》の顔は腫《は》れ上がっていた。春春《チュンチュン》はされるがままだ。椅子の背もたれを利用して後ろ手に縛られている。

それでもなお睨《にら》みつけてくる春春《チュンチュン》に娼館王はぎりぎりと歯噛みする。

「今からお前の商売道具、全部ぶっ壊してやるからな！」

娼館王が怒鳴り散らす。

その背後では二人組の男が腕組みをしている。

華蝶宝珠《かちょうほうじゅ》に侵入し、ジョン・Dを返り討ちにした殺し屋達。

異常に発達した筋肉を持つ、顎髭《あごひげ》の男と長髪の男。

娼館王の目配せを受け、二人が下卑た笑いを浮かべたその時だ。

ふいに、倉庫の扉に何かがぶつかった大きな音がした。

「……念のため、見て来い」

娼館王に言われて、顎髭の男が銃を構えて扉の方へと向かった。

扉をスライドさせ、懐中電灯で外の様子を見る。

がさっ。

倉庫周りは背の高い雑草が生い茂っているが、扉からやや離れた草むらで何か音がした。

何だ？

用心して音のした辺りに光を当て、銃を構えながらゆっくり近付いていく。

がさっ。

「そこかっ⁉」

顎髭の男が素早く飛び込んだ先には、何もなかった。雑草だけだ。猫か何かか？　と、拍子抜けしつつ、男は倉庫に戻ろうとした。だが、踵《きびす》を返す事は出来なかった。

「だめじゃん、二人揃《そろ》ってるから力を発揮出来るんじゃないの？　離れちゃったら意味ないじゃん」

後頭部に銃口を突きつけられていたからだ。

◇

顎髭の男の背後を取っているのは真紅《シェンホン》だ。

「しかもこんな古典的な方法に引っかかるってさあ。体だけじゃなくて頭も鍛《きた》えなよ」

真紅《シェンホン》は草むらに石を投げてわざと物音を立てたのだ。そうやって、自分の狙ったところに顎髭の男を誘い込んだ。

この倉庫の情報は、ジョン・Ｄから得た。ファルコファミリーに雇われていたのだからここをジョン・Ｄが知っているのは当然で、殺し屋達はきっちり彼の息の根を止めておくべきだったのだ。

真紅《シェンホン》は顎髭の男の銃と懐中電灯を取り上げる。

「それじゃあ、中の様子教えてもらえる？　君ら、全部で何人いんの？」

二人組の殺し屋、それから娼館王。他に誰かいるのなら把握《はあく》しておきたい。急を要したせいで、存外行き当たりばったりだ。

「撃ちゃいいだろうが」

両手を上げながらも、顎髭の男は強気だった。

「雇われの殺し屋なのに、忠誠心高いねえ」

「……撃ったら音に気付いて中にいる奴らがすぐ来る。あんな人数、一人じゃ相手出来ねえぞ。てめえの体はあっちゅう間に蜂の巣だ」

「それはやだなあ」

顎髭の男は鼻で笑った。

「はっ、じゃあ見捨てりゃいいだろ。娼婦にとっちゃ、しゃぶってたっぷり飲んで奥まで突かれるだけの、いつものカンタンなお仕事だ。助けなんか必要あるか？」

「君さあ、ここで銃を撃ったら、中から大量の仲間が来るぞって言ってるんだよね？　こけおどしじゃないなら正確な布陣が知りたいなあ。教えてってば」

「答えるわけねえだろ」

「ふうん。わかった」

「な、――――っ⁉」

顎髭の男の目が驚愕《きょうがく》に見開かれる。何が起こったのかわからなかったのだろう。

真紅《シェンホン》が、素早く男を仰向《あおむ》けに倒し、男の胸に馬乗りになったのだ。男にひっくり返されないように、きっちりと組み敷く。身じろぎひとつ自由にさせるつもりはない。

「じゃあ、音を出さないように聞くね」

真紅《シェンホン》は微笑《ほほえ》みながら、男の顔面に銃口を向けた。

◇

「これねえ、さっき拾っといたの。はい、あーんして?」

真紅《シェンホン》は首から下げた鞄《かばん》から、片手で器用にたくさんの小石を取り出す。

顎髭の男には拒否権はない。口を開けた途端、小石が流し込まれる。吐き出そうとした瞬間に、小石が詰まった頬《ほお》をぶん殴られる。その勢いで口から飛び出した小石は血まみれだ。

「さあ、中にいるのは何人?」

「いっ、言うわけねえだろ、これくらいで」

「おかわり?　欲しがりさんだねえ。あーん」

小石を詰め直され、延々と同じ事を繰り返される。こんなのは拷問だ。口の中がずたずたになっていく。顎髭の男は朦朧《もうろう》としてきた。

もう小石を吐き出す気力もない。

「……っ⁉」

だが、その瞬間、男の意識は一気に覚醒《かくせい》した。

掌《てのひら》で顔を覆《おお》われたのだ。口と鼻を同時にふさがれている。

「ん、んむ、んんん——……っ」

「たっぷり飲むのって、簡単なんでしょ？」

顔を真《ま》っ赤《か》にして唸《うな》る顎髭の男に、真紅《シェンホン》はにこにこしながら言った。

「はい、ごっくん」

このままでは小石と血液、唾液と折れた歯に溺《おぼ》れてしまう。顎髭の男は、言われた通り、口内の物を全て飲み下すしかなかった。

◇

廃倉庫内では娼館王が春春《チュンチュン》の髪の毛をひっ摑《つか》んで、ねちょねちょとした口調で、春春《チュンチュン》の身にこれから起こる事を予告している。自己陶酔《とうすい》の言葉責め。

「……相棒、戻って来るのが遅くないか？」

白けた気分で長髪の殺し屋は独り言を言った。

娼館王のやっている事は役割分担をしていない淫《みだ》らな宴《うたげ》のようなもので、どうにも手持ち無沙汰の人間が発生する。

そこで扉がスライドする音がした。

ぎりぎり体が通せるくらいの隙間《すきま》に、顎髭の男が立っているのが見える。

「相棒っ、どこまで行ってたんだ。まさか外に何か……、おいっ⁉」

長髪の男は慌てて飛び出す。顎髭の男の顔面がぐちゃぐちゃになっているうえに、体がゆらりと前のめりに倒れ出したのだ。

顎髭の男の元に駆けつけて、その体を胸で受け止めたところで、長髪の男ははっとした。

視界の端。扉のすぐ外、下方。元いたところからは死角だった場所。

そこに、腰をかがめて待機している真紅《シェンホン》の姿があった。

気付いたところで、後の祭り。

真紅《シェンホン》は銃を構えていて、自分はすでにその照準内に入ってしまっている。

もはや長髪の男に出来るのは、素人同然に立ち尽くし、真紅《シェンホン》の人差し指によって引鉄《ひきてつ》が引かれるのを見守る事のみだった。

◇

銃声が二度、轟《とどろ》いた。

顎髭の男と、長髪の男が、続けざまにばたばたと倒れ伏す。

「何かさあ、二人組で両方肉体派ってバランス悪いんじゃないの？　ガタイのいい共闘者って、見てる分にはわくわくするけどさあ。片方頭脳派だったらこんな罠《わな》以下の罠に引っかからなかったのにね」

溜息《ためいき》をついて真紅《シェンホン》が立ち上がる。

顎髭の男が言っていた事は大嘘で、廃倉庫内に残っているのはもう一人の殺し屋と娼館王しかいないと吐かせた時点で、春 春《チュンチュン》救出の難易度は格段に下がった。

一人ずつ消せばいいだけだ。

顎髭の男には仲間をおびき寄せるための餌になってもらったのだ。

「お間抜けさんしかいないとか聞いてないんだけど？　てっきりド派手なドンパチ活劇が始まると思ってたのになあ」

真紅《シェンホン》は倉庫内に足を踏み出す。

「く、来るな……！　この女がどうなってもいいのか⁉」

小物丸出しの脅し文句に、真紅《シェンホン》は視線を向ける。

処分すべき残り一人。直接対面するのは初めての相手。

娼館王が、椅子に括《くく》りつけられている春 春《チュンチュン》の頭に銃を突きつけている。

「真紅《シェンホン》さん……！」

顔が腫れ、青紫色のあざだらけになっている春春《チュンチュン》の声は聞き取りにくい。だが喋《しゃべ》れるなら上出来だ。

「ごめんね春春《チュンチュン》。犠牲になってくれる？」

一歩ずつ足を進める真紅《シェンホン》に、春春《チュンチュン》は項垂《うなだ》れた。娼館王はぎょっとして目を剝《む》いた。

「こ、この女を助けに来たんじゃないのか⁉」

「違うよ。俺の娼館から引き抜きなんてふざけた真似《まね》をしようとした挙げ句、いつまでもしつこい娼館王を、いい加減始末しに来ただけ」

真紅《シェンホン》は足を止めない。

「なっ、こ、この、人でなし……！」

「どうもね」

「いっ、いやいや、待て待て、やっぱり助けに来たんだろ？　そうじゃなきゃわざわざこんなところに来なくてもいいだろうが！　くそっ、はったりかましおって！」

娼館王は乱暴に縄をたゆませ、春春《チュンチュン》を椅子から解放した。そのまま春春《チュンチュン》を無理やり立たせて、後ろから抱きしめる。春春《チュンチュン》の肉体を盾にしたのだ。

「こっ、これならどうだ！」

娼館王は春春《チュンチュン》のこめかみに銃を押し当てる。

娼館王との距離はあと大股で三歩分程度。

そこで真紅《シェンホン》は足を止めた。

勝ち誇った表情を浮かべた娼館王は、しかし真紅《シェンホン》が次に発した言葉を聞いた途端、一転して絶望の顔つきになった。

「春春《チュンチュン》、覚悟決めてね。三つ数えたら撃つよ」

真紅《シェンホン》は笑って銃を構えた。

「いーちっ」

その声が響いた瞬間、春春《チュンチュン》は娼館王の腕から抜け、身を低くする。

娼館王は逃げるか撃ち合うかすら決めておらず、隙《すき》だらけになっていたのだ。

がら空きになった娼館王の胸部。

真紅《シェンホン》は一切のためらいなく撃った。

「がぁああっ⁉」

汚い悲鳴と共に鮮血が噴き出す。

娼館王は銃を取り落とし、両手で胸を押さえてその場に倒れた。

気絶はしていない。苦しそうな唸り声が延々聞こえて来る。

「真紅《シェンホン》さん、早漏《そうろう》だあ……」

春春《チュンチュン》が笑いながらも、疲労困憊《ひろうこんぱい》の声色で言う。

三つ数えると宣言すると、人は皆、一つ目のカウントでは油断する。

以前、華蝶宝珠《かちょうほうじゅ》で同じような事をやった時と、同じ感想。

「ウチが真紅《シェンホン》さんの意図に気付かなかったらどうするつもりだったの？」

「さあ。尊《とうと》い犠牲になってたんじゃない？」

「また真紅《シェンホン》さんは、そういう事ばっか言って……」

真紅《シェンホン》には冗談を言っているつもりはなかった。春春《チュンチュン》の勘と反応速度が鈍かったらそこまでだ。情の深い若衆頭であると勝手に行間を埋められているが、特に差し障りはないのでそのままにしておく。

「春春《チュンチュン》、走れるよね？」

真紅《シェンホン》は自分の上着を春春《チュンチュン》に着せる。

気遣っているように見せているだけだ。走れないと言わせるつもりは最初からない。

「大通りまで行けば車用意してあるから。それ乗って華埠《チャイナタウン》まで帰りな。この辺、危ないから、途中で立ち止まらないようにね」

「え、真紅《シェンホン》さんは？」

「俺はねえ、後始末」

真紅《シェンホン》が微笑みかけると、春春《チュンチュン》は一瞬息を呑《の》んだが、すぐに了承の返事をして、廃倉庫から出て行った。

中に残されたのは死んだ人間である二人の殺し屋と、生きた人間である真紅《シェンホン》と、その中間の娼館王だけだ。

真紅《シェンホン》は落ちている拳銃を回収してから、娼館王のそばにしゃがんだ。

「お片付けは得意じゃないんだけどなあ」

そう言って、舌先で上唇《うわくちびる》を端から端まで舐《な》めた。

◇

真紅《シェンホン》は娼館王を椅子に座らせ、後ろ手に縛りつけた。春春《チュンチュン》がされていたのと全く同じようにした。庇護《ひご》欲《よく》をくすぐる美人と中年の小男という違いはある。まあ誤差だ。どちらであれ外見になど興味はない。

娼館王は胸の中央辺りから血を流し続け、それでも気を失えず、おびただしい量の汗をかいていた。

「さぁてと。どうして欲しい?」

真紅《シェンホン》は片手に自分の銃を持っているが、銃口は娼館王ではなく、地面に向いている。

「ひ、一思いに殺せ、下手くそがっ」

「え?」

「早く殺せ！」

「え？」

「殺せ……！」

「え？」

娼館王は押し黙った。

ほんの微量ずつ声にかける圧を増やしていったのが正確に伝わったようだ。それが読み取れるのなら案外娼館王にはまだまだ元気がある。

真紅《シェンホン》は娼館王の胸骨上部に、銃を持っていない方の手の甲を軽く置いた。

その右隣には真紅《シェンホン》の放った銃弾が空けた穴、射入口《しゃにゅうこう》がある。

「わっかんないかなあ。わざと急所を外したに決まってるでしょ。君がしつこかった分くらいはこっちもしつこくさせてよ」

「う、が、あああああっ」

真紅《シェンホン》は中指をいきなり射入口に突っ込んだ。

第二関節で止まる。

「ありゃ。きっついね。ゆっくり慣らしていこっか」

「やめ、ろ」

「やあだ」

顔をひきつらせる娼館王に、真紅《シェンホン》は悪戯《いたずら》っぽく笑ってみせた。

「い、嫌だ、いいやぁあ」

「何が嫌《やぁ》なの？　これ？　こんなんなってんのに？」

真紅《シェンホン》の指が中を探るように動き回る。前後に出し入れを続けていると、動ける範囲が広がっていく。最初は異物として拒まれ、押し戻されるのみだったのに、人体というのは柔軟だ。

「やめ、やめろおっ」

「指増やしていーい？」

人差し指を加え、二本の指を無理やりねじ込んだ。

娼館王の絶叫が響き渡る。

もはや射入口など関係なく、力任せに皮膚を裂き、傷を広げているだけだ。

「ほら見て、すっごいぬるぬる。俺の手、べっとべとなんだけど」

血で。ぬらぬらとした血が指から垂れ、真紅《シェンホン》の掌全体を赤く染めている。

真紅《シェンホン》は抜いた指を再び押し入れる。第二関節より少し奥に進めるようになった内部を、執拗に擦《こす》り続ける。

「このまま根本までいけるかなあ？」

「やめっ、も、もう、う、うう動かすなっ……っ」

「遠慮しないでいいって。奥まで突いてあげるからさあ。あー、すごい、すごい、ずっぽり入った」

「やめっ、ぬ、抜いて、抜け、抜けえええええ……っ‼」

真紅《シェンホン》は薬指を足し、三本の指を荒々しく突き立てた。

付け根まで深々と埋め込む。

娼館王は全身を痙攣《けいれん》させ、ぐるりと白目を剝いた。その後、口から泡を噴いて、ぐったりしていた。だが、急に何かを思い出したように、顔を上げた。

「でぃ……」

「ん？」

「ディーノっ！　ディーノっ！」

娼館王が唐突に叫んだ名に、真紅《シェンホン》は眉《まゆ》をひそめた。

「……何？　あの子、この近くにいるの？」

尋ねてから無意味な質問をしたと気付く。倉庫の外に声が漏《も》れるはずはなく、声が届く範囲にいるのなら倉庫内にいるはずなのだ。コンテナやドラム缶でもあればその中に身を隠せるが、それらしき物は置かれていない。

「助けてくれっ、ディーノ、いるんならっ、早くっ！」

娼館王は錯乱《さくらん》しているのだろう。

だが、この状況でディーノの名が出て来るのなら、この男はディーノと相当深い関係にあるのかもしれない。

「ディーノ、早く来い、ディッ……⁉」

一旦《いったん》落ち着いてもらおうと、真紅《シェンホン》はきつく握りしめた拳《こぶし》で娼館王の顔面を打った。

娼館王は血の泡と共に、折れた歯を吐き出す。

「君、ディーノと仲良しなの？」

娼館王は答えず、ディーノの名をひたすらに呼ぶ。

「話聞きなって。歯ぁなくなるよ？」

殴る。歯が折れる。叫ぶ。殴る。折れる。叫ぶ。

娼館王には学習能力がないのか、鼻がひしゃげても、前歯のほとんどがなくなっても、ディーノの名を呼んでいる。

「ほらあ、もう、どうすんのよ、そんなしゃぶりやすい口になっちゃって。誰の咥《くわ》えるってわけでもないんだからさあ。これ以上殴らせないでもらえる？」

顔面を摑んで凄《すご》むと、娼館王は視線をうろうろとさせた。

「お話しする時はちゃーんとお兄さんの目ぇ見なさいね？」

真紅《シェンホン》から目を逸らしているというより、倉庫内で何かを探しているような娼館王の目。

「見ろっつってんだろ」

真紅《シェンホン》は声を低く切り替えて恫喝《どうかつ》した。少々わざとらしかったかと思ったが、娼館王はきちんと怯《おび》えてくれて、ようやく目と目が合った。

「あの子さあ、ヴィルヘブンになんか住んでないんでしょ？　普段どこにいるのか知ってるなら教えてよ」

満を持してした質問。

しかし、答えを聞くより先に真紅《シェンホン》の意識は他に向いた。

誰かが、いる。

距離は少し離れているが、自分の背後に人の気配がある。それも、殺意に溢《あふ》れた気配が。

振り向けば、向う傷と純白のスーツの少年の姿。

廃倉庫内の壁の前に、ディーノが拳銃《S&W》を構えて立っていた。

なぜ、と考えるより先に、真紅《シェンホン》は脇《わき》に身を転がした。

銃口が光る。

銃声が轟く。

三発。

無防備な娼館王の体目がけて飛んだ弾は、頭と首と胸を撃ち抜き、娼館王の命をこの世から運び去って行った。

◇

扉も開いていないのにディーノがどこから現れたのか。

種明かしをしたら拍子抜けされる類《たぐい》の疑問だ。

ディーノがいる近くの床。

穴が開いているように見える。どうやらそこにハッチのような物があるらしい。

蓋《ふた》のついた昇降口。地下の隠し部屋への秘密の入り口、なのだろう。

いつからかは知らないが、ディーノはずっとその部屋にいたらしかった。

思いがけない邂逅《かいこう》。

ディーノに関してはシャンティ絡みでさんざん調査依頼をしていて、いくらかの情報を手にしているが、真紅《シェンホン》が当人と接触出来たのは今この瞬間が初めてだ。

真紅《シェンホン》は体を起こすと、さり気なく娼館王の近くに戻った。娼館王の体はもはや血を撒《ま》き散らす肉塊《にくかい》でしかないが、ディーノが攻撃をしかけてきた時の盾くらいにはなる。頼りないが、ないよりましだ。

「……これ、仲間なんじゃないの？」

近付いてくるディーノを警戒しつつ、真紅《シェンホン》は尋ねる。

視線はつい左目の下の傷、ただれた皮膚に吸い寄せられてしまう。

「ええ、そうですよ！　でも、彼ってばひどいんです！　たった一人の娼婦に振り回されたり、殺し屋を雇ったりして、最近は通常業務でさえおろそかに！　くだらない自尊心など捨てればいいのに！　自分を縛る物は自分だと気付くのが幸福な人生の第一歩ですよね。つまり彼は近々に処刑対象だったので、今撃っても問題ありませんでした！　確実に仕留めて苦しませないなんて、優しいですね、僕は！」

処刑対象を計画的に待ち構えていたのではなく、偶然ここに居合わせたかのような口ぶりだ。おかしいだろう。違和感しかない。なぜたまたま地下室なんかにいるのだ。

「彼の娼館は全て、これからは僕の物です。危うくあなたを巻き込むところでしたが、目的達成には少々の犠牲は付き物ですから仕方ないですよね！　それで、あなたはどちら様ですか？」

めちゃくちゃだった。

真紅《シェンホン》の正体も知らずに真紅《シェンホン》ごと撃つつもりだったのか。

ディーノのスーツに熊のぬいぐるみの頭部が縫《ぬ》い付けられているが、なんとも象徴的だ。熊と親しくするには斧を持てとはよく言ったもので、ディーノは熊に負けず劣らず獰猛《どうもう》だ。

「あれ？　でも、あなた、なんだか見覚えがありますね。あっ！　白蛇堂《パイシュアトン》の若衆頭さんではないですか？　お会いするのは初めてですね！」

真紅《シェンホン》は調査書の写真でディーノの姿を知ってる。逆もまた然《しか》りなのだろう。

「そうだね。実は俺は君に会いたかったんだ。ずっとね。神出鬼没で参ったよ」

「シャンティの商売の邪魔だと抗議しに来たかったって事ですか？　ずっと部下だか何かを

使って僕の事をこそこそ嗅《か》ぎ回ってますよね？　でもシャンティはアンダーボスの案件ですよ？　僕はただお手伝いをしているにすぎません」

ディーノは真紅《シェンホン》の正面で足を止めた。

間に娼館王の遺体の座る椅子を挟んで、ぎりぎり手を伸ばしても触れられない距離。

「ですが、さすがというべきですかね！　ホテル・ヴィルヘブンの警備を突破して秘密の処刑場まで辿《たど》り着くなんて！」

「うん？」

何を言っている。寝ぼけているのか？

それともわざとおかしな事を言って攪乱《かくらん》しようとしているのか。

「でも、ここまでされると鬱陶《うっとう》しいのも事実です。シャンティの取り扱いについては話し合いでどうにかなるものでもないですし、僕、あなたを殺していいですか？」

宣戦布告をした割にディーノは棒立ちだ。これ以上ないくらいの油断。はっきりと侮《あなど》られている。

「それ言われて俺が即座に反撃するとは思わないの？」

「だって、あなたは僕を殺せないんですよね？」

ディーノはつぶらな瞳をぱちくりとさせた。

「アンダーボスが言ってましたよ。ファルコファミリーがシャンティの情報をどこまで得ているのか、それを正確に摑まなければあなた方は動きようがない、僕に手出し出来ないって」

「別にシャンティは関係ないよ」

「そうなんですか？」

「ただ、俺が個人的に君に聞きたい話があるんだよ。……君、シャンティが効かないんだよね？」

「なんですか？　それを僕が肯定したら、僕を殺せるって考えたんですか？　そんなの引っかかるわけないじゃないですか！」

下手くそな誘導尋問だと捉《とら》えられてしまった。

真紅《シェンホン》としては本気で体質についての話をしたかったのに。

シャンティは一切関係ない。ディーノから欲しい情報はもっと別の事で、だからこそ真紅《シェンホン》は今までディーノを殺さずに来たのだ。

自分の知る限りでは、今のところ、ディーノしか持っていない情報。それが欲しい。

「全く、白蛇堂《パイシュアトン》の方が愚かなのは、若衆頭が浅はかだからなんじゃないですか？」

ディーノが肩をすくめる。

「燃えた軽食堂《ダイナー》の事で僕に復讐を企てていた灰色髪の方がいたんですけど、調べさせたらあの方も白蛇堂《パイシュアトン》に入っていましたからね。しつこくてうんざりでしたよ。やはり、類は友を呼ぶんですね。素晴らしいボスには素晴らしい僕がいるんですから！　自慢の部下ですね、僕は！」

どうにも聞き覚えがある特徴がディーノの口から飛び出してきた。

条件に当てはまるのはサンガしかいない。

「……君さあ、もしかしてその子の事、殺した？」

思いがけず、犯人が判明したのか。

「いいえ！」

「ああ、違うの？」

「ええ。僕は直接手出しはしていませんからね！　人を雇ったんです。大金を手に入れて嬉《うれ》しそうでしたよ！」

ディーノの中では線引きがあるのだろうが、それは殺したかと問われたらはいと答えるべきだろう。直接実行したのが金で雇った人間というだけで、まごう事なき主犯だ。

「大体、灰色髪の方は物事の道理というものがわかっていらっしゃらなかった！　時間という物は誰にとっても平等で、悩んでいても一分、進んでいても一分、皆、同じ一分なんです。復讐に浪費するなんて馬鹿《ばか》げていますよね！」

「そっかあ」

「あんな方、組織にいても使えないでしょう。いなくなっても何も変わらなかったんじゃないですか？」

「そうだねえ」

「いっそ最初の火事の時点で死んでおけば手っ取り早くてよかったのかもしれません」

そうなっていたらサンガが白蛇堂《パイシュアトン》に入る事もなかった。

真紅《シェンホン》は不思議な気分になった。

いまいち想像出来ない。あった事をなかった事に出来ない。

「でも、彼は今頃天国でご家族に会えているんでしょうね！　離れ離れは寂《さび》しいものです。僕が再会のお手伝いをしたわけですし、感謝されてもいいくらいです！　慈悲深いですね、僕は！　我ながらなんていい事をしたんでしょ――」

唐突に。

ディーノが黙った。

真紅《シェンホン》は正面を見据《みす》える。

「どっち向いてんの」

余所見《よそみ》されているのかと思った。

ディーノと目が合わなかったからだ。

だが違う。

ディーノの頭が吹き飛んでいるだけだ。

そういえば、かちりという音がしなかったか。

轟音《ごうおん》が耳の奥でこだましている。硝煙《しょうえん》の匂いもする。

「…………あれ？」

真紅《シェンホン》は自分の右手が銃を構えているのを見て、ようやく、今、何が起こったか把握した。

「俺《おれ》かあ」

無意識に引鉄《ひきてつ》を引いていたのだ。あっけない終わり。

ディーノを殺してしまったら絶対に手に入らない情報があるのに、なぜ撃ってしまったのだろう。向こうはこっちを殺す気だったが、そんなものはいくらでも対処のしようがあった。どう考えても、絶対に、ディーノは生かしておくべきだった。

では、なぜ？

サンガが侮辱《ぶじょく》されたからか。

だから突発的に動いてしまったのか。

つまり自分は腹を立てたのか？

まさか。

きっと最近よく眠れていないせいだろう。

行動だけ抜き出せば、かつての部下の敵《かたき》を撃つ正義の味方のようだが、そうではなくて、こんなのはただのミスだ。

幕間　幻

憎んでいる人間が己《おのれ》の人生から突如《とつじょ》消失した時、それですぐさま幸福になれるとは限らない。気付かないうちにそいつが己のアイデンティティの一部になっている場合があるからだ。新聞記者はディーノの遺体《いたい》を発見した際、途轍《とてつ》もない喪失感《そうしつかん》に襲われた。自分に裏切られた気分だった。

かように、人は、自分の事を案外知らない。

自分の一番の理解者が自分ではない事だってままある。

それこそ、ディーノなどその最たる例だった。

「なんだあ、ここ。すげえ臭《くせ》えなあ」

ディーノが住んでいた部屋に、ファルコファミリーのアンダーボスが来ている。

彼の言う臭いの元は、二枚爪《つめ》が特徴的な右手の親指だ。おそらくディーノが殺しを依頼した際、証拠として持ち帰るよう命じた物。標的の身体の一部。受け取った時点で一切《いっさい》の興味を失くして放置していたのだろう。

「ただでさえ普段から黴《かび》臭い場所だってのによお。いや、あいつん中ではその臭いはない事になってんのかあ？　器用なこったなあ」

「そうですね……」

この部屋は処分される。それでアンダーボスが確認しに来たのだ。

「なんだあ、この写真。お前が撮ったのか？」

「はい」

「これ、隣《となり》にボスがいるつもりって事か？　笑えるよなあ、本当」

部屋の片隅でアンダーボスが見つけた写真には、ディーノが一人で写っている。

誰《だれ》かと腕を組むような格好だが、その隣には誰もいない。

ディーノは悲観的な感情に振り回されたり、心細くなったりすると、ボスの幻覚を見るのだ。

そうしてつじつまを合わせるためなのか、この廃倉庫の地下室をホテル・ヴィルヘブンの最上階だと思い込む。

矛盾があっても都合よく理由をつけて、幻覚を現実として取り扱う。

「ディーノの奴、ボスに会った事すらねえのになあ」

「……そういうの、知らないまま亡くなったんでしょうし、ディーノさんの中ではボスに愛されていたっていうのが真実なんでしょうね」

「永遠の嘘《うそ》やら本気の幻覚やらは真実ってかあ。お綺麗《きれい》に言ってみても、ただの頭のおかしい野郎だったがなあ」

アンダーボスは小さく笑う。

「ディーノは拾った時からぶっ壊れてたからなあ。体の成長は止まってるしよお。でもまあ従順だし、何でかシャンティが効かねえし、使い勝手がいいから色々教え込んだんだけどなあ。

ボスが褒めてたとか適当に言ってたら、自分の頭ん中に妄想のボスを作り上げちまいやがって」

だが、ボスは架空でも、ディーノの積んだ実績は本物だ。

「ディーノさんがいなくなって、皆、混乱してませんか？」

「あんま他の奴に影響出てねえよお。まあ、あいつに関しちゃ何かあったらいつでも切り捨てられるようにしてたんでなあ」

「そうなんですか……」

どんなに優秀でも、ディーノは本質的には信用されていなかった。軸足《じくあし》が妄想《もうそう》にあり、不安定だからだろう。気の毒だと思ってやるべきなのか。

しかしそれよりも、記者はにわかに怖くなってきた。

自分はどうなる。このまま利用されるのか、放逐されるのか。どうであれ、ディーノがいなくなった影響を最も受けるのは自分ではないのか？

アンダーボスは部屋を一通り見た後で、新聞記者に向き直った。

「お前も今までディーノの世話、ありがとうなあ。労《ねぎら》いに、うまいカンノーリでも食いに連れてってやる。つっても、俺《おれ》あ最近胃が重くてよお、お前と一皿を分け合う事になっちまうかもなあ」

「構いません。むしろ光栄ですよ」

「じゃあ、さっさと行くかあ。……今までお疲れさん」

アンダーボスがどういう表情でそれを言っているのか、記者からは見えなかった。

記者は思う。

この先も同じような日々が続くならば――いっそ現実の全《すべ》てが、幻のように消え失せて欲しい。

六章　悲しんでいるあなたを愛する

1

夜道を歩く真紅《シェンホン》の体は、蜂蜜菓子の香りをまとっている。

仕事を終えたばかりで、必然的に、行き先は花店朱殷《はなてんしゅあん》だ。

少し前にディーノと対峙《たいじ》した時のような事は起こらなかった。

注意力は途切れなかったし、手元は狂わなかったし、定められたパーツに綺麗《きれい》に捌《さば》けた。

無意識に動いてしまう事が頻繁《ひんぱん》にあってはたまらないので一安心だ。

特にこの恥知らずな仕事は途切れる事がないのだから。

真紅《シェンホン》は手持ちの鞄《かばん》の中からシャンティの包みを取り出した。

なぜ人々がこんな物を欲するのか理解しかねる。

包みを開ける。

赤い飴玉のようなそれを口内に放り込む。

舌の上で転がす。

退屈な平和の味がする。

「おう上等だ、商品に手ぇつけてんじゃねぇよ」

「怖いなあ」

花店朱殷《はなてんしゅあん》がほんのすぐ先だったので、店先で花の手入れをしていた大哥《ターグ》に見つかってしまった。

「今日大哥《ターグ》が店番なんですね」

「俺《おれ》じゃなかったら見逃してもらえたかもな。それ、金払えよ、お前」

「はあい」

「何で食った？」

「ええ？　出来心で」

「適当に答えんな。お前がシャンティを摂取《せっしゅ》しても無意味だろうが」

「ですねえ」

「口寂《さび》しいなら煙管《きせる》でも吸っとけ」

大哥《ターグ》はぶっきらぼうに言い捨てる。

怒っているのではなく、真紅《シェンホン》の不毛な行動にやや困惑しているようだった。

大哥《ターグ》が言った通り、無意味なのだ。

真紅《シェンホン》の体にはシャンティが効かない。

ディーノと同じ特異体質。

いや、ディーノよりももっと広い対象に耐性がある。

他の麻薬も全《すべ》て効かない。

ついでに言えば、酒にも酔えないし、痛みにも強い。

なぜ自分がこうもおかしな体をしているのかは何もわからない。

真紅《シェンホン》には過去がない。

正確には、随分前にブローケナークの街で行き倒れていたところを大哥《ターグ》に拾われたのだが、それ以前の記憶が一切《いっさい》ないのだ。

自分が何者なのかわからない。

どこから来たのかも知らない。

落としているのは右目だけではなく過去そのものだ。

だからこそディーノを殺したくなかった。

ディーノとは人種も年齢も違う。だが、向う傷を負う以前のディーノの左目の下には十字の刺青《いれずみ》があったと聞いている。真紅《シェンホン》の左目の下にあるのと同じ物。

それで似たような体質なのだから、過去に関する何らかの手がかりがディーノにあると考えるのはそこまで不自然ではないだろう。

現状、唯一の情報源。

それなのに、撃ってしまった。

「二人暮らしはどうだ」

「はい？」

「青少年と暮らすって言ってたろ」

「ああ、はいはい」

以前、大哥《ターグ》に会ったのはちょうどサンガと暮らし始めた時だったか。

「永眠しました」

報告に上げるほどの事ではないので、大哥《ターグ》に伝えたのは今が初めてだ。

大哥《ターグ》は半眼になって真紅《シェンホン》を見た。

「……お前が殺したんじゃなくて、か？」

「何ですか、いきなり」

「内臓《からだ》が目当てなのかと思ってたからな」

自分の心臓辺りを指し示して大哥《ターグ》は言う。

実は最初に声をかけた時点ではそうだった。

焼け焦げた店《こ》の前で、サンガが放心していた時。

恥知らずな仕事の顧客が灰色髪の若い男を求めていたので、ああちょうどいいのがいるなあ、と思ったのだ。

「いえいえ。どちらかといえば心目当てでしたよ」

頭か胸、どちらを指すべきかわからず真紅《シェンホン》の掌《てのひら》は宙をさまよう。

「何言ってんだ」

「何言ってんでしょうね」

だが、その後再会した時。

似ている、と思ったのだ。

頑《かたく》なにシャンティを拒むのが。

妹のためならという条件こそついたが、この世界に平穏などいらないと言い切ったのが。

そうだ。サンガは似ている。

誰《だれ》に？

自分にだ。真紅《シェンホン》に、だ。

真紅《シェンホン》の特異体質は感覚の鈍さに繋《つな》がっている。

喜怒哀楽をそれっぽく表現する事は出来る。期待された役割を演じる事は出来る。

実際は何もかもが無味乾燥だ。

真紅《シェンホン》にとって物事は全て、どこか遠くで起こっているかのようだった。

まるで人生そのものがシャンティ中毒者。

何一つ感じないのが平和なものか。

痛みがある方がいい。苦しみがある方がいい。

同じ事を口にするサンガを近くに置いたら、この不感症な生活に何か刺激を得られるかもしれない。そう思った。

「まあもうどうでもいいんですけどね」

いなくなってしまったのだから、何もかもどうでもいい。

「そうか」

大哥《ターグ》は真紅《シェンホン》の肩を軽く二度叩《たた》いた。どこか感傷的な仕草で、もし真紅《シェンホン》が幼い子供だったのなら大哥《ターグ》は頭を撫《な》でていただろう。

「竜胆《りんどう》は一輪だけでいいのか？　そいつの分は、俺が店番じゃない時に買ったんだよな」

「買っ……てないですね」

大哥《ターグ》に言われて初めて気付いた。

サンガが死んだ後、ここには何度か足を運んでいるのに。

なぜかサンガの弔花《ちょうか》を買おうと考えもしなかった。

本当に、なぜ。

恥知らずな仕事の商材が解体されていくのも、サンガが撃たれたのも、真紅《シェンホン》にとっては同じだ。ただの死だ。

サンガの死体は売って金に換えておらず、価値としては商材以下だからか。

その答えは理屈には合っているが、どうにもしっくり来ない。

黙り込んだ真紅《シェンホン》を見て、大哥《ターグ》は溜息交《ためいき》じりに苦笑した。

「お前、どうせなら、枯れない竜胆を飾ってやったらどうだ」

そいつに竜胆を捧げてなかった詫《わ》びも込めてな、と大哥《ターグ》は言った。

2

「おや。懐かしいもん出してるじゃないか」

事務所ビルの軒先《のきさき》に枯れない竜胆を設置したところで、菲《フェイ》から声をかけられた。ビル内の会社と打ち合わせがあって店を少し早く閉めて来たそうだ。

「昔はいちいちこれやってたって面倒だね」

真紅《シェンホン》が答える。

枯れない竜胆の正体は、竜胆の絵柄がついた提灯《ちょうちん》だ。

夕方と夜の間《あわい》の空間を、青白い光がぼんやりと照らしている。

「まあそうさね。手入れとかもあるからね」

竜胆が弔花として扱われる前、白蛇堂《パイシュアトン》にあった風習。

死者が出た家の軒先には、竜胆の描かれた青い提灯を出す事になっていた。

組織の重鎮の死だとか、場合によっては、当事者の家のみならず、配下や保護下の家、全ての軒先に提灯が出されて弔《とむら》われていたらしい。

「こんなもん出すなんて誰か古い人間でも死んだのかい」

「ううん。サンガ君だけど」

「何だって今さら」

「大哥《ターグ》の指示だよ」

真紅《シェンホン》は花店朱殷《はなてんしゅあん》であった事をかいつまんで菲《フェイ》に伝えた。

「はあ、そうかい。まあ勝手にすりゃいいさね。ところで、アンタ、若衆頭《わかしゅがしら》なんだから、これに何で竜胆が描いてあるかって知識もきちんと頭に入れてんだろうね」

「……綺麗だから？」

「当てずっぽうで言ってんじゃないよ」

「正解は？」

「花言葉さ。身内を、いいや、大事な相手を失っちまった人間に寄り添うのにぴったりの花言葉があるんだよ、竜胆にはね」

「ああ、……勝利？」

真紅《シェンホン》は以前、大哥《ターグ》が言っていた花言葉を口にする。

「それじゃあないよ。たくさんあるんだ、花言葉ってのは。全く風情がないったら。ま、無知でいるってんならそれでもいいさ」

「ありゃ、諦《あきら》められちゃった」

「どうせあんたにゃ関係ない事だしね」

興醒《きょうざ》めしたような態度の菲《フェイ》に、真紅《シェンホン》はとりあえず微笑んでおいた。

「それよりさあ、菲《フェイ》さん、ここで俺と喋《しゃべ》っていいの？」

「ああ、そうだった。約束に遅れちまう」

「俺もそろそろ行かなきゃいけないんだよね」

「何だ、あんたも用事があったのかい。そりゃ悪かったね」

全然問題ないよ、と真紅《シェンホン》はかぶりを振る。

「ちょっと行老館《こうろうかん》まで行くだけだから」

◇

「俺に一目でもいいから会いたかったの？　案外情熱的だね」

行老館《こうろうかん》のビルの応接室に着いた真紅《シェンホン》は、常務会経由で自分を呼び出した相手に向かって、開口一番ふざけた言葉を投げた。

反応はなかった。

貸し切られた部屋の中、ソファには劉胎龍《リュウタイロン》の姿があった。その背後には当然のように蜘蛛《ジズ》が控えている。

「座れ」

劉胎龍《リュウタイロン》は机を挟んで向かいのソファを顎《あご》で示す。

白蛇堂《パイシュアトン》も翼幇《イーバン》も行老館《こうろうかん》の常務会の一員で、今はその立場で会っているのだから、劉胎龍《リュウタイロン》から喧嘩《けんか》を吹っかけてくるつもりはないだろう。

逆に、こちらが何かするとも思ってないようだ。ボディチェックをさせろだとか、その首から提《さ》げてる鞄の中身を見せろだとかも言われない。

「大分珍しい事すんね。常務会招集とかさ。万が一にも翼幇《イーバン》と仲良しこよしだと思われると色んなとこで実害出るから使わないで欲しいんだけど」

「だったらさっさと話をさせろ」

「はいはい」

真紅《シェンホン》は劉胎龍《リュウタイロン》の向かいに腰掛けた。

「何のご用件ですかあ」

「お前のところの子供の落とし物だ」

「うん？」

劉胎龍《リュウタイロン》が机に置いたのは、ペンダントだった。

楕円型のチャームのシンプルなペンダント。

細いチェーンが一か所切れて破損しているが、端と端を交差させ結び、輪の形に戻してある。

「これ、どうしたの」

真紅《シェンホン》は手に取ってチャームを開く。

「オリオンの店というレストランに落ちていた。……もしかしてあの子供から何も聞いてないのか?」

中身は古い家族写真。

正真正銘、サンガの物だ。

中秋節の前夜に失くしたわけではなかったのだ。その前の段階からすでに手元にはなかったのに、単純に気付いていなかっただけ。

「会合に乗り込んだ話でしょ。聞いてるよ。持って来るの遅くない?」

「店主が翼幇《うち》に届けに来たのが最近だからだ。あの子供の物だと思って拾って保存していたが、ずっと渡し損ねていたと恐縮《きょうしゅく》していた」

「それでわざわざガキの使い? こんなの手元に来た時点で捨てちゃえばいいとか思わなかったの? 自分の物でもないんだしさあ」

「家族写真だ。捨てるわけないだろう」

劉胎龍《リュウタイロン》はいつも通りの無表情で言った。

冷酷無比な面をしているくせに、こういうところで鼻につくお育ちの良さを見せてくる。家族とは愛すべきものです、と臆面もなく言い切れてしまう男なのだ。

「お優しいねえ。……その会合の時さあ、サンガ君に俺ん家に帰るように言ったのも、君が織細に出来てるからだもんね?」

「何が言いたい」

「君、いきなり家を出て行く奴《やつ》の事、嫌いでしょ？」

劉胎龍《リュウタイロン》の目に剣呑《けんのん》な光が宿る。

びりびりと痺《しび》れるほどの怒気が伝播《でんぱ》して来るが、真紅《シェンホン》は構わず続ける。

「昔、俺が勝手に出てったのまだ根に持ってるの？　だから俺と同じ事をしてる目の前の奴に戻れって言わずにいられなかったんだよね。違う？」

「調子に乗るな」

「あん時俺まだ白蛇堂《パイシュアトン》にも入ってなかったのにさ。しつこいねえ」

「殺されたいのか」

「どんなに憎い奴でも殺せるのは一度だけだから大事に取っとけば？」

「用件は済んだ」

劉胎龍《リュウタイロン》は立ち上がった。

「あ、一応伝えとくけどさ。サンガ君ねえ、死んじゃったんだよ。無駄足ご苦労様」

真紅《シェンホン》の言葉も存在も無視をして、劉胎龍《リュウタイロン》は蜘蛛《ジズ》を連れて退室していった。

しんと静まり返った部屋の中。

「死んじゃったんだよねえ」

真紅《シェンホン》はペンダントの中の写真に視線を落とした。

◇

ぽつり、ぽつり、と。

事務所に戻るまでの道中に、青白い光が増えている。

白蛇堂《パイシュアトン》のビルの軒先に提灯を設置したせいで、何か勘違いして弔っている家や事業所が出てきてしまったようだ。もしかしたら若衆頭である真紅《シェンホン》が死んだとでも思われているのかもしれない。真実に遠からずではある。生きている実感はない。

点在しつつ、時に連なる光。

真紅《シェンホン》はペンダントを手にしながら、提灯に目をやる。

枯れない竜胆。

ふいに頭の中に浮かぶのは事務所前での菲《フェイ》との会話だった。

あの時、とっさに嘘《うそ》をついた。

本当は菲《フェイ》の伝えたがっていた花言葉が何かを知っていた。

真紅《シェンホン》はペンダントを丁寧に鞄にしまう。

一人、歩き始めた。

真紅《シェンホン》には関係がない。

必要がない。

竜胆のその花言葉は――。

終章

夜空に銃声が響き渡った。

「いい事教えてあげよっか」
真紅《シェンホン》は飄々《ひょうひょう》と口を開いた。
隣にいる青年に話しかけさえした。
「あんまり強い武器を持ってると危ないいんだよ。……何でだかわかる？」
青年からの返事はない。
答える頭がないからだ。
知性という意味ではなく、物理的に。
真紅《シェンホン》は青年が伸ばした腕を摑《つか》んで、発砲される前に銃口の方向を変えたのだ。
おそらく何も理解出来ないまま、青年は自分で自分の頭を撃ち抜いた。
調子に乗った不幸な客。
いや、真紅《シェンホン》にとっては客ではなかった。金を取ってない。
真紅《シェンホン》は、青年の体を欄干に乗り上げさせた。
青年の両手はだらりと脱力している。
左側の甲には大きなほくろが見えた。
おあつらえ向きに、すぐ下は川だ。

一拍の間。
水面をばしゃりと打つ大きな音が聞こえた。
煙管《きせる》を吸った時のように、真紅《シェンホン》は、細く長く息を吐く。
何も変わらない。
変わらないだろう。
シャンティを売り歩く日々は続いていく。
再び。
真紅《シェンホン》は歩き出す。
新たな客を——退屈な安寧《あんねい》を、愚鈍《ぐどん》な平穏を、怠惰《たいだ》な解放を求める人々を探して。

——やあ、うな垂《だ》れてるその嬢《じょう》ちゃん。俺《おれ》で良けりゃ話してくんない？

参考文献

・『チャイナタウン・イン・ニューヨーク　現代アメリカと移民コミュニティ』（1990）（著）ピーター・クォン（訳）芳賀健一（訳）矢野裕子〈筑摩書房〉
・『千のチャイナタウン』（1988）（著）海野弘〈リブロポート〉
・『チャイナタウン　世界に広がる華人ネットワーク』（2000）（著）山下清海〈丸善出版〉
・『アメリカ1920年代　ローリング・トウェンティーズの光と影』（2004）（著）君塚淳一（著）英米文化学会〈金星堂〉
・『カポネ　人と時代　愛と野望のニューヨーク篇』（1997）（著）ローレンス・バーグリーン（訳）常盤新平〈集英社〉
・『世界のマフィア　越境犯罪組織の現況と見通し』（2006）（著）ティエリ・クルタン（訳）上瀬倫子〈緑風出版〉
・『「マフィアの世界」完全バイブル』（2012）（著）マフィア研究会〈笠倉出版社〉
・『中国武術の本　幻の拳法と奇跡の技の探究』（2004）〈学習研究社〉
・『決定版中国武術完全マスターブック』（2012）（編集）学研パブリッシング〈学研プラス〉

あとがき

※※※ネタバレを気にせず書いています。お気をつけください※※※
シャンティという曲は非常に懐が深く、お城でもトンネルでも何でも作れるソウゾウ力（イマジネーション・クリエーション）無限大のお砂場のようで、きゃっきゃと大はしゃぎしているうちに今作が出来上がりました。

本当に最初の打ち合わせからこのあとがきまでずっと楽しかったです。

そういえば、最初の打ち合わせの場には、編集Aさん（今作担当）と編集Bさん（佐野の担当）がいらしたんですが、ざっくりしたストーリー案に対してBさんから「性格悪いな～！（笑）」と感想をいただいた覚えがあります（まだプロットも未完成でしたが、なんだかんだ要所要所の案はすでに完成品と同じ感じでした）。褒め言葉の文脈だと信じておりますが、皆様、いかがでしたでしょうか。ご感想いただけたら嬉しいです。

とはいえ、個人的には今作はあくまでもGA文庫バースのシャンティだと思っておりますので、みんなもそれぞれ「僕の考えた最強のシャンティ」を持ち寄って解釈で殴り合いをしような！

いえ、殴るは比喩です、仲良くしましょう。人の解釈って見るの楽しいですよね。

謝辞です！

ｗｏｔａｋｕ様。楽曲において神であり親であり王であり、最高決定権の持ち主であるにも拘わらず、びっくりするくらい寛容でいらっしゃって、失礼ながら逆に不安になった佐野は「えっ、こことかNG出なかったんですか？　本当に？」と担当さんへのメールで度々確認していました（笑）。信頼がうれしかったです。

最初に楽曲設定をいただいた時、「MVのお兄さんがあまり偉いポジションではない」というのに少々驚いてしまい、真っ先に組織図を作らせていただきました（作中に出てないところも各組織、上から下まで作ってあります）。

シャンティは言わずもがなたくさんの人に愛されている楽曲で、そこで描かれている大いなる魅力を、今回、一端だけでも表現出来ていたらいいなあと思います。

縦横無尽に東奔西走、自由に飛び回らせていただきありがとうございました！

亜門弐形様。まだ真紅の名前もなかった時期、担当さんとの打ち合わせなどでは「シャンティMVのお兄さん」と呼んでいたのですが、その時点で公開されていた設定画を全力で参考にさせていただいて真紅が誕生しました。「こっちの目、こうなってんだ！」とか。細かいところまで絶対に取りこぼしたくなかったので、真紅は容姿描写が多めになっております。

ちなみに一章5がMVの、そして表紙のイラストのシーンのつもりで書いています。

個人的に特に好きなのがモノクロ四枚目のイラストです。もうプロット書いた段階で担当さんに「ここは映えると思う（チラッ）。挿絵を入れるならここじゃないか（チラッ）」と目配せ職権濫用をしていたシーンなので、初めて拝見した時に良すぎて卒倒するかと思いました。素敵なイラストをありがとうございました！　佐野の作業が遅くご迷惑おかけして申し訳なかったです。

担当さん。佐野に遅筆病が出まして……大迷惑をおかけして申し訳ございませんでした……。色々調整していただきましてね、本当にね、俺がアホなだけで担当さんはマジで何も悪くなく、会社、突然担当さんにボーナスとか出してくんねえかな（佐野が直接金を渡したら多分なんらかの法律に引っかかるので）、もしくは全力で俺を殴ってくんねえかな、と罪悪感を金か暴力で解決する妄想をよくしていました（逃げずにちゃんと向き合え）。最後まで見捨てずにいてくださりありがとうございました……！

そのほか、超絶イカした章扉を作ってくださったデザイナーさんをはじめとして、この本が世に出るまで関わってくださった方々、販売に尽力してくださった方々、全ての皆様！

なにより、今、この本を手に取ってくださっているあなたに、最大限の感謝を！

本当にありがとうございました！

それでは機会があったらまたお会いしましょう――って、コミカライズという機会が決定していますね！　佐野もわくわくしながら続報を待ちたいと思います。

以上、ノベライズ担当佐野しなのでした。

ファンレター、作品の
ご感想をお待ちしています

〈あて先〉

〒105-0001
東京都港区虎ノ門2-2-1
ＳＢクリエイティブ（株）
GA文庫編集部 気付

「佐野しなの先生」係
「亜門弐形先生」係
「wotaku先生」係

本書に関するご意見・ご感想は
右の QR コードよりお寄せください。

※アクセスの際や登録時に発生する通信費等はご負担ください。

https://ga.sbcr.jp/

シャンティ

発　行	2024年6月30日　初版第一刷発行
	2024年10月30日　　第四刷発行
著　者	佐野しなの
発行者	出井貴完
発行所	SBクリエイティブ株式会社 〒105-0001 東京都港区虎ノ門2-2-1
装　丁	柊椋（I.S.W DESIGNING）
印刷・製本	中央精版印刷株式会社

ISBN978-4-8156-2414-9
Printed in Japan
GA文庫